TUDO QUE ELA ME DISSE

Também de Bia Crespo:

Eu, minha crush e minha irmã

Bia Crespo

TUDO QUE ELA ME DISSE

SEGUINTE

Copyright © 2025 by Bia Crespo

O selo Seguinte pertence à Editora Schwarcz S.A.

Grafia atualizada segundo o Acordo Ortográfico da Língua Portuguesa de 1990, que entrou em vigor no Brasil em 2009.

CAPA E ILUSTRAÇÃO DE CAPA Isadora Zeferino
PREPARAÇÃO Helena Mayrink
REVISÃO Natália Mori e Paula Queiroz

Os personagens e as situações desta obra são reais apenas no universo da ficção; não se referem a pessoas e fatos concretos, e não emitem opinião sobre eles.

Dados Internacionais de Catalogação na Publicação (CIP)
(Câmara Brasileira do Livro, SP, Brasil)

Crespo, Bia
    Tudo que ela me disse / Bia Crespo. — 1ª ed. — São Paulo : Seguinte, 2025.

    ISBN 978-85-5534-389-6

    1. Ficção brasileira 2. LGBTQIAPN+ – Siglas I. Título.

25-251486   CDD-B869.3

Índice para catálogo sistemático:
1. Ficção : Literatura brasileira B869.3

Cibele Maria Dias – Bibliotecária – CRB-8/9427

Todos os direitos desta edição reservados à
EDITORA SCHWARCZ S.A.
Rua Bandeira Paulista, 702, cj. 32
04532-002 — São Paulo — SP
Telefone: (11) 3707-3500
www.seguinte.com.br
contato@seguinte.com.br

*Para todes LGBTQIAPN+ que tiveram
suas adolescências roubadas.
Esta é uma forma de recontar nossa história.*

Prólogo

Quando coloquei as mãos em uma filmadora pela primeira vez, minha vida mudou.

Ela era a coisa mais linda que eu já tinha visto. Pequenininha, leve, compacta. Visor colorido. Microfone integrado. Encaixe para tripé. O sistema de armazenamento padrão era fita mini-DV, que filmava até uma hora de material, mas tinha uma supernovidade: entrada para cartão de memória. *Show de modernidade!* Se eu conseguisse juntar dinheiro suficiente para comprar um cartão de 256 GB, daria pra filmar em FULL HD! Um total de dois minutos de vídeo, mas, ainda assim, FULL HD! Se prepara, Hollywood, que eu tô chegando!

— E aí, filha? — perguntou meu pai, na maior expectativa. — Gostou?

Foi só então que percebi que todo mundo estava me olhando.

Há quanto tempo eu estava parada ali, no meio da sala, fazendo declarações de amor silenciosas para um objeto inanimado?

Minha mãe segurava o embrulho rasgado e uma caixinha de fitas mini-DV enquanto aguardava minha resposta. Atrás dela, Tânia e Tamara, minhas melhores (e únicas) amigas, registravam o momento se revezando no comando de uma câmera CyberShot. Elas não tinham muito o que fotografar naquela festa — além das duas, eu não tinha convidado mais ninguém da escola. Ou de fora dela.

Naquele 8 de março de 2004, eu completava quinze anos. Minha mãe queria que eu tivesse feito um grande evento — ela costumava organizar as melhores festas quando eu era criança, com direito a decorações baseadas em todos os filmes da Disney da década de 1990. Naquela época, era normal convidar todo mundo que estudava na mesma sala, ainda que a gente não tivesse proximidade alguma. Depois que cheguei na adolescência e fiquei responsável por minhas próprias comemorações, o movimento diminuiu bastante. Ainda bem que conheci Tânia e Tamara na quinta série.

— E se a gente fizesse um baile de debutante? — perguntou minha mãe no fim do ano anterior, já sabendo que essas coisas exigem preparo com antecedência. — Daqueles com os quinze casais dançando enquanto você apaga as velas?

Mesmo se eu achasse baile de debutante uma coisa legal (não acho), jamais teria quinze casais pra convidar. Acho que nem *conheço* trinta pessoas.

Tá bom, vai. Tem trinta pessoas na minha sala da escola. Mas hoje, no dia do meu aniversário, as outras vinte e sete estão na festa da Ana Carolina do 1º B. Eu, Tânia e Tamara não fomos convidadas. Ainda que um convite magicamente caísse em minhas mãos, eu preferiria andar em vidro infectado com tétano do que botar um vestido e passar a noite com as pessoas que eu mais odeio no mundo.

Dançando com *garotos*, ainda por cima.

Talvez minha mãe achasse que um baile de debutante fosse ajudar no meu status social. Uma última oportunidade para me integrar antes da formatura do ensino médio. Sinto decepcionar, mas tenho meu posto de nerd da turma para honrar e vou preservá-lo até o fim dos meus dias no Instituto de Educação Santa Cássia.

Como eu recusei o baile, ganhei a chance de escolher um presente mais caro do que os habituais DVDs das minhas séries favoritas. Nem pensei duas vezes: a câmera mini-DV era meu sonho de consumo desde que eu tinha lido um artigo sobre como fazer filmes amadores em casa. Essa obsessão por cinema começou quando eu assisti *Encontros e desencontros* — quem poderia imaginar que existiam mulheres diretoras de cinema? Eu com certeza nunca tinha visto uma, até descobrir a existência de Sofia Coppola.

Enquanto eu esperava o momento em que colocaria as mãos naquela câmera, aproveitei para aprender tudo sobre o software de edição que tinha baixado no meu computador. Tive que deletar The Sims pra abrir espaço no HD — descanse em paz, Laura Caixão —, mas valeu a pena. Depois de meses lutando para aprender a juntar áudio e vídeo, terminei meu primeiro filme: um clipe de trinta segundos com os melhores momentos de uma tarde na praça de alimentação do shopping com Tânia e Tamara. Coloquei de fundo a música "Tô nem aí", da Luka, uma das minhas favoritas. Mostrei pra elas me achando a próxima vencedora do Oscar. Para meu desespero, as duas *odiaram*.

Não foi bem uma crítica ao meu trabalho, mas sim uma série de reclamações sobre a aparência delas no vídeo. Espinhas, cabelo desarrumado, roupa que não caía bem e outras coisas do tipo. Coisas em que eu, do alto da minha criação artística, não tinha reparado.

Foi desse jeito que perdi o único elenco que tinha à minha disposição. E, como eu não conhecia mais ninguém, não sabia a quem recorrer. Mesmo assim, não desisti dos meus planos de me tornar uma grande cineasta. Continuei me especializando em edição e cheguei a escrever alguns roteiros para quando tivesse acesso a outros atores. À noite, ficava me imaginando sentada na sacada do meu apartamento em Los Angeles, cercada de prêmios, tomando drinques com minha amiga Sofia Coppola. Nessas divagações, Sofia sempre dizia para eu não desistir do meu sonho.

Eu tinha uma câmera amadora, um computador equipado para edição de vídeo, várias ideias escritas... Mas não tinha quem desse vida aos meus filmes.

Até o momento em que começa esta história.

1

quando vc chegar aos meus pés, me avise que é para eu naum pisar em cima!

— Eu não acredito que você não anotou, Tânia — repetiu Tamara pela terceira vez enquanto atravessávamos o portão da escola.

Ficava num prédio centenário na zona sul de São Paulo, incrustado em um quarteirão remoto de um bairro tranquilo. O Instituto de Educação Santa Cássia tinha sido um convento na década de 1920, depois evoluiu para escola de garotas e, enfim, nos anos 70, abriu suas portas para meninos também. Não sei se essa foi a melhor decisão. Os garotos da minha sala eram todos imaturos, barulhentos e extremamente irritantes.

— E você? Não anotou por quê? — rebateu Tânia num sussurro irritado, tentando manter a conversa baixa para não chamar atenção.

Apesar de serem gêmeas idênticas, de pele negra, cabelo escuro e olhos castanhos, elas tinham personalidades opostas, refletidas em seus estilos diferentes: enquanto Tânia era mais patricinha e gostava de manter o cabelo liso, indo ao salão toda semana para retocar a escova permanente, Tamara mantinha os fios encaracolados com algumas mechas vermelhas. Seu sonho era colocar piercing na sobrancelha, enquanto Tânia vivia falando sobre furar o umbigo — ainda que os pais delas jamais fossem permitir tamanha rebeldia. Tamara gostava de roupas largas e despojadas, estilo surfista, enquanto Tânia preferia camisetas justinhas de cores claras e calça de cintura baixa. As duas eram magras, estilosas e bonitas. Eu não entendia muito bem por que não eram populares; desde o primeiro dia de aula, elas também tinham sido excluídas.

Eu era bem mais alta que as duas — sempre ficava por último na fila organizada por tamanho, atrás até dos meninos —, e mais gorda também. Usava camisetas grandonas, calças jeans discretas, tênis All Star. Não me preocupava muito com moda ou estilo, porque, pra mim, o que realmente importava era o que eu tinha dentro da cabeça. Minha pele era branca e, já que eu nunca usava maquiagem, todas as espinhas e imperfeições estavam sempre à mostra. Meu sonho era cortar o cabelo bem curtinho, mas todos falavam que meus fios castanho-claros eram a coisa mais linda do mundo. Como era a única coisa que elogiavam em mim, eu continuava com eles do jeito que sempre foram, mas viviam presos em um rabo de cavalo bagunçado.

— Você que sempre anota tudo. — Tamara continuou a discussão em voz alta, para desespero da irmã, que notou olhares de colegas em nossa direção.

— Fala baixo — disse Tânia, puxando a irmã para um canto mais vazio quando chegamos ao corredor do ensino médio.

Eu as acompanhava de perto, caso tivesse que separar a briga.

— Eu falo do jeito que eu quiser — respondeu Tamara, cruzando os braços.

— Você também tem agenda — falou Tânia.

— Eu uso pra anotar quando saem os episódios das séries que eu gosto, não os trabalhos idiotas de biologia!

— Gente — falei, enfim me metendo na discussão. —

Não importa quem anotou ou deixou de anotar. A gente tem um trabalho pra entregar amanhã que era pra ter sido começado no início das aulas. O que a gente vai fazer?

Tânia e Tamara ficaram em silêncio. Eu também estava atrás de uma solução para aquele dilema. Não conseguia acreditar que íamos tomar bomba em uma matéria já no primeiro semestre do primeiro ano.

O fato é que a gente esqueceu de anotar sobre o trabalho de biologia mais complexo do semestre. A tarefa parecia simples: observar uma árvore durante dois meses e reportar as mudanças pelas quais ela passou ao longo do tempo, conforme o verão acabava e dava lugar para o outono. O problema é que o professor avisou sobre esse trabalho na primeira semana de aula, e nenhuma de nós anotou a data de entrega. Agora estávamos em março e não tínhamos nada, nem sequer uma árvore escolhida.

Me afastei das gêmeas quando elas recomeçaram a discussão e fui até o outro lado do corredor, onde havia uma varanda que dava para o pátio da escola. Lá de cima eu podia ver a quadra descoberta, os desenhos da amarelinha desbotada no chão de concreto e as copas das árvores no pequeno bosque que ficava perto da capela. Observei as folhas, tentando pensar em uma ideia para resolver nosso problema, quando fui arremessada no chão.

Não sei o que doeu mais: o impacto de ser empurrada ou o chão duro. Antes que eu pudesse entender o que tinha acontecido, senti pontas duplas de um cabelo loiro cheio de alisamento roçarem meu nariz. Quando um par de olhos azuis emoldurados por lápis preto me encarou, senti meu sangue ferver.

— O que você tá fazendo, Fernanda? — exclamei.

— Foi mal — sussurrou ela, se apressando para levantar.

Em vez de oferecer a mão para me ajudar, ela correu para pegar seu skate, que estava caído no meio do corredor, com as rodinhas para cima, girando no ar. Típico. Só depois de confirmar que seu bem mais precioso estava intacto foi que Fernanda voltou a olhar para mim.

O uniforme dela violava todas as normas da escola: a camiseta era minúscula e deixava a barriga de fora, revelando o piercing no umbigo. Ela usava uma calça cargo preta de cintura baixa com uma corrente pendurada entre a cintura e o bolso traseiro, e os All Stars mais sujos que eu já tinha visto. Somando aquele visual com o cabelo loiro alisado e a maquiagem pesada ao redor dos olhos, ela poderia se passar por uma cover da Avril Lavigne. Talvez esse fosse seu maior sonho, inclusive.

— Você tá bem? — perguntou ela, soando preocupada.

— Tá maluca, garota? — Tamara avançou na direção dela enquanto Tânia me ajudava a levantar. — Ela quase caiu da varanda!

— Também não é pra tanto. — Fernanda assumiu um tom defensivo e meio debochado, o mesmo que vinha me irritando desde a sétima série, quando começamos a estudar juntas.

— Achei que skate fosse proibido dentro da escola — provoquei.

— Eu tava atrasada pra aula de física.

— Não sei por que a pressa — disse Tamara, irritada. — Não vai passar mesmo.

Tânia riu da piada da irmã. Percebi o instante em que as bochechas de Fernanda coraram diante da alfinetada, mas logo seus olhos foram tomados pela confiança de sempre.

— Olha quem fala — rebateu Fernanda. — O trio que vai reprovar em biologia no primeiro bimestre.

Tânia e Tamara se entreolharam, como se travassem um diálogo silencioso. A briga das duas havia atraído mais atenção do que tinham imaginado. Para piorar nossa situação, as amigas de Fernanda chegaram para igualar os números naquela disputa que começava a se inflamar.

Jéssica Lorena ficou popular na sétima série por ser a primeira garota da sala a desenvolver seios — e ela fazia questão de esfregar isso na cara de todo mundo. Usava roupas tão decotadas que quase causavam um aneurisma nas freiras que ainda moravam nos fundos da escola. Sua pele branca estava sempre bronzeada, como se ela passasse todos os finais de semana na praia, e o cabelo cor de areia vivia perfeito. Sua aparência era de mocinha de série americana; sua personalidade, de vilã da novela das nove.

Milena destoava por completo das outras duas. Era a única garota de ascendência japonesa no grupo dos populares. Seu cabelo preto era bem liso, porém ela fazia questão de alisá-lo ainda mais em prol do visual emo que sustentava todos os dias. A franja caía sobre um lado do rosto, e seus olhos eram tão emoldurados pelo lápis preto quanto os de Fernanda. Ela vestia uma mistura de estilos: calça de cintura baixa com strass, cinto de rebite, camiseta de banda por baixo do uniforme, munhequeira de tecido e brincos com penas coloridas.

Aquele era o trio de garotas mais populares do primeiro ano, liderado pela Fernanda, a mais disputada para ser par dos meninos nas festas de quinze anos. O baile de aniversário dela estava sendo considerado o evento do semestre e era o assunto mais comentado desde janeiro. Eu e minhas amigas obviamente não tínhamos sido convidadas.

— Nerds não tinham que ser boas em todas as matérias? — perguntou Fernanda com falsa curiosidade. — Não é pra isso que vocês servem?

— Isso é um estereótipo — respondi, sentindo a irritação crescer dentro de mim. Uma sensação costumeira quando Fernanda estava por perto. — Conhece essa palavra? Ah, você não é muito boa de português, né?

— É que eu não tenho o tempo livre que você tem pra estudar. Eu tenho vida social.

Jéssica Lorena e Milena riram.

— Pra elas só sobrou ir bem nas matérias, porque de resto... — disse Jéssica Lorena, enquanto nos olhava de cima a baixo. — Não tem salvação.

Revirei os olhos, pronta para encerrar a discussão, mas Tânia e Tamara pareciam determinadas a dar uma resposta à altura. Puxei as duas pelo braço, impedindo que dessem mais atenção para o trio infernal.

— É só fingir que elas não existem — sussurrei para as gêmeas.

Fernanda ajeitou o skate debaixo do braço e jogou o cabelo para trás, impedindo que os fios grudassem no gloss exagerado que usava na boca.

— Boa sorte quando repetirem o primeiro ano. Não vão fazer falta.

Então jogou o skate no chão e saiu zunindo pelo corredor, pronta para causar mais um acidente e terminar o dia na sala da coordenação. Jéssica Lorena e Milena correram atrás dela, como se fossem suas sombras.

Ficamos em silêncio até que as três sumissem de vista.

— Que menina insuportável — disse Tânia.

— Por que você nunca deixa a gente bater nela, Marília? — reclamou Tamara.

— Porque eu não quero receber uma suspensão — expliquei. — E nem vocês. Imagina o que nossos pais iam falar!

Meus pais eram rígidos com meu desempenho na escola, mas os pais de Tânia e Tamara eram ainda piores. Eles trabalhavam em uma multinacional e cobravam muito das filhas — queriam que elas seguissem o mesmo caminho. Já tinham até planos para que as duas estudassem fora do país quando terminassem a escola.

— Vamos lá — falei, trazendo a atenção delas de volta para nosso problema. — A gente precisa de um plano.

— Não tem jeito — lamentou-se Tamara. — Não tem como recriar meses de trabalho em um dia. Só se a gente fizesse mágica.

De repente, eu vi a solução com toda a clareza do mundo. Tirei a mochila das costas e mostrei para elas minha câmera mini--DV novinha, apenas esperando para fazer sua grande estreia.

— A mágica do cinema.

Seguimos para uma rua tranquila que ficava perto da escola, cheia de casas com árvores frondosas nos quintais e algumas plantas espalhadas pela calçada.

— Que tal essa aqui? — perguntou Tânia, indicando uma árvore alta, cheia de galhos carregados de folhas largas.

Sua copa passava pelos fios de eletricidade presos aos postes, como se aquele obstáculo não fosse nada para ela.

— Muito grande — respondi. — Não vai dar pra enquadrar tudo.

— Achei que essa sua câmera profissional fosse boa.

— Ela é *semi*profissional.

— E aquela?

Olhamos para Tamara, que estava diante de uma casinha pequena no fim do quarteirão. A árvore ficava na calçada, bem na frente do portão baixo. Tinha porte médio e era bem cuidada. Encaixaria com perfeição nos planos que eu tinha em mente.

— Perfeita, Tam.

Comecei filmando a árvore de longe. Seu tamanho, sua localização, o jeito que o vento batia nela. Depois, fiz close das folhas, dos detalhes do tronco, da raiz aparente. Em seguida, pedi para as meninas abraçarem a árvore.

— Quê? — disse Tânia, surpresa. — *Abraçar* a árvore?

— Vai ficar bonito no vídeo. Prometo.

— Vai ficar ridículo, Marília — protestou ela.

— Cinema é emoção — falei. — A árvore sozinha não tem graça nenhuma. Eu preciso de personagens.

— A gente já falou mil vezes que não é atriz — replicou Tamara.

— Nem precisam ser. Isso é um documentário, não é ficção.

— Boa tarde, posso ajudar? — disse uma voz masculina.

Viramos depressa, como se tivéssemos sido pegas em flagrante, ainda que não estivéssemos fazendo nada de errado. Um senhor que lembrava meu avô veio caminhando pelo jardim até chegar no portão.

— O senhor me desculpe — falei rápido. — A gente não queria atrapalhar.

— Imagina, minha filha — respondeu ele. — Vocês gostam de planta?

Olhei para Tânia e Tamara, que deram de ombros.

— Estamos fazendo um trabalho pra escola — expliquei. — O senhor sabe que árvore é essa?

— Claro. Fui eu que plantei, há mais de trinta anos.

A documentarista que havia dentro de mim acordou. Liguei mais uma vez a câmera e a mostrei para o senhor.

— Tudo bem se eu gravar seu depoimento? É para o trabalho.

— Claro, pode gravar, sim.

Apontei a lente para ele e o filme começou a ganhar vida diante dos meus olhos.

— Essa árvore aí é uma pitangueira. Não tinha nenhuma aqui na região quando eu trouxe a muda. Meus filhos gostavam muito...

— ... Já vi três gerações da família subindo e descendo dessa árvore. É um marco aqui da rua. Meu filho levou uma mudinha dela pra plantar no quintal dele quando a esposa morreu. Em novembro, quando dá flor, é a mais bonita do bairro.

A câmera foi apontada para uma árvore a alguns metros da casa. Linda, cheia de flores e frutos, ainda que pequena. Em seguida, a imagem se fundiu com um clipe mostrando cada detalhe da planta.

Quando os primeiros acordes da música soaram, desviei o olhar do telão para observar o resto da sala. E, nesse momento, eu sabia que tinha o público nas mãos.

— *Você é assim, um sonho pra mim, e quando eu não te vejo... Eu penso em você desde o amanhecer até quando eu me deito.*

A letra dos Tribalistas invadiu o alto-falante da sala de biologia. Ao meu lado, ouvi Tânia fungar. Várias meninas secavam lágrimas do rosto, até mesmo Jéssica Lorena. Os meninos que nunca calavam a boca estavam em silêncio, prestando atenção no filme. A única pessoa além de mim que não observava o telão era Fernanda — nossos olhares se encontraram enquanto eu fazia a varredura da sala, e ela me encarou com uma expressão indecifrável. Ter a atenção dela fez meu rosto queimar. Mas não importava: eu tinha uma missão. Ia conseguir passar em biologia, mesmo que precisasse aguentar a zoação dela pelo resto do ano.

Quando os créditos finais subiram pela tela (Direção: Marília Dias. Roteiro: Marília Dias. Edição: Marília Dias), Dênis, o professor de biologia, acendeu as luzes e puxou os aplausos. Apesar de terem se emocionado com o filme, meus colegas estavam relutantes em bater palmas para nosso grupo. Era sempre assim: eles desprezavam tudo que a gente fazia. No fundo, eu achava que sentiam inveja das nossas notas boas em todas as matérias.

— Valeu, gente — disse Dênis. — Na próxima aula eu devolvo os relatórios com a nota de cada grupo.

Repassei mentalmente as apresentações enquanto arrumava a mochila. Em termos de conteúdo, o grupo da Fernanda foi o pior de todos. Também, pudera: aquelas garotas viviam planejando festas, isso quando não estavam *frequentando* festas. Além dos tradicionais bailes de debutante, elas iam em matinês para menores de idade todos os domingos. Tânia e Tamara viviam na expectativa de um dia irem a uma festa dessas e perderem o BV com meninos de outras escolas, que não sabiam da fama de nerd que elas tinham.

Mesmo depois do seu fracasso, Fernanda não perdeu a pose. Na saída, passou por mim que nem um rinoceronte selvagem, esbarrando no meu braço com a mochila.

— Enganou todo mundo direitinho — sussurrou ela. — Golpe baixo... Tribalistas é foda.

E deixou a sala. Não entendi se foi um elogio ou uma crítica, mas, vindo dela, só podia ser a segunda opção.

Não tive tempo de responder porque o professor me chamou nesse momento. Dênis era um dos nossos professores mais jovens, e fazia um esforço constante pra que a gente se sentisse à vontade em suas aulas. O trabalho de observação da árvore, por exemplo, era uma forma de aliviar a pressão da nota das provas de fim de semestre. Pena que a gente tinha tratado tão mal a iniciativa superlegal dele.

— Não sabia que você era tão boa com edição de vídeo, Marília — comentou Dênis, animado. — Eu nunca tinha visto um trabalho apresentado dessa forma. Parabéns.

— Valeu, Dênis.

— Vou até relevar o fato de que vocês não fizeram nada do que eu pedi — disse ele, sério.

Arregalei os olhos, surpresa. Tinha certeza de que havia enganado todo mundo...

— Desculpa, Dênis, eu...

— Vocês tiraram dez — me interrompeu ele. Em seguida, abriu um sorriso reconfortante. — Marília, eu acredito que o trabalho de um professor é muito mais do que ensinar uma matéria e somar notas. É também enxergar talentos. Você tem uma coisa que precisa ser explorada e incentivada, ou então vai se perder no meio da cobrança por trabalhos perfeitos e notas altas.

Fiquei olhando para Dênis como se ele estivesse conversando comigo em grego. Por mais que eu tirasse notas altas em quase tudo, nenhum professor nunca tinha me dito algo parecido.

— Você pretende fazer esses filmes para outras matérias também? — perguntou ele.

— Eu até queria...

E queria mesmo. Desde o ano anterior, eu vinha pensando em usar meus recursos audiovisuais para deixar os trabalhos mais divertidos e, de quebra, ganhar experiência como diretora. Já tinha pensado em vários roteiros, mas até ali, mesmo com uma câmera boa, eu não via como contornar a falta de elenco.

— Mas não tenho elenco pros filmes — falei. — A Tânia e a Tamara não gostam de aparecer.

— E seus outros colegas?

Ajeitei a mochila nos ombros, pensativa. Era sempre constrangedor conversar com professores sobre minha situação social na escola. Todo mundo sabia que a pior coisa que alguém poderia fazer era reclamar para a coordenação sobre bullying no colégio. Não só não dava em nada como fazia o problema piorar. Teve uma vez que a mãe da Tamara e da Tânia foi falar com a coordenação, e elas foram motivo de chacota durante meses.

— Não sei se eles topariam...

Dênis hesitou por alguns instantes enquanto folheava os outros trabalhos entregues. Parou em um que havia recebido nota três pela apresentação. Espichei o pescoço para tentar ler os nomes dos integrantes e vi de relance o de Fernanda. Sorri, pensando *bem feito*.

Dênis olhou para mim. Por um segundo, parecia que ia falar alguma coisa, mas mudou de ideia. Ele sorriu e continuou:

— Tá bem, Marília. Parabéns mais uma vez e boa sorte nos próximos trabalhos.

— Valeu.

Quando saí da sala, Tânia e Tamara me aguardavam no corredor. Elas vieram até mim na maior expectativa.

— E aí? Descobriu nossa nota? — perguntaram quase ao mesmo tempo.

Ergui as duas mãos abertas, mostrando nosso dez. As meninas fizeram a maior festa. Quando percebi, tinha virado o recheio do sanduíche formado pelas minhas gêmeas favoritas.

2

sou como o vidro: se cair eu quebro,
mas se pisar eu te corto x)

Fiquei tão empolgada com o sucesso da minha primeira empreitada como diretora que imediatamente elaborei o roteiro do próximo projeto. Dentro de dez dias a gente precisaria apresentar um trabalho de química sobre misturas homogêneas e heterogêneas. Não era o tema mais cinematográfico do mundo, mas eu estava otimista com o recurso do documentário que havia usado no trabalho de biologia.

Minha ideia era que Tânia interpretasse uma cientista especialista em misturas heterogêneas e Tamara falasse sobre as homogêneas. Eu entrevistaria as duas por trás da câmera e faria uma edição alternando as respostas para ficar mais interessante. Não era nada muito distante de uma apresentação convencional em sala de aula; a única diferença é que elas fariam aquilo em vídeo — ou ao menos era o argumento que eu pretendia usar para convencê-las a aparecer no filme.

Deixei para falar com as duas depois da aula, pois havia um obstáculo maior pela frente: convencer Cláudia, a rígida professora de química, a me deixar fazer um filme no lugar dos slides ou das cartolinas.

— Nem pensar — disse ela com firmeza logo depois que eu apresentei minha proposta.

— Mas o Dênis deixou — rebati.

E me arrependi logo em seguida, pois os olhos de Cláudia se inflamaram ao ser enfrentada.

— Então na aula do Dênis você pode fazer seus filmes à vontade — continuou ela, implacável. — Na minha, eu espero uma pesquisa bem formulada, cheia de referências, e uma apresentação digna de universidade. Sem gracinhas, Marília.

Primeiro, a falta de elenco. Agora, a falta de apoio do corpo docente. Era assim que o sonho de me tornar a maior cineasta do Brasil ia morrer?

Deixei a sala feito um foguete alimentado por ódio e ressentimento. Tamanha foi a pressa em sair dali que não conferi se alguém estava passando no corredor e, antes que desse por mim, estava no chão — de novo.

A dor do impacto não foi nada comparada à vergonha quando percebi que tinha aterrissado em cima de Fernanda. Pela segunda vez no mesmo mês, nossos rostos estavam a centímetros de distância, e nossos corpos, grudados. Eu podia sentir o calor que emanava dela em contraste com o chão frio.

— Porra, caralho, sai de cima de mim!

Ela começou a se debater com os olhos encobertos pelo cabelo comprido. Segurei os braços dela por reflexo, impedindo que me acertasse, e Fernanda enfim me reconheceu. Para minha surpresa, sua expressão se suavizou.

Ficamos em silêncio, até que ela ergueu uma sobrancelha e disse:

— Esse é seu jeito de se vingar?

Então abriu um sorrisinho que fez meu coração dar uma vacilada. *De tanta raiva*, pensei. *Eu odeio essa garota!*

— Que é isso, gente? Clipe novo da t.A.T.u.?

Soltei os braços dela como se tivessem me queimado e levantei rápido. Fernanda fez o mesmo. Disfarçamos nosso desconforto arrumando roupas e cabelo, sem nenhum tipo de contato visual.

Jéssica Lorena se aproximou junto com Pedro Henrique, um dos garotos populares da nossa turma. Ele era alto, negro, tinha cabelo curto bem aparado e um sorriso sempre capaz de tirar o fôlego das minhas amigas. Um pouco atrás dos dois estava Lucas, um menino baixinho e loiro que andava na sombra dos populares.

— Que mau gosto, Nandinha — disse Lucas. — Se embolar no chão com essa gorda zoada?

Senti as bochechas queimarem. Por mais que ouvisse aquele tipo de xingamento o tempo todo, eu nunca me acostumava ao constrangimento.

— Vaza, vai — disse Fernanda, tentando dispersar o grupo.

Jéssica Lorena não se deu por vencida. Era como se farejasse confusão. Ela se aproximou de mim com aquela cara de quem sabia o segredo mais profundo de todos os alunos da escola.

— Cansou de esperar um menino te beijar e resolveu atacar as meninas, Marília?

Pedro e Lucas riram. Fernanda fechou a cara.

— Cala a boca, Jéssica — resmungou ela. — Eu nunca ia beijar essa menina.

Percebi que outras pessoas espalhadas pelo corredor acompanhavam a interação aos cochichos enquanto me encaravam. Era meu maior pesadelo: me tornar o centro das atenções. Eu não podia deixar aquilo acontecer. Tinha que sair de lá o mais rápido possível.

— Eu preferiria lamber uma privada do que beijar você — respondi, ríspida. — Imagina se essa burrice dela for contagiosa?

Os alunos ao redor soltaram gritinhos e sons de surpresa. Alguns começaram a puxar o coro de "briga, briga, briga!". Mas eu já tinha causado o efeito de que precisava. Ajeitei a mochila no ombro e passei por Jéssica Lorena, que ria de forma debochada.

Se tivesse olhado para trás, teria visto a expressão de mágoa profunda no rosto de Fernanda.

Nossa vida social na escola ficou ainda pior depois disso. Se eu, Tânia e Tamara já éramos excluídas, agora a gente tinha se tornado as maiores párias do primeiro ano. Nem o pessoal do ensino fundamental queria ser visto perto da gente.

As gêmeas fingiam que estava tudo bem, mas eu sabia que tinham ficado chateadas comigo. Não tinha jeito: era isso ou uma humilhação ainda maior. Eu não podia deixar que a escola inteira achasse que eu gostava de meninas.

Meus pensamentos estavam perdidos entre cenas de filmes e diálogos inventados quando João, o bedel, interrompeu a aula de literatura e me procurou com os olhos.

— Marília, a Ciça quer falar com você.

Conforme as cabeças foram virando na direção da minha carteira, que estava colada à parede no canto da sala, eu senti o corpo gelar. O pânico me tomou de súbito. O que é que eu tinha feito de errado?

Ciça era a coordenadora pedagógica do ensino médio e as pessoas só eram chamadas para sua sala quando estavam metidas em alguma encrenca. Eu sabia disso porque Fernanda e seus amigos eram sempre convocados e voltavam com cara de poucos amigos. Às vezes nem voltavam — Ciça ligava para que seus pais viessem buscá-los depois de tomarem uma suspensão.

Mas eu, aluna exemplar e maior nerd da turma, não deveria ser chamada para a coordenação. Alguma coisa estava errada.

— Iééééé — disse Luiz Fernando, o rei dos populares e também um dos garotos mais irritantes da sala.

Seus sons idiotas foram seguidos por um coro de assobios

e gritinhos. Sempre que alguém era chamado para a coordenação, era a mesma coisa. Daquela vez, no entanto, a reação foi mais intensa. Todo mundo adorava ver uma aluna certinha se ferrar, mesmo que nem soubessem o porquê, e eu estava com a moral lá embaixo naquela semana.

Só consegui levantar quando Tamara cutucou meu ombro. Passei por Tânia na carteira ao lado da minha. Ela me olhava petrificada, como se eu estivesse indo para a delegacia depois de cometer um crime terrível.

Senti meu rosto queimar conforme caminhava diante dos meus colegas. Tudo que eu queria era me fundir às paredes e só ser encontrada no último dia de aula do ensino médio.

Eu tinha adotado a estratégia de existir na escola como um fantasma desde que os comentários infelizes começaram, na sexta série. Os xingamentos eram os mais diversos: nerd, gorda, feia, mulher-homem. Esse último era o que mais me irritava e, ao mesmo tempo, mais me deixava confusa: eu via homens sendo celebrados o tempo todo pelas mínimas coisas; por que seria ruim ser como eles?

Enquanto seguia para a porta, consegui sentir os olhos de Fernanda em mim. Ela sorria com os braços cruzados, como se estivesse adorando a cena. Saboreava um comentário sarcástico que veio à tona assim que olhei para ela.

— Eu sabia — falou. — São sempre as certinhas que escondem o jogo.

Jéssica Lorena gargalhou ao seu lado. Até Milena, que não achava graça em nada, sorriu.

Antes que eu pudesse responder, João se adiantou e foi na direção dela.

— Você também, Fernanda. A Ciça quer ver as duas.

O sorrisinho morreu nos lábios de Fernanda. Por mais que ela fosse encrenqueira, com certeza estava fazendo o mesmo que eu: repassando mentalmente tudo que poderia ter feito de errado nos últimos dias. Enfim, Fernanda levantou e mostrou o dedo do meio para Luiz Fernando, que continuava com o coro de urros e assobios.

Assim que saímos da sala, fomos engolidas pelo silêncio do corredor. Todas as turmas do ensino médio estavam em aula e não havia ninguém por ali além de nós. João caminhava depressa na nossa frente, sempre com aquele ar de quem tinha muita coisa pra fazer, enquanto eu tentava acompanhá--lo a certa distância. Fernanda se arrastava atrás de nós, deixando claro o quão irritada estava diante daquela situação.

Seguimos o bedel até a ala antiga da escola, onde ficava o prédio que deu origem a todo o resto. Era um lugar sombrio e escuro, com corredores decorados por quadros centenários de freiras e padres. A ala da administração tinha cara de colégio interno dos anos 1920, aquele típico cenário de filme de terror em que os jovens vão sendo assassinados um por um. Rezava a lenda que os fantasmas das freiras que inauguraram a escola também habitavam ali. Eu amava cinema, mas odiava filmes de terror, então preferia não pensar naquela possibilidade.

Tentei me preparar para o encontro com Ciça. O que eu teria feito de errado? Depois do meu relapso com o trabalho de biologia, estava mais comprometida do que nunca com minhas obrigações acadêmicas. Entreguei toda a lição de casa em dia. Cheguei no horário. Não matei aula. Lembrei então que tinha usado um tênis amarelo na segunda-feira, violando uma das normas de uniforme da escola.

Será que eu seria punida por causa de um tênis?

Olhei para trás, tentando checar o estado do uniforme de Fernanda. Hoje ela usava um par de All Stars vermelhos (éramos cúmplices do mesmo crime?) e vestia uma camiseta do uniforme rasgada nas laterais, sustentada ao redor do corpo por uma fileira de alfinetes. Um visual que deve ter visto em um clipe de rock do Disk MTV. Se o problema era violação do código de vestimenta da escola, Fernanda com certeza seria expulsa até o fim do dia.

— Tira uma foto que dura mais — disse ela de forma ríspida quando percebeu que eu a encarava.

Revirei os olhos e voltei a olhar para a frente, perdida em meus pensamentos.

Cláudia, pensei. *Ela deve ter reclamado sobre minha proposta*.

No entanto, nenhuma dessas possibilidades explicava por que Fernanda havia sido convocada junto comigo. A não ser que alguém tivesse denunciado nossa última briga...

Quando dei por mim, estávamos na frente da sala da Ciça. João bateu rapidinho na porta de madeira escura e a abriu, anunciando nossa presença.

— As meninas do primeiro ano estão aqui.

— Obrigada, João — disse uma voz lá de dentro.

Entrei depressa e me encostei na parede ao lado da porta, tentando não chamar atenção e ocupar o mínimo de espaço possível. Fernanda me seguiu a passos lentos, fazendo pouco caso da pressa de João ou da gravidade de nossa situação. Ela sempre tinha aquele ar debochado e superior. Ao contrário de mim, Fernanda se posicionou bem no meio da sala e cruzou os braços, erguendo a sobrancelha diante da coordenadora.

— Podem sentar — disse Ciça.

Eu tinha visto Ciça apenas uma vez, logo no começo do ano, quando ela passou nas salas para se apresentar. No ensino fundamental a gente tinha outra coordenadora, que eu também não via muito graças ao meu bom comportamento. Ciça era pequena, usava óculos fundo de garrafa e estava grávida. Parecia uma pessoa legal que não se importava com formalidades. Ela sorriu para nós duas assim que sentamos nas cadeiras disponíveis e eu me senti um pouco mais tranquila.

— Ciça, desculpa — falei logo. — Eu juro que foi só uma vez. É que meu outro tênis tava lavando...

Ciça deu risada, quebrando o clima de tensão.

— Eu não chamei você aqui pra te punir, Marília. É só uma conversa amigável.

— Você achou que ia levar advertência por causa de um tênis? — perguntou Fernanda, incrédula.

— Eu sei lá — respondi meio envergonhada. — Nunca levei uma advertência.

— Se fosse assim, eu já tava expulsa — replicou ela. Parecia se orgulhar de usar o uniforme todo errado.

— Isso é assunto pra outro dia, Fernanda — disse Ciça. — Mas não pense que não reparei na sua camiseta.

Ela apontou para as laterais rasgadas do uniforme de Fernanda, que sentou ainda mais ereta para mostrar a obra de arte. Reparei que dava pra ver um pedaço do sutiã preto por entre os furinhos.

Desviei o olhar de imediato. Quem queria ver o sutiã daquela garota?!

— Gostou? — perguntou Fernanda para Ciça, debochada. — Acho que você deveria adotar como uniforme oficial da escola.

Ciça respirou fundo e massageou as têmporas. Aquela devia ser uma batalha perdida pra ela, considerando todas as garotas que passaram a customizar os próprios uniformes depois que Fernanda começou com essa moda. Isso sem contar a maquiagem pesada, os piercings, os meninos com a cueca aparecendo...

Hoje, no entanto, Ciça tinha problemas maiores para resolver.

— Fernanda, eu e os professores estamos preocupados com suas notas. Depois do susto no ano passado, a gente achou que você estaria mais comprometida.

Fernanda ficou rígida na cadeira. Eu sabia que ela quase tinha repetido a oitava série, assim como vários de seus amigos populares.

— Isso é informação confidencial — disse Fernanda, irritada. — Não era pra você estar falando na frente *dela*.

E me indicou com o polegar.

— Todo mundo sabe que você vai mal na escola, garota — rebati.

— E todo mundo sabe que você é uma nerdona!

— Meninas, por favor — disse Ciça, tentando manter seu característico tom calmo. — Vamos conversar numa boa. Eu tô aqui pra ajudar vocês.

Nós duas ficamos quietas. Fernanda afundou na cadeira, fazendo questão de parecer superentediada. Eu estava cada vez mais confusa sobre minha presença naquela sala. O que eu tinha a ver com o desempenho escolar da Fernanda?

— O professor Dênis me contou sobre o filme que você fez, Marília — continuou Ciça, agora se voltando para mim. — Fiquei muito feliz em ver uma aluna pensando fora da caixa para elaborar trabalhos mais interessantes. Meus parabéns.

— Obrigada — falei.

— Você sabia que ela só fez aquele vídeo porque esqueceu de fazer o trabalho de verdade? — Fernanda me olhou por cima do ombro, vitoriosa. — Eu ouvi ela conversando no corredor com as outras nerds. Elas só apresentaram aquela enrolação pra não tirar zero.

Eu queria matar aquela garota.

Ciça, por sua vez, não pareceu se importar com a informação.

— O Dênis me contou tudo — disse ela. Fernanda murchou. — Vocês podem achar que estão enganando a gente, mas esquecem que lidamos com centenas de adolescentes espertinhos todos os anos.

Esse bebê vai ter que ralar pra enrolar a mãe, pensei.

— Por mais que não seja uma situação ideal — continuou ela —, quem decide a nota é o professor responsável, e o Dênis ficou feliz com o trabalho. Ele sente que o aprendizado foi eficiente. São formas diferentes de atingir o mesmo resultado acadêmico.

Olhei para Fernanda, triunfante. Ela não me olhou de volta. Um furinho na sua calça perto do joelho se tornou a coisa mais interessante do mundo para ela.

— Por outro lado — disse Ciça, chamando nossa atenção de volta —, outros professores não pensam da mesma forma.

— Cláudia — falei. Ciça assentiu.

— A bruxa? — perguntou Fernanda.

Dei risada. Fernanda olhou para mim, surpresa. Era a primeira vez que a gente achava graça da mesma coisa.

— A *professora de química* — reforçou Ciça. — E ela tem todo o direito de exigir apresentações tradicionais na matéria dela. Outros professores também não se sentem confortáveis em avaliar trabalhos em vídeo.

Meus ombros caíram quando recebi a notícia. Ciça tinha me chamado ali para avisar que eu não poderia mais fazer meus filmes na escola. Não posso dizer que estava surpresa.

— Por outro lado, lembro que vários professores resistiram ao PowerPoint quando ele chegou — concluiu ela.

Meu coração se encheu de esperança. Me inclinei para a frente, apoiando os braços na mesa dela.

— Quer dizer que eu vou poder fazer meus filmes?

— Foi uma negociação difícil — explicou Ciça —, mas

você poderá apresentar trabalhos dessa forma em caráter de teste até o fim do semestre.

Eu não conseguia acreditar no que estava ouvindo. Tinha autorização da coordenadora para fazer aquilo que mais amava. Era o melhor dia da minha vida!

— Obrigada, Ciça, você é incrível!

— Mas tem uma condição — anunciou ela, olhando para Fernanda em seguida. — Vocês vão ter que trabalhar juntas.

Um silêncio pesado se abateu sobre nós. Ela só podia estar brincando.

Fernanda logo ficou de pé, batendo as mãos na mesa de Ciça.

— Tá maluca, Ciça? Eu não vou fazer nada com ela!

— Fernanda, senta, por favor — disse Ciça, exausta. Então passou a mão pela barriga, como se consolasse o bebê por ter que passar por aquela situação.

— Ciça, com todo o respeito — falei —, como você quer que eu trabalhe com *ela*? Minhas notas são ótimas, ela vai derrubar meu desempenho!

Fernanda virou para mim tão rápido que a ponta do seu cabelo alisado chicoteou o próprio rosto.

— Eu que não quero fazer trabalho com você! — Em seguida, ela virou para Ciça. — Imagina ter que aguentar essa nerd até o fim do semestre? Ninguém mais vai querer andar comigo se me virem com ela!

Ciça ergueu as mãos mais uma vez, pedindo silêncio. Logo depois, me encarou.

— Marília, você precisa convencer os professores a aceitarem seus filmes. Se provar que os alunos com dificuldade de aprendizado estão melhorando o desempenho acadêmico por causa desses projetos em grupo, pode ser que eles nunca mais questionem os vídeos. E até os incorporem na metodologia da escola.

Antes que eu pudesse protestar, ela virou para Fernanda e continuou o discurso:

— Fernanda, eu quero que você não só tire notas boas, mas aprenda as matérias. Participar da produção dos filmes talvez te estimule a se envolver com o conteúdo. E você não precisa fazer isso sozinha: pode levar seus amigos para que eles também se beneficiem.

— Como é? — perguntei, indignada. — Eu tenho que trabalhar não só com ela, mas com *todos* os amigos dela?

Aqueles populares idiotas, pensei.

— Você terá um elenco completo — disse Ciça.

Em uma tacada só, ela tinha eliminado as duas barreiras que meus filmes enfrentavam na escola: a má vontade dos professores e a falta de elenco.

Mas a que custo? Ter que trabalhar com Fernanda e seus amigos parecia mais uma punição do que um prêmio.

Fernanda também estava em silêncio, avaliando a proposta. Tinha muita coisa em jogo para ela. Em geral, participar de alguns filmes não parecia um preço tão alto a pagar para se livrar de uma possível reprovação. Ela já era exibida mesmo — estar diante da câmera só aumentaria seu ego gigantesco.

Satisfeita, Ciça continuou:

— Não estou pedindo para que vocês sejam amigas, apenas que se respeitem o bastante para trabalharem juntas.

Até porque amigas nós nunca seríamos, pensei. Ciça então folheou alguns papéis à sua frente. Vi de soslaio que eram notas dos últimos trabalhos que entregamos, do primeiro bimestre.

— Fernanda, esses são os colegas que devem participar dos filmes junto com você: Pedro Henrique, Lucas, Jéssica Lorena, Milena e... Luiz Fernando.

— Eles nunca vão topar — disse Fernanda.

— Conto com você para convencê-los — respondeu Ciça, sorrindo de forma angelical.

Fiz de tudo para não demonstrar reação diante da proposta, mas a verdade é que eu achava aquilo muito injusto. Eu, Tânia e Tamara fazíamos todas as lições de casa e entregávamos os trabalhos no prazo (exceto o de biologia), tirávamos boas notas, tínhamos bom comportamento. Aí vinham Fernanda e sua turma zoando em todos os momentos, violando regras, atrapalhando as aulas, e sempre conseguiam uma segunda chance. E terceira. E quarta. Quantas fossem necessárias para não reprovar.

Eu não era mais tão inocente a ponto de achar que a escola *queria* que os alunos repetissem de ano. Era o total oposto, na verdade. A mensalidade ia subindo — e os lucros também. Ainda na sétima série, quase vinte alunos repetiram, e reparei que a maioria saiu da escola para frequentar outra mais barata. Nosso colégio deve ter tomado o maior prejuízo. Desde então, a política de repetências mudou, e agora a gestão fazia de tudo para garantir que os alunos ficassem na escola até o terceiro ano — mesmo que isso significasse dar um empurrãozinho nas notas.

— Veja que vantajoso — continuou Ciça, vendendo seu peixe com maestria. — Em vez de terem que estudar por semanas para elaborar uma apresentação, você e seus amigos só vão precisar ensaiar um texto e interpretar as falas no vídeo. Pode até ser divertido.

— Se você for uma nerd que gosta de estudar — resmungou Fernanda.

— Meu Deus, garota, você só sabe falar isso? — rebati.

Ela deu de ombros.

— E se eu não quiser? — provocou Fernanda. — Porque eu prefiro ir no show da Kelly Key do que ter que passar mais tempo com essa menina.

— Vocês não são obrigadas a nada — disse Ciça. — Mas pense bem nas suas notas, Fernanda. E você, Marília, imagine todos os filmes que vai deixar de fazer.

Fernanda soltou um suspiro longo, chamando nossa atenção. Então, ergueu a cabeça com pesar, como se estivesse prestes a cantar uma música emo, e me encarou.

— Quero ler os roteiros antes de todo mundo. E eu sempre escolho meu papel.

Sem esperar uma resposta, ela abriu a porta e saiu da sala.

Por mais que não suportasse aquela irritante da Fernanda, eu sabia que o destino dela estava nas minhas mãos. A garota tinha muito mais a perder do que eu, ou seja: ia fazer exatamente o que eu pedisse. Ela e os amigos. Imagina... Eu, a maior nerd da turma, comandando o grupo dos alunos populares! Aos poucos, a perspectiva de trabalhar com eles não parecia mais tão ruim.

Tânia e Tamara me encheram de perguntas assim que voltei para a sala. Quando a professora chamou nossa atenção, prometi que contaria tudo com calma depois da aula. As gêmeas combinaram de passar a tarde na minha casa, como era de costume.

Já nos encontrávamos acomodadas no meu quarto quando joguei a bomba em cima delas. Ainda bem que as duas estavam sentadas no pufe laranja que ficava ao lado da minha cama, ou então teriam desmaiado com o choque.

— O QUÊ? — exclamou Tânia.

— A Ciça enlouqueceu? — completou Tamara.

— O que você falou? — perguntou Tânia.

— Eu disse que ia pensar.

As gêmeas me fuzilaram com os olhos. Eu engoli em seco.

— Pensar no quê? — disse Tânia. — Aquela asquerosa da Fernanda não pode sair ganhando.

— Você vai fazer todo o trabalho e ela vai passar de ano — argumentou Tamara. — Ela tá te usando.

— Não seria só ela — expliquei. — O acordo exige que ela traga uma galera junto. Pra completar o elenco dos filmes.

A expressão das gêmeas se suavizou um pouco.

— Eles nem são atores — disse Tânia. — Só são pessoas bonitas que vão ficar bem na câmera.

— Ser ator é meio que isso mesmo, não? — concluiu Tamara.

— O Luiz Fernando também vai participar? — indagou Tânia, esperançosa.

Não sei como nem por quê, mas minha amiga era apaixonada havia anos pelo babaca do Luiz Fernando. Tudo começou na sexta série, quando fizeram um trabalho de inglês juntos. Eles tinham que traduzir uma música, e Luiz Fernando trouxe o violão para tocar enquanto ela cantava a versão em português. Na cabeça de Tânia, os dois estavam em uma comédia romântica musical. Desde então, o garoto nunca mais falou com ela.

— Acho que sim — falei. — A Ciça pediu pra Fernanda recrutar ele, a Milena, a Jéssica Lorena, o Pedro Henrique e o Lucas.

Os olhos de Tânia e Tamara brilharam conforme eu fui falando os nomes dos meninos.

— Essa é a nossa chance — disse Tamara, animada. — A gente vai finalmente ser notada pelos meninos!

— Quem sabe até o fim do semestre a gente não perde o BV? — exclamou Tânia.

Revirei os olhos. Minhas amigas tinham uma verdadeira obsessão com essa história de BV. Já eu não pensava muito em beijar na boca — não tinha nenhum menino que me interessava desse jeito.

— Vocês acham que eu deveria aceitar a proposta? — perguntei, insegura.

— Com certeza — respondeu Tânia, sem pensar duas vezes. — A gente consegue aturar a chata da Fernanda por uns meses se isso representar o fim da nossa fama de nerd.

— Aposto que você já tem até um roteiro pronto pro próximo trabalho — disse Tamara, tentando me animar.

Elas estavam certas. Revirei alguns papéis bagunçados na minha escrivaninha. Embaixo de um livro pesado de biologia, encontrei um roteiro impresso. As folhas já estavam meio amassadas depois de tanto manuseio, as bordas com marcas de dedos sujos de chocolate. Entreguei o documento para minhas amigas, que olharam para aquilo com certo nojo.

— *Descobrimento do Brasil* — Tânia leu o título em voz alta. — Dá pra pensar em um nome melhorzinho, né? E aí eu posso fazer os créditos de abertura...

Tânia era a mais artística do nosso grupo. Desde criança, sempre gostou de desenhar. Seu caderno era uma verdadeira obra de arte. Ela tinha as canetas coloridas com cheiro que todo mundo queria (e que eu sempre perdia quando ela me emprestava). Já Tamara era mais tecnológica. Quando lançaram o Windows xp, ela virou a noite de tão empolgada que estava para testar o novo sistema operacional. Foi a pioneira do grupo no uso de icq, depois msn, e também a ter Orkut (apesar de não ter muitos amigos para adicionar). Só não tinha Fotolog porque não gostava muito de se expor.

— Certeza que o Luiz Fernando vai querer ser o Pedro Álvares Cabral — disse Tamara, debochada. — Ele adora aparecer.

— Não mais que a Fernanda — falei.

— Pena que a Avril Lavigne não aparece nesse filme — brincou Tamara, arrancando risadas de nós três.

— Vamos ver o Fotolog de todo mundo? — sugeriu Tânia, animada. — Assim a gente já escolhe quem vai fazer o quê no filme.

As meninas se aproximaram da escrivaninha enquanto eu girava a cadeira para ficar de frente para o computador. Abri a rede social de fotos e comecei a acessar o perfil de cada um dos populares da turma. Mesmo que não dessem importância para a nossa existência, a gente sabia o *username* de todos eles. Não era incomum passarmos a tarde falando mal de alguém, caçando fofocas ou suspirando pelos meninos (no caso de Tânia e Tamara).

Começamos pelo Luiz Fernando, para meu desespero.

— Ai, como ele fica lindo de touquinha! — disse Tânia, toda apaixonada.

Enquanto elas debatiam sobre o estilo de chapéu que mais combinava com o garoto, observei a foto em silêncio. Ele era o menino mais alto da turma — e, ainda assim, menor que eu. Era branco, tinha olhos verdes, cabelo escuro bagunçado e um começo de barba despontando no queixo. Na minha opinião, lembrava um bonecão de posto: tinha braços e pernas enormes e não parava quieto.

— Peraí, ele postou foto nova? — perguntou Tânia, se jogando no meu colo para tentar pegar o mouse. — Bota aí, Marília! É de hoje!

Enquanto esperava a foto carregar, eu podia sentir minha amiga prendendo a respiração.

— Calma, miga, já tá quase... — falei.

— Ahhhh! Eu não acredito!

Tânia se ajoelhou no chão, tampando os olhos com as mãos. Tamara abraçou a irmã pelo ombro, como se a consolasse. Eu olhei para a tela e também fiquei em choque: na foto, Luiz Fernando estava de mãos dadas com ninguém mais, ninguém menos que ela...

Fernanda.

Luiz Fernando & Fernanda. *Claro*.

Os dois pareciam estar em um ensaio de casal da revista *Capricho*. Luiz Fernando escondia o rosto com a mão, como se fosse um cantor de banda saindo de um show, enquanto Fernanda ria de alguma coisa que estava fora do enquadramento. Eu precisava admitir que ela era bonita. *Obviamente* bonita. Seu rosto era comprido e simétrico, seu nariz era arrebitado e o cabelo loiro caía de uma forma perfeita sobre os ombros e terminava na altura da cintura. Na foto, ela usava seu look padrão Avril Lavigne: camiseta regata e gravata, bermudão preto e cinto de rebite.

— Eu sabia — disse Tamara. — Todo mundo diz que ele é a fim dela.

— Mas ele tava namorando a Cíntia do 1º B — resmungou Tânia. — Eles foram juntos na festa da Ana Carolina. Dançaram de casal e tudo!

— Tão dizendo que eles terminaram depois da festa.

— O que aconteceu? — perguntei, ávida pela fofoca.

— Parece que o Luiz Fernando pisou na barra do vestido dela — explicou Tamara. — Rasgou um pedaço do tule e era alugado. A mãe dela ficou uma fera.

Eu nunca conseguiria entender o motivo pelo qual as pessoas insistiam nessas festas. Além do inferno que devia ser arranjar os quinze casais, ainda tinha ensaio, aluguel de bufê, aluguel de vestido, DJ... Não parecia uma festa, mas sim um tormento.

— Ele pode namorar quem quiser — anunciou Tânia, dramática. — *Menos* ela.

Tânia escolheu um CD na prateleira e colocou pra tocar no meu microsystem. O quarto foi invadido por "My Happy Ending", da Avril Lavigne. Tânia cantou junto, entoando que "lá se foi o meu final feliz".

Tamara e eu nos entreolhamos e caímos na gargalhada.

— Vocês tão rindo da minha desgraça? — perguntou Tânia, gritando para ser ouvida por cima da música. — Ninguém me entende mesmo!

Fui até o som e abaixei o volume para que pudéssemos continuar a conversa.

— Não é isso, Tan. É só que você é muito dramática. O Luiz Fernando já namorou umas duzentas meninas desde que você começou a gostar dele.

— Mas a Fernanda é diferente — disse ela. — Ela é o amor da vida dele.

Me segurei para não rir na cara dela outra vez.

— Para, sua doida. Eles só têm quinze anos.

— Nem isso — completou Tamara. — A Fernanda só faz quinze em junho.

— Vocês não tão entendendo.

Tânia atravessou o quarto e apontou para a foto na tela do meu computador.

— Olha pra isso. Eles são perfeitos juntos. Parecem do elenco de *The O.C.*!

— Ela é meio Marissa mesmo — comentou Tamara.

— O Luiz Fernando sempre foi apaixonado por ela — continuou Tânia. — Todo mundo sabe. Ela que não dava bola pra ele. Mas agora... Ele nunca vai namorar outra pessoa!

— Eles não vão, tipo, casar nem nada — argumentou Tamara, tentando consolar a irmã.

— Vai saber. Tem várias pessoas que se conhecem na escola e acabam casando.

— Sim, tipo nossos pais — disse Tamara. — Que agora estão divorciados.

— Depois de vinte anos juntos! Será que eu vou ter que esperar vinte anos pra ter uma chance com o Luiz Fernando?

Imaginei minha amiga adulta, elegante, saindo de um prédio chique na Faria Lima vinte anos no futuro. Em meio a carros voadores e hologramas caminhando pela calçada, Luiz Fernando aparece na frente dela montado em um skate, usando boné para trás e corrente na bermuda, com a mesma cara de hoje em dia. Não fazia sentido.

Decidi então *me* imaginar dali a vinte anos. Eu só conseguia me ver em um tapete vermelho, chegando para a estreia do meu filme. Flashes estouram em meu rosto enquanto procuro uma pessoa na multidão. Alguém estende a mão para mim, e eu aceito. Ergo a cabeça para ver quem é... E me deparo com Fernanda, agora adulta, usando um vestido longo todo cravejado de brilhantes.

Tomei um susto tão grande com esse devaneio que levantei da cadeira, chamando a atenção das minhas amigas.

— Tá vendo? — disse Tânia. — Até a Marília ficou abalada.

— É... — falei, sem saber muito bem por onde começar. — Uma pena mesmo. Mas até que eles combinam.

Olhei para a tela e só conseguia pensar em uma coisa...

Aquele casal era *perfeito*.

Até demais.

3

a unika diferença en que a gente en diferente

No dia seguinte, durante o intervalo, ficou claro que minha vida pacata de estudante fantasma estava com os dias contados.

Eu estava sentada no canto da arquibancada da quadra coberta junto com Tânia e Tamara. Era ali que sempre passávamos os vinte minutos do intervalo, fofocando e comendo. Elas haviam escolhido aquele espaço alguns anos antes, quando a gente começou a ficar amiga. Tânia queria assistir as partidas de futebol dos meninos e Tamara concordou em fazer isso desde que pudéssemos passar despercebidas. Ela também queria ver os meninos, mas morria de medo de ser descoberta — como se fosse um crime observar as coxas deles quando os shorts subiam.

Depois de um longo debate sobre a logística do lugar ideal, optamos por ficar perto da entrada, mas na última fileira da arquibancada, a mais alta de todas. Sempre chegávamos um pouco depois do jogo começar e saíamos antes dele acabar.

Naquele dia, porém, nos deparamos com algo bem diferente quando chegamos na quadra: dois times inteiramente compostos por meninas.

— O que elas tão fazendo? — perguntou Tamara enquanto subíamos os degraus da arquibancada.

— É um protesto que a chata da Fernanda fez — disse Tânia. — Eu escutei ela falando com a Pâmela. Alguma coisa sobre direitos iguais para homens e mulheres.

Pâmela era nossa professora de educação física, a única matéria em que eu não ia bem. Para minha sorte, educação física não era levada em consideração na média geral, e tampouco tinha recuperação ou provas. Mesmo assim, durante anos eu vivi em pé de guerra com a Pâmela, que insistia em me colocar nos times de queimada, handebol ou qualquer que fosse o esporte do momento para meninas. Para os meninos, era sempre futebol.

Eu odiava aquela aula desde criança, quando comecei a sofrer bullying por causa do meu peso. Sempre era a última a ser escolhida para os times. Até me interessava por modalidades individuais, como corrida ou yoga, mas nunca foram opções na minha escola — eram sempre práticas em grupo. Desde o ano anterior, quando descobri que xadrez era um esporte, eu e Pâmela selamos um acordo silencioso: eu fingia que jogava com Tânia e Tamara, e ela fingia que a gente estava participando da aula. Isso me garantia nota sete, que era baixa para meus parâmetros, mas o suficiente para não manchar meu boletim.

Quando chegamos ao último degrau, olhei para as garotas que se espalhavam pela quadra. Ao contrário dos meninos, elas não tinham prática no esporte, então os times demoraram para se formar e se posicionar. Os meninos eram sempre estimulados a jogar no intervalo — já das meninas era esperado que ficassem assistindo e torcendo por eles, sem nunca tomarem os holofotes. Longe de mim concordar com Fernanda, mas seu protesto até que fazia sentido.

O apito de Pâmela anunciou o início da partida. Fernanda roubou a bola de uma garota do 1º B que era uns dez centímetros mais alta que ela. Habilidosa, se enfiou entre as outras meninas e conseguiu driblá-las sem dificuldade. Eu nunca poderia imaginar que Fernanda, com aquele visual de roqueira, seria tão boa no futebol.

Ela então viu uma abertura na defesa e passou a bola para Milena, sua fiel escudeira, que abria caminho pela direita e marcou o primeiro gol do jogo. Fernanda pulou sobre a amiga e quase a derrubou no chão para celebrar; Milena se manteve impassível, como se marcar gols fosse tão corriqueiro quanto alisar sua franja no começo do dia.

Eu não entendia nada de futebol. Porém, dessa vez, o jogo capturou minha atenção. Fiquei assistindo a partida até o final, vendo as garotas roubando a bola umas das outras, trocando tapinhas nas costas quando faziam um bom passe ou se abraçando e sorrindo quando marcavam um gol. Havia algo hipnotizante na forma como estavam livres e seguras. A ausência dos meninos parecia deixá-las mais à vontade.

Aquele, sim, era um ambiente ao qual eu poderia pertencer, mas ainda existia uma barreira invisível entre nós. Aquelas garotas eram populares. Mesmo suadas e desarrumadas, ainda estavam dentro de todos os padrões esperados de uma menina de quinze anos. Se eu fosse lá jogar na frente de todo mundo, com certeza seria motivo de chacota pelo resto do ano letivo.

Essa barreira começou a ruir quando o apito marcou o final do jogo e Fernanda subiu a arquibancada na minha direção.

Assisti sua aproximação como se ela andasse em câmera lenta. Nunca, em todos os meus anos de estudante, uma pessoa popular tinha vindo falar comigo durante o intervalo, quando toda a escola poderia testemunhar nossa interação. Nas aulas, só se fosse por obrigação ou imposição de um professor. A presença de Fernanda no meu canto da arquibancada era tão bizarra que várias cabeças se viraram para observar seu trajeto. Alguns alunos cochicharam e até apontaram quando ela parou na minha frente.

Tamara, que ia morder uma Ana Maria de baunilha, congelou com o bolinho a centímetros da boca. Tânia se encolheu atrás da irmã, como se estivesse prestes a ser atacada. Eu voltei meu olhar para Fernanda e ajeitei a postura. Não ia deixar que ela percebesse que me intimidava.

Seu rosto estava vermelho e o cabelo alisado grudava nas bochechas. Percebi que a garota arfava por causa do esforço do jogo. Ela ergueu os braços para prender o cabelo em um rabo de cavalo e sua blusa levantou, deixando à mostra um pedaço da barriga e aquele irritante e desnecessário piercing no umbigo. Me peguei imaginando onde mais ela teria piercings, mas não tive tempo de devanear, porque Fernanda foi direto ao assunto:

— Já terminou o roteiro? — perguntou de forma brusca.
— Eu quero ler logo.

Subi o olhar de volta para seu rosto, irritada. Ela nem se deu ao trabalho de cumprimentar a gente. Por mais que ficasse ainda mais bonita com as bochechas coradas, ela não tinha o direito de falar daquele jeito comigo.

— Não é da sua conta — respondi no mesmo nível de grosseria.

Fernanda ergueu uma sobrancelha e riu. Parecia impressionada com a minha audácia.

— Já esqueceu do nosso acordo? Eu leio antes de todo mundo. Pra poder escolher meu papel.

— Você tá muito cheia de exigências pra quem tá prestes a repetir de ano.

Falei aquilo sem pensar muito. Odiava o jeito que ela me deixava sem graça, por isso não podia perder uma oportunidade de atacá-la antes que ela me atacasse primeiro. E funcionou, porque Fernanda deu uma desestabilizada, seu sorrisinho desafiador morrendo.

— Não é à toa que ninguém quer fazer os trabalhos com você — disse Fernanda. — Você é uma chata, Marília.

Abri um sorriso debochado, sentindo a satisfação dominar meu corpo. O jogo tinha virado e, pela primeira vez, eu tinha alguma vantagem sobre ela.

— Uma chata que tem exatamente o que você precisa — respondi.

Fernanda colocou o pé sobre o degrau onde eu estava sentada e se inclinou na minha direção. Eu me segurei para não me afastar. Ela não ia conseguir me intimidar, não dessa vez.

— E eu tenho o que *você* precisa — disse ela entredentes.

O ar pesou ao nosso redor.

— Não quero nada de você — sussurrei.

— Nem o elenco dos sonhos? — ela me desafiou. — Ou você pode continuar filmando tudo com essas suas amigas que *adoram* aparecer.

Meu coração pulsava como se eu tivesse acabado de participar do jogo de futebol lá na quadra. Meus sentidos estavam dominados pela presença dela. Nervosa para que aquela situação acabasse logo, me submeti à vontade de Fernanda.

— Lá na sala eu te entrego o roteiro.

Fernanda abriu aquele sorrisinho irônico que tanto me irritava e enfim se afastou, me dando espaço para respirar. Sem dizer mais nada, desceu os degraus e saiu da quadra.

Fernanda tirou o roteiro das minhas mãos da mesma forma rude com que fazia tudo. Me perguntei como eu aguentaria conviver com aquela garota até o fim do semestre.

Estávamos sozinhas na sala de aula. Faltavam poucos minutos para o sinal tocar, e eu torcia para que ela terminasse a leitura antes disso. Eu não queria ter que ficar perto dela e dos seus amigos nem por um segundo além do necessário.

— Nossa, como você lê devagar — alfinetei de leve, buscando disfarçar minha própria insegurança.

— Se você escrevesse um pouco melhor, talvez eu não demorasse tanto.

— Você ficou de recuperação em português *e* literatura no ano passado.

— Não sabia que você era tão obcecada por mim a ponto de saber todos os detalhes da minha vida.

Eu corei e desviei o olhar. Talvez estivesse mesmo passando tempo demais cuidando da vida de uma pessoa que sequer era minha amiga.

— Eu gostei — disse Fernanda de supetão, colocando o roteiro na mesa.

Meu coração deu um pulo. Não que eu me importasse com a opinião dela, mas era a primeira vez que uma pessoa sem ser Tânia, Tamara ou meus pais lia um roteiro meu.

— Mas não é pra ficar se achando — continuou ela —, você já é arrogante demais.

E pronto, ali estava a Fernanda que eu conhecia e odiava. Puxei o roteiro de volta e cruzei os braços. O sinal tocou no corredor, indicando que tínhamos pouco tempo para encerrar nosso assunto.

— Qual papel você vai querer? — perguntei.

— Pedro Álvares Cabral.

Franzi a testa. Essa possibilidade nunca tinha passado pela minha cabeça. Quando estava escrevendo o roteiro, imaginei Fernanda como rainha de Portugal ou até mesmo a narradora da história. Em nenhum momento considerei que ela escolheria um papel masculino.

— Achei que você ia querer um papel que te permitisse usar maquiagem e chapinha — falei com um tom divertido, mas sem perder a chance de provocá-la.

Fernanda riu e balançou a cabeça, incrédula. Não entendi muito bem se era de mim ou da piada.

— Você não sabe *nada* sobre mim mesmo.

Me aproximei do mesmo jeito que ela havia feito comigo na arquibancada, encarando-a de forma ameaçadora. Fernanda não se encolheu.

— É melhor você não estar de zoação, Fernanda — falei, séria. — Se estragar meu filme, eu juro que vou lá na Ciça garantir que você repita de ano antes do fim do mês.

Fernanda se inclinou um pouquinho para a frente, invadindo meu espaço. Eu conseguia sentir a respiração dela no meu rosto. Ela tinha cheiro de Coca-Cola e pirulito de coração.

— Quero só ver você tentar.

— Eu achei que o Luiz Fernando ia fazer o Pedro Álvares Cabral — disse Tânia, decepcionada.

Virei para ela empunhando um florete que parecia saído de um museu. Tânia deu um passo para trás e soltou um gritinho de susto. Tamara, que vestia um corpete de época, caiu na gargalhada.

Nós estávamos em uma loja de aluguel de fantasias procurando figurinos para o filme. Quando contei para meus pais sobre a proposta de Ciça, eles ficaram superempolgados. Minha mãe viu mais uma oportunidade para que eu me enturmasse. Meu pai era fissurado por história e adorou a ideia. Ao saber que meu primeiro filme seria de época, ele cedeu um dinheirinho para que eu alugasse fantasias por alguns dias. Como o carnaval já tinha passado e era o período de baixa na loja, conseguimos um bom desconto e deu para escolher figurinos para todo o elenco.

— Tânia, o Luiz Fernando não decorou nem a tabuada do dois até hoje — comentei. — Você acha que ele ia decorar as falas de um protagonista?

— Não é sobre atuar bem, é sobre ser bonito — respondeu ela.

— A Fernanda é bonita também — falei sem pensar.

Tânia e Tamara me encararam com expressões idênticas de choque e indignação. Senti minhas bochechas queimarem. Escondi o rosto com uma barba postiça e desconversei.

— É o que as pessoas dizem.

— Ela pediu pra fazer par romântico com ele? — questionou Tamara.

Ela vestia a parte de cima de uma armadura medieval feita de latão, algo que jamais usaríamos em um filme sobre história do Brasil.

— Que par romântico, Tamara?! — repliquei. — É um filme sobre o descobrimento do Brasil. Não tem par romântico.

— Eu achei que ia ser tipo Pocahontas — disse ela. Minha amiga era muito boa em cálculos e fórmulas, mas história não era seu forte.

— Pocahontas foi nos Estados Unidos — expliquei. — Cem anos depois do descobrimento do Brasil.

— E aquela Pocahontas brasileira? Que a gente viu na aula de literatura? — ela continuou.

— Iracema? — perguntou Tânia.

— Isso! Coloca ela pra namorar o Pedro Álvares Cabral.

Eu suspirei e deixei a barba de lado. Se dependesse de Tamara, nós íamos tirar zero.

— Eu não posso inventar coisas — justifiquei. — É pra aula de história.

— Nossa, mas não vai ter nenhuma cena de beijo? — Tânia parecia desapontada.

— Não, gente! É um filme de aventura, de drama. Quase um documentário.

— Sem beijo ninguém vai querer assistir — murmurou Tânia.

Tamara concordou com a cabeça.

— Todo mundo vai ser obrigado a assistir. Participação vale nota.

Agora que tinham sido liberadas da obrigação de atuar nos meus filmes, as gêmeas estavam bem mais participativas. Pela primeira vez, me ajudavam a escolher as locações, montar os figurinos, decidir quem ia interpretar qual papel... Fazer filmes com os populares representava a aproximação de um mundo que até então estava fora do nosso alcance. Para elas, também era a chance de ficar perto do Luiz Fernando e dos outros meninos que achavam bonitos.

— Agora que você e a Fernanda são amiguinhas — disse Tânia —, bem que você podia descobrir se ela tá mesmo namorando o Luiz Fernando.

— A gente não é *amiguinha* — respondi enquanto vasculhava uma pilha de chapéus, tentando encontrar algum que aparentava ter mais de quinhentos anos.

— Ele não deve ter pedido ela em namoro ainda — especulou Tamara. — Pode estar esperando a festa de aniversário dela pra oficializar.

— Ou então eles estão namorando em segredo — conspirou Tânia. — Será que as famílias deles são inimigas ou algo assim?

— A vida não é uma novela de época — brinquei. — As pessoas não têm motivo pra namorar em segredo hoje em dia.

Tânia deu uma voltinha para exibir o saiote rendado que tinha colocado por cima da calça do uniforme. Ao final do desfile, ela fez uma mesura, como se agradecesse pelos aplausos no fim de um espetáculo.

— Tem certeza que não quer um papel? — perguntei. — Essa roupa ficou perfeita.

— Eu não! — rebateu ela, já tirando a saia. — Depois acaba sobrando pra mim fazer parzinho com a Fernanda! Credo!

Tamara deu risada, mas não acompanhei. Fiquei olhando para os chapéus na minha frente, perdida nos pensamentos provocados pelo que Tânia falou. Eu tinha certeza de que meu filme não teria nenhuma cena de romance, mas algum outro projeto poderia ter. Se Fernanda continuasse querendo os papéis masculinos — que nas aulas de história representavam a maior parte dos protagonistas —, ela acabaria tendo uma esposa em algum dos filmes.

Um calafrio percorreu minha coluna.

No fundo, eu sabia o que estava acontecendo. Mas não queria, não podia falar sobre o assunto. Cada vez que essa temática vinha à tona, eu sentia como se milhares de setas fluorescentes apontassem na minha direção, dizendo para todo mundo ao redor: "Olha, vocês não repararam ainda que ela é diferente?".

Eu não conhecia nenhuma menina que gostava de meninas. Não na vida real, pelo menos. Além da Clara e da Rafaela na novela *Mulheres Apaixonadas* e da dupla t.A.T.u., não sabia de outros casais de mulheres. Sempre tinha ouvido cochichos e palavras cheias de julgamento sobre o assunto. "Aquela sapatão", "Fulana virou lésbica", "Coitada, se veste que nem homem".

Deve ter alguma coisa de errado com ela.

Se outras garotas assim existiam, onde elas estavam? Será que havia um código secreto para que se identificassem?

Eu já tinha tentado incontáveis vezes gostar de algum menino para ter assunto com Tânia e Tamara. Inventava na minha cabeça uma paixão por um garoto inatingível do terceiro ano, só para não ter que lidar com a possibilidade de tornar aquilo real. Ser nerd me ajudava nesse sentido — ninguém esperava que eu tivesse namorado ou alguém interessado em mim —, mas o tempo estava passando. As pessoas se perguntavam por que eu não queria beijar ninguém, por que não tinha vontade de namorar. Que tipo de garota nunca fantasiou com um casamento de princesa, toda vestida de branco, com um homem dos sonhos esperando por ela no altar?

— Pela última vez, gente — falei, tentando afastar meus pensamentos. — Não vai ter cena de romance!

— Se mudar de ideia, me promete uma coisa? — perguntou Tânia. — Me coloca pra fazer par com o Luiz Fernando?

Ela implorou com as mãos juntas, como se rezasse. Eu dei risada, me sentindo um pouco mais leve.

— *Agora* você quer aparecer no filme? — brinquei.

— Se for pra beijar o Luiz Fernando, quero!

Fomos parar mais uma vez na frente do meu computador, diante de um desfile de Fotologs abertos nas janelas do Mozilla Firefox.

— Tá demorando demais pra carregar hoje! — resmungou Tamara.

Ao seu lado, Tânia comia uma colherada de brigadeiro direto da panela.

— É que eu tô baixando um episódio de *Friends* que saiu ontem — expliquei.

— Por que você não espera passar na Warner, como qualquer pessoa normal? — perguntou Tamara.

— Demora meses, Tam! *Meses* — falei. — Até lá eu já vou ter lido na internet tudo que aconteceu.

— Cara, a gente é nerd — disse Tamara. — Mas você é outro nível.

— Olha aqui, abriu — anunciou Tânia enquanto apontava para a tela. — Esse é o Gabriel Medeiros, irmão do César do 2º B.

Na foto, havia um garoto igual à maioria dos meninos da nossa turma: branco, baixinho, desengonçado e sem graça.

Ele vestia uma regata colada ao corpo e uma calça larga que arrastava no chão.

— Ele podia fazer um marinheiro do Pedro Álvares Cabral, hein, Má? — disse Tânia. — De preferência sem camisa.

Passamos por tantos perfis de meninos idênticos que eu nem sabia mais quem era quem. Tânia e Tamara, no entanto, estavam determinadas a achar outros galãs para acompanhar Luiz Fernando no meu filme. Não custava nada dar a elas uma chance de ficar perto de um garoto que achavam bonito. Pelo menos as duas gostavam de alguém — ao contrário de mim, que até o momento só tinha vivido romances através das páginas de livros e frames de filmes e séries.

— Olha, o Lucas tava na Storm esse domingo — disse Tamara quando chegamos ao perfil do melhor amigo do Luiz Fernando. — Junto com os outros meninos.

A foto era baixada de um desses sites que fotografavam as pessoas em baladas e colocavam a marca d'água no canto inferior. Na imagem, Lucas abraçava Milena de um lado e Fernanda do outro. Eles estavam na pista de dança da Storm, com vários telões e luzes de fundo.

— Ai, que inveja — disse Tânia. — Eu queria tanto ir na Storm...

O único jeito de conseguir o convite era através dos promoters — adolescentes populares espalhados pelas escolas da região. Ou seja, não havia a menor chance da gente fazer parte desse universo.

De repente, uma janelinha subiu no canto direito da tela. Era uma notificação do MSN.

Me aproximei da tela para ler melhor. Era um *nickname* que eu nunca tinha visto na minha lista de contatos. Quando vi a mensagem, enfim entendi quem estava falando... Mas ainda não conseguia acreditar.

> nandinha89 acaba de entrar
> nandinha89 **diz:**
> *oi nerd :P*

Fechei depressa a janelinha, mas não rápido o bastante. Tânia e Tamara já me encaravam com olhares acusatórios.

— Você tem *ela* no MSN? — perguntou Tânia, soando ofendida.

— Pelo visto agora tenho — respondi, dando de ombros.

Respirei fundo e abri a janela de conversa. Era estranho fazer isso na frente das minhas amigas. Não deveria ser nada de mais, uma vez que era apenas uma conversa sobre trabalho escolar, mas, de certa forma, eu me sentia exposta.

> marilia coppola **diz:**
> já não basta me atormentar na escola, agora aqui tbm?
> nandinha89 **diz:**
> *pensei numa koisa pro filme*
> marilia coppola **diz:**
> uau, vc pensou!
> nandinha89 **diz:**
> *hauahahdakasjffijjanad*
> *q engracada vc*
> *por isso tem tantos amigos*
> marilia coppola **diz:**
> fala logo q eu to ocupada
> nandinha89 **diz:**
> *vc jah viu o trailer de kill bill?*

A pergunta me pegou de surpresa. Era ÓBVIO que eu tinha visto o trailer — esse filme era um dos mais esperados do ano e ia estrear no fim do mês. Eu nunca poderia imaginar que Fernanda teria visto também. Apesar do baita sucesso nos Estados Unidos, não era um filme famoso entre adolescentes brasileiros.

> marilia coppola **diz:**
> claro
>
> nandinha89 **diz:**
> *vamo fazer igual no nosso filme*

Nosso?, pensei. Que horas que *meu* filme tinha se tornado *nosso*?!

> marilia coppola **diz:**
> igual o q? do q vc ta falando?
>
> nandinha89 **diz:**
> *depois eu q sou a burra*
>
> *vamo fazer uma cena de luta do pedro alvares cabral. ele arranca a cabeça de alguém com a espada e jorra sangue pra td lado*
>
> *XD~*

Soltei uma risadinha que chamou a atenção de Tânia e Tamara. Lembrei então que minhas amigas acompanhavam a conversa em tempo real, lendo tudo que eu escrevia e o que Fernanda respondia.

— Eu tô chocada — disse Tânia. — A Fernanda também é nerd?

— Não é porque ela gosta de cinema que ela é nerd — falei.

Voltei a digitar uma resposta para ela.

> marilia coppola **diz:**
>   vou pensar
> nandinha89 **diz:**
>   *blz*

Em seguida, seu *nickname* foi para a lista dos usuários off-line. Assim, sem se despedir, sem dar satisfação nenhuma. Igualzinho na vida real.

Me reclinei na cadeira e suspirei, resignada. Eu tinha me feito de difícil só para não concordar com ela, mas, no fundo, já sabia o que queria.

— Alguém sabe fazer sangue falso?

4

вσα σ ꜱuficiente pra αʋαlaя α ꜱua mente; perfeita na medida
pra acaʋaя com α ꜱua vida...

As filmagens estavam previstas para começar na semana seguinte, me dando cerca de cinco dias para editar e finalizar o filme antes de 22 de abril, data da apresentação do trabalho. As locações externas foram fáceis de resolver: o pequeno bosque da escola poderia simular as florestas da época. Nosso único problema eram as praias, já que estávamos em São Paulo. Meu plano era usar imagens de arquivo baixadas da internet ou ripadas de DVDs de filmes de época. Eu queria fazer pelo menos uma cena na areia, marcando a chegada do Pedro Álvares Cabral à costa, mas era improvável que meus pais me levassem para Santos só pra isso. E viajar com a insuportável da Fernanda estava fora de cogitação.

Certa manhã antes da primeira aula começar, eu, Tânia e Tamara estávamos discutindo sobre as outras locações enquanto andávamos para nossa sala.

— A gente filma aqui na escola mesmo — falei ao subir as escadas. — Esse lugar por si só já é um cenário de época.

— Nada a ver — disse Tânia. — Mesmo a parte mais antiga do colégio foi construída no começo do século XX. A gente precisa de um cenário de mil e quinhentos.

— Isso vai ser impossível — rebati. — Nem as construções do centro histórico de São Paulo são dessa época.

— Por que você não faz no chromakey? — perguntou Tamara. — Que nem *Matrix*.

— Porque meu computador demora seis horas só pra baixar um episódio de série, imagina pra renderizar um filme cheio de efeitos especiais. Sem contar os milhões de dólares de orçamento que eu não tenho.

— Eu só acho que vai ficar tosco — disse Tamara, desanimada.

— Para com isso — falei. Cinema era minha paixão e eu ia fazer dar certo. — É só ter um pouco de criatividade. Aquela parte da escola onde fica a administração é bem escura e antiga, dá pra fingir que estamos dentro de um navio português. E as salas da coordenação têm paredes revestidas de madeira, o que dá uma impressão de coisa velha. Talvez até a sala da diretora...

— A Irmã Mônica nunca vai deixar você filmar na sala dela, Marília — disse Tânia, chocada.

— Será que não? — questionei. — Nem pra um fim acadêmico tão nobre?

— Você tá maluca. — Tamara ajeitou a mochila no ombro enquanto atravessávamos o corredor. — Ninguém nunca nem *entrou* na sala dela. A não ser os alunos que foram expulsos!

Quando chegamos à sala, Fernanda estava saindo. Ela tinha essa mania de fazer tudo ao contrário: se era hora da chegada, estava indo embora. Se era hora do intervalo, começava a fazer perguntas para a professora. Se o sinal para recomeçar a aula tocava, decidia sair para comer um lanche. Era a famosa *do contra*.

— E aí — ela falou quando passou por nós.

Nem deu tempo de a gente responder, pois Fernanda logo deu o braço para Milena e as duas seguiram rumo à sala do 1º B. De qualquer forma, não pude deixar de notar uma evolução — antes do nosso acordo cinematográfico, ela sequer me cumprimentava. Era capaz até de passar por cima de mim sem perceber minha existência.

Tânia e Tamara ficaram tão abaladas com aquela interação que pararam por alguns segundos na porta, observando Fernanda se afastar. Fiquei imaginando qual seria a reação delas no dia que o Luiz Fernando ou um dos seus amigos irritantes fizesse a mesma coisa.

Sentei no meu lugar de sempre e tirei o fichário da mochila. A capa era customizada com recortes de revistas e jornais que eu havia colecionado ao longo das férias. Era uma mistura de pôsteres dos meus filmes favoritos de 2003: *Piratas do Caribe*, *Peixe Grande*, *Lisbela e o prisioneiro*, *Matrix Reloaded*, *Meninas malvadas*, *Escola de rock*. Lembrei da conversa que tive com Fernanda no MSN. Ainda não conseguia acreditar que ela tinha falado sobre *Kill Bill*. Será que gostava de outros filmes também? Nossos mundos pareciam tão, mas *tão* distantes, que eu jamais imaginei que poderíamos ter algo em comum.

Naquela tarde, aconteceu o encontro mais improvável que o prédio do ensino médio já havia testemunhado.

O clima era de reunião secreta. Parecia um daqueles filmes de máfia que meu pai adorava e eu fingia gostar pra ter assunto com ele. Fernanda concordou em levar os amigos dela para nossa primeira (e possivelmente única) reunião de elenco, onde eu distribuiria os papéis e daria orientações gerais antes da gravação. A gente não teria ensaios nem nada: era só chegar e filmar. Mas, como era a primeira vez que aquelas pessoas apareceriam na frente de uma câmera, algumas considerações precisavam ser feitas.

A condição que Fernanda deu para nos encontrar era que ela e os amigos não fossem vistos com a gente em hipótese alguma. Reputação era tudo para eles, e uma reunião com as garotas mais nerds da turma poderia balançar o status social do grupo — tinha sempre outras patricinhas e garotos do futebol à espreita para tomar o lugar de realeza da escola. Marcamos uma hora depois do fim das aulas da manhã, logo após o almoço, em um dia em que não teríamos nenhuma matéria complementar à tarde. Assim, o prédio estaria vazio, e nossa sala de aula também.

Fernanda chegou dez minutos depois do combinado. Ela entrou sem se anunciar, sem pedir desculpas pelo atraso, e se arrastou até uma carteira livre na primeira fileira. Era estranho vê-la ali, diferente do seu costumeiro canto no fundão. Mas eu e minhas amigas estávamos ao redor da mesa do professor, então seria difícil manter uma conversa à distância.

Nossos olhares se encontraram por um instante rápido, e ela abriu aquele sorriso de lado que eu nunca sabia se era de escárnio ou de simpatia. A primeira opção, provavelmente. Respondi com um aceno de cabeça, me sentindo uma idiota. Eu não fazia ideia de como agir perto dela.

Em seguida, o silêncio foi interrompido pela chegada dos garotos. Eles pareciam uma manada de elefantes desgovernados, barulhentos e espaçosos. Percebi que na hora minhas amigas se endireitaram e ajeitaram o cabelo.

Luiz Fernando comandava a tropa; ele estava terminando de contar alguma história engraçada que fez os outros dois gargalharem. Pedro Henrique entrou logo atrás dele, ajeitando a calça larga demais para sua cintura — em questão de minutos, a cueca estaria aparecendo de novo. Lucas era o terceiro integrante do trio. Era um menino esportista, que sempre marcava gols no futebol e vivia correndo pra lá e pra cá.

E também um dos piores alunos da turma, que tinha quase repetido todos os anos desde a quinta série.

Atrás deles surgiram Milena e Jéssica Lorena, que entraram apressadas e fecharam as cortinas.

— Fecha logo essa porta antes que alguém veja a gente com elas — disse Jéssica Lorena para os meninos. Em seguida, lançou um olhar de nojo na minha direção.

— Vou ser rápida — falei, tentando evitar o conflito que pairava no ar. — Todo mundo leu o roteiro?

Silêncio. Troquei um olhar rápido com Tânia e Tamara, nos comunicando através do pensamento: *não vai ser fácil*.

Então, os três meninos começaram a rir, como se a professora tivesse descoberto que eles não fizeram a lição de casa. Estava prestes a brigar com eles quando Fernanda se adiantou:

— Ou, dá pra parar?

Luiz Fernando foi o primeiro a calar a boca. Em seguida, deu tapinhas em Lucas e Pedro Henrique, como se fosse muito mais maduro que os amigos.

— Vamos escutar o que a nerd tá falando — disse ele.

— Olha só — recomecei. — Eu quero estar aqui tanto quanto vocês. Ou seja, eu preferia ter aula dupla de física no sábado do que ter que passar por isso. E o esquema é muito mais vantajoso pra vocês do que pra mim. Então vamos colaborar?

Mais algumas risadinhas. Fernanda lançou um olhar sério pra eles e os meninos ficaram quietos. Foi minha deixa para continuar a explicação:

— Eu sei que ler é um esforço gigantesco pra vocês, mas decorem pelo menos as falas dos seus personagens.

— Nem sei quem eu vou interpretar — disse Lucas.

— É pra isso que a gente tá aqui, cabeção — soltou Milena. Os meninos riram, tirando sarro do amigo.

— Fernanda vai ser o Pedro Álvares Cabral — falei. — Os outros vão ser...

— Como assim? — interrompeu Luiz Fernando. — Ela é menina.

— Jura? — alfinetou Fernanda com sarcasmo. — Não tinha percebido.

— Eu que deveria fazer o Pedro Álvares Cabral — continuou ele.

Revirei os olhos. Aquele garoto se achava a pessoa mais importante do planeta Terra.

— Você nem sabe atuar — disse Fernanda.

— E você sabe? — retrucou ele.

Tânia e Tamara acompanhavam a troca de farpas sem sequer piscar. Elas adoravam uma boa fofoca sobre o suposto casal mais popular da escola. Pelo visto, o relacionamento não ia muito bem.

— Fiz três anos de teatro — respondeu Fernanda.

Eu a encarei, surpresa. Ela não tinha me falado nada disso. Se tivesse, talvez nem precisasse me coagir para conseguir o papel.

— Não acredito que vocês tão brigando pra interpretar esse cara — disse Milena. — Ele é o vilão da história. Chegou aqui sem ser convidado, roubou nossos recursos e matou uma galera.

Franzi a testa, surpresa. Milena entendia de história?

— Por isso mesmo eu quero esse papel — disse Fernanda. — Os vilões são sempre os melhores personagens.

Ela me olhou de soslaio e piscou. Eu senti minhas bochechas queimarem.

— Eu quero interpretar uma indígena — falou Milena. — De preferência uma que mate um português.

— Dependendo do figurino, eu também quero — disse Jéssica Lorena.

Abaixei a cabeça e soltei um longo suspiro, imaginando uma garota emo cheia de piercings e uma patricinha branca vestidas como indígenas da época da colonização. Não só seria ofensivo como acabaria com a credibilidade da história.

— O certo seria chamar uma pessoa indígena para fazer esse papel, mas não tem nenhuma na nossa turma — expliquei.

— Não tem nenhuma na escola toda — disse Tamara.

Nosso colégio particular na zona sul de São Paulo estava longe de ser um marco de inclusão e diversidade, então eu precisava trabalhar com o que tinha.

— Eu quero ser o rei — disse Luiz Fernando com a voz esganiçada.

— Ótimo — falei. — Você pode ser o rei Manuel I de Portugal.

Luiz Fernando comemorou como se aquela fosse uma grande conquista. Eu já sabia que ele faria o rei — era um personagem com aura de importância, mas, na verdade, só apareceria na primeira cena, quando mandasse Pedro Álvares Cabral comandar a expedição para o Brasil. Dessa forma, eu teria que conviver com ele o mínimo possível, e ele não teria grandes chances de estragar meu filme.

— Tem algum outro rei pra eu fazer? — perguntou Pedro Henrique. — Ou um cavaleiro. Alguém que lute de espada, tipo aqueles filmes medievais.

— A época medieval já tinha terminado quando o Brasil foi descoberto — disse Tânia.

— Você pode ser o Pero Vaz de Caminha, Pedro — falei. — Ele foi o escrivão da armada e também é o narrador do filme.

— Tomaaaaaa! — Pedro gritou na cara de Luiz Fernando, que cruzou os braços e bufou.

Eu já tinha visto Pedro Henrique nas apresentações de trabalhos e, por mais que não fosse o melhor aluno da turma, pelo menos era articulado. Perto de Luiz Fernando e Lucas, parecia um membro da Academia Brasileira de Letras.

— Vai ter cena de guerra? — indagou Lucas, animado. — Eu quero ser um soldado.

— *Acho* que não vamos ter orçamento pra isso — respondi de forma sarcástica. Fernanda deu uma risadinha. — Você pode ser o Nicolau Coelho, braço direito do Pedro Álvares Cabral.

— E eu faço o quê? — perguntou Jéssica Lorena. — Apareço bonita na câmera enquanto os meninos fazem os papéis importantes?

— Claro — disse Luiz Fernando, acompanhado por mais risadinhas dos amigos.

Fernanda deu um tapão no braço dele. Pela expressão do garoto, devia ter doído.

— Quer saber? Tanto faz o papel — anunciou Jéssica Lorena. — Só tô aqui pela nota mesmo. Quanto menos trabalho, melhor.

— Você pode fazer figuração — falei, já meio sem paciência. — Vários papéis sem fala, de acordo com a necessidade de cada cena.

Os meninos a provocaram, fazendo vários barulhos e assobios. Tudo para eles era motivo de zoação. Era bastante cansativo tentar propor qualquer coisa com uma equipe tão imatura.

— E eu? — perguntou Milena. — Vou matar quem?

Eu não conhecia Milena muito bem, mas sabia que, assim como sua melhor amiga, ela também ia querer um papel de destaque, e não uma mulher aleatória que só aparece ao lado dos homens enquanto eles tomam todas as decisões.

— Você vai fazer um líder indígena que não concorda com a aliança da sua aldeia com os portugueses — expliquei. — Pode matar o Lucas.

Milena comemorou. Fernanda e os meninos deram risada. Luiz Fernando deu alguns tapinhas no amigo, tentando provocá-lo.

— Vai deixar, Lucão? Vai deixar?

— Posso matar o rei também? — perguntou ela, lançando um olhar irritado para Luiz Fernando.

— Essa é a cena do *Kill Bill*? — perguntou Fernanda, levantando a voz para ser ouvida sobre os relinchos dos meninos.

— A própria — respondi.

Trocamos um olhar de cumplicidade que fez meu coração disparar.

— Não é justo — protestou Luiz Fernando. — Eu quero fazer cena de luta!

— Só vai ter uma cena de luta — falei. — A gente não tem nem dinheiro pra filmar na praia, muito menos pra fazer tantos efeitos especiais.

— Ué, não vamos filmar na praia? — Fernanda parecia confusa. — Como que você vai fazer a chegada dos portugueses?

— Vou usar material de arquivo.

— Não é a mesma coisa — reclamou ela.

— Não mesmo — falei, dando de ombros. — Bom, agora que todos já sabem seus papéis, prometem ler o roteiro?

Alguns murmúrios confirmaram o que eu já sabia: eles não iam ler, mas pelo menos pararam de reclamar sobre a escalação. Era um começo.

— Eu mesma vou contar pra Ciça se alguém atrapalhar a filmagem — anunciou Fernanda, fazendo com que todos ficassem quietos na mesma hora.

No primeiro dia de gravação, eu já estava arrependida.

Decidi começar pelas cenas externas, aproveitando o clima bom e sem chuva, e fazer as internas no dia seguinte. De novo, os populares concordaram em aparecer só depois da aula, diminuindo o risco de serem vistos por colegas da nossa turma.

Dessa vez era eu que estava sentindo vergonha deles. Antes de começar a filmar a primeira cena, já tinha discutido com Lucas e Pedro Henrique por quase derrubarem meu tripé durante uma luta de espadas cenográficas nos bastidores; Jéssica Lorena havia se recusado a tirar a maquiagem para fazer um dos soldados da armada; e Luiz Fernando conseguiu errar sua única fala no ensaio rápido que fez com Fernanda.

Para completar, Milena apareceu vestindo calça cáqui e blusa de couro com franjinha para fazer sua primeira cena como líder dos indígenas.

— Volta, volta — disse Tânia, empurrando a garota mais uma vez para o banheiro. — Isso é indígena americano, não brasileiro.

Eu suspirei, frustrada, e olhei as horas no relógio de pulso. Já passavam das três da tarde. Em breve não teríamos luz solar suficiente para fazer as cenas.

— Tá nervosa? — perguntou Fernanda.

Ela tinha acabado de sair do banheiro, onde havia se caracterizado como Pedro Álvares Cabral pela primeira vez.

Eu não estava preparada para aquilo.

O figurino masculino trazia um ar de mistério e perigo, ainda mais misturado aos traços delicados dela. Fernanda estava vestindo uma camisa de linho com os três primeiros botões abertos, calças pretas justas, botas de couro e uma casaca de veludo azul-marinho. Me lembrou a Elizabeth Swann em *Piratas do Caribe*. Não sei se aquelas roupas estavam de acordo com a moda de mil e quinhentos, porém a gente precisava trabalhar com o que tinha à disposição. E Fernanda estava fazendo aquele estilo funcionar.

— Que foi? — perguntou ela, olhando para seu figurino. — Tá ruim?

— Tá... hum, normal — gaguejei. — Vai ficar bom na câmera.

Eu preferia morrer do que dizer que ela estava bonita. Fernanda pareceu notar meu nervosismo e então se aproximou. Reparei que não havia ninguém ao nosso redor.

— Preciso compensar na beleza, já que o texto não é lá essas coisas — falou, e abriu aquele sorriso de quando queria me desafiar.

— Obrigada, mas prefiro ignorar críticas literárias de quem tirou três em português — rebati.

Fernanda riu com leveza, como se aquela fosse a reação que esperava. Quando foi que nossa troca de farpas virou rotina?

Antes que ela pudesse continuar a provocação, Milena voltou usando o figurino correto, e pudemos enfim iniciar a filmagem.

— Corta! — gritei pela terceira vez, tentando disfarçar minha irritação. — Fernanda, você quer ajuda com o texto?

Algumas risadinhas vieram dos bastidores.

— Quer ajuda, Nanda? — falou Luiz Fernando em tom de deboche.

— Você não fez a lição de casa, Nandinha? — disse Jéssica Lorena de forma melosa e artificial.

— Olha que as nerds vão te entregar pra Ciça — brincou Lucas, gerando mais uma onda de risadas.

Olhei para Tânia e Tamara, que estavam ao meu lado, perto da câmera. Elas também pareciam prestes a perder a paciência com aquela galera.

— Vão se foder — disse Fernanda enquanto mostrava o dedo do meio para seus amigos.

Uma freira que passava ali perto ficou horrorizada e correu para dentro do colégio. Me aproximei de Fernanda e abaixei sua mão.

— Pelo amor de Deus, você vai fazer a gente ser expulsa!

Só então notei como nós estávamos próximas. Eu conseguia ver alguns pontinhos de lápis preto que haviam sobrado ao redor de seus olhos. Logo soltei a mão dela e dei um passo para trás.

— Não é culpa minha se você tem medo de todo mundo nessa escola — reclamou ela.

— E não é culpa minha se você não consegue passar um dia sem tomar uma advertência — respondi.

— Quer saber? Isso aqui tá muito ruim — disse Fernanda, irritada. — Essa roupa é superquente e pinica minhas costas.

— Escuta, Nicole Kidman — falei com irritação. — Quanto mais rápido a gente gravar essa cena, mais rápido você pode tirar o figurino. Só depende de você.

Fernanda olhou por cima do meu ombro e, em seguida, abaixou a cabeça. Eu virei para trás e vi o grupinho dos populares jogando futebol com uma bolinha de papel. Nenhuma preocupação ou vergonha passando por aquelas cabecinhas vazias.

Voltei a encarar Fernanda e um pensamento surgiu: será que ela estava intimidada por eles? Eu nunca a tinha visto se encolher daquela maneira.

Escolhi o caminho da empatia para tentar rodar pelo menos uma cena naquela tarde.

— O que tá acontecendo? — Abaixei o tom para que só ela me ouvisse. — Eu sei que você decorou as falas.

Fernanda deu de ombros, mas vi que suas bochechas coraram.

— Não é fácil fazer isso na frente de um monte de gente — confessou num sussurro.

— Com certeza — falei. — Eu mesma jamais faria. Por isso escolhi ficar atrás das câmeras.

— Eu gosto de atuar — continuou ela. — Mas... Eles tão sempre zoando. Não sei se entenderiam se eu interpretasse sério.

— Eles tão levando esse filme na brincadeira — argumentei. — Acham que é coisa de nerd. Tudo que envolve qualquer comprometimento é *coisa de nerd*.

Fernanda assentiu. Ela não rebateu nem me provocou. Sua vulnerabilidade naquele momento me fez querer ajudá-la, ainda que ela não merecesse.

Fui até Tamara e tirei uma nota de dez reais do bolso.

— Tam, faz um favor — eu disse enquanto entregava a nota para ela. — Leva essa galera pra comer um lanche lá na cantina.

Tamara olhou desconfiada de mim para Fernanda, mas assentiu.

— Pode ir também, Tan — falei para Tânia. — Vou fazer essa cena só com a Fernanda. A parte da Milena conversando com ela a gente filma depois, quando inverter o ângulo.

Tânia olhou para a irmã, que deu de ombros. Em seguida, voltou a me encarar.

— Tem certeza? — E indicou discretamente Fernanda com a cabeça, como se dissesse "é pra te deixar sozinha com *ela*?".

— Tenho. Fala pra todo mundo voltar em quinze minutos.

As gêmeas enfim se afastaram e foram até o grupo dos populares. Ninguém deu muita atenção a elas, até que mostraram a nota de dez reais. Os meninos mortos de fome saíram correndo na frente, seguidos pelas garotas, que faziam questão de andar o mais longe possível das nerds.

Voltei minha atenção para Fernanda, que me olhava com curiosidade.

— Não precisava ter feito isso — disse ela.

— Precisava sim. Senão você ia estragar meu filme.

Fernanda fez cara feia e eu voltei para trás da câmera. Não perderia uma oportunidade sequer de atormentá-la, igualzinho ela fazia comigo. Coloquei o fone de ouvido que controlava a gravação de áudio e que, até então, tinha ficado sob responsabilidade de Tamara.

— Fala alguma coisa pra eu ver se o microfone tá pegando, por favor.

— Teste, teste — disse ela.

Notei que havia um pouco de instabilidade na captação do áudio. Uma espécie de...

— Interferência — falei.

— Quê?

— Acho que tá dando interferência no seu microfone. Pode ser mal contato.

Eu sabia que não teria muito tempo longe dos populares para obter o melhor resultado possível de Fernanda. Nada podia dar errado.

Voltei para perto dela, procurando o equipamento em sua roupa.

— Cadê o microfone?

Ela pescou o pequeno aparelho embaixo do casacão da fantasia. Eu o peguei e tentei reposicioná-lo na gola da camisa aberta. O tecido era fino, e a parte do microfone que deveria ficar para cima acabava sempre tombando para baixo, atrapalhando a captação da voz dela. Sem pensar, levei as mãos ao terceiro botão da camisa e comecei a abrir.

Senti Fernanda arfar sob meus dedos. Ela deu um passo para trás.

— O que você tá fazendo? — perguntou.

— Eu preciso colocar o microfone na posição certa.

Fernanda me olhou desconfiada. Ela mesma terminou de abrir o botão e se aproximou de novo. Enquanto eu tentava encaixar a presilha do microfone na regata branca que ela usava por baixo da fantasia, meus dedos roçaram seu colo. Sua pele queimou contra minhas mãos geladas. Eu não tinha percebido como estava nervosa até erguer a cabeça e me deparar com os olhos azuis dela me encarando, atenta.

Antes que eu pudesse me controlar, meus olhos desceram para seus lábios, e um pensamento me atingiu feito um raio: *como seria beijá-la?*

Me afastei de imediato, quase levando o microfone junto. Limpei a garganta enquanto me reposicionava atrás da câmera, fingindo que nada havia acontecido. A última coisa de que eu precisava era dar mais combustível para o que os populares falavam sobre mim.

— Som rodando — falei com a voz meio trêmula. — Câmera foi. Ação!

Fernanda continuou fitando o chão por alguns instantes, até que ergueu a cabeça e olhou para onde estaria o personagem de Milena, seu interlocutor na cena. Nesse momento, eu vi que não era mais ela: era o personagem que interpretava. Já havia percebido aquele fenômeno algumas vezes quando assistia um *making of*. Os atores tinham essa habilidade de entrar e sair do personagem conforme a câmera era ligada e desligada. Eu nunca poderia imaginar que Fernanda tivesse esse dom.

Livre das amarras sociais e dos olhares dos amigos, ela enfim se entregava ao papel. Então, começou a enunciar seu monólogo:

— Eu venho em paz, meu nobre senhor. Conheço tua terra pela primeira vez hoje. Estava a caminho das Índias quando vim parar nesse lugar. Nos anos que virão depois de nossa morte, muitos hão de dizer que foi um acidente, mas eu não acredito no acaso. Foi Deus que me enviou até aqui, a mando de el-rei dom Manuel, para que nossos povos enfim se encontrassem e criassem um novo capítulo na história da humanidade.

O silêncio caiu sobre nós mais uma vez. Eu olhava do visor da câmera para ela, sem conseguir acreditar no milagre que presenciava.

Fernanda era uma atriz de verdade. Quem diria?

— Corta — falei, finalmente.

Vi então ela se transformar de volta na garota irritante de sempre.

— E aí? — perguntou, fingindo casualidade, mas eu notei um tremor de nervosismo em sua voz.

— Foi perfeito — respondi, sem ver necessidade de provocá-la, ainda mais diante de um trabalho impecável.

Fernanda se surpreendeu com meu elogio e sorriu. Eu sorri de volta.

E senti aquele frio na barriga de quem sabia que estava muito, muito encrencada.

5

igual, mas diferente. provando você entende

Naquela noite, não consegui me concentrar no trabalho. Aquele momento de proximidade que compartilhei com Fernanda durante a gravação se repetia na minha mente sem parar, como uma música que não sai da cabeça. Eu queria que meu cérebro fosse como a fita da minha câmera: quando quisesse esquecer de alguma coisa, era só rebobinar e gravar outra por cima.

Nunca entendi muito bem o que Tânia e Tamara faziam quando passavam a noite em claro pensando em garotos. Tânia idealizava encontros perfeitos com Luiz Fernando, que terminavam com um beijo de boa-noite romântico e intenso. Já Tamara parecia mais apaixonada pela ideia de estar apaixonada, e ficava escrevendo letras de músicas no caderno enquanto esperava sua hora chegar.

Será que meus sentimentos pela Fernanda eram românticos? Me parecia normal achá-la bonita — isso era óbvio pra qualquer pessoa que estudava com a gente. Até mesmo minhas amigas reconheciam que ela era uma das garotas mais lindas não só do nosso ano, mas de todo o ensino médio. O problema era sua personalidade. Fernanda era a pessoa mais irritante que eu já tinha conhecido, sem contar todos os anos de bullying que sofri nas mãos dela e de seus amigos. Tudo isso junto tornava improvável, pra não dizer impossível, eu estar gostando dela.

E também tinha o fato de que ela era, bom, uma garota.

Minimizei o programa de edição de vídeo e acessei a página do Google. Era uma manobra arriscada, já que a máquina poderia travar se eu a sobrecarregasse. Mas eu não conseguia mais esperar. Aquela era uma pesquisa que eu estava adiando fazia tempo.

Respirei fundo, como se fosse pular em uma piscina gelada, e digitei no campo de busca: *Garotas que gostam de garotas.*

Os segundos que se sucederam ao *enter* duraram uma eternidade.

A página de resultados apareceu e li o título do primeiro link:

Teste: será que sou lésbica?

Era um teste de revista, desses que eu e minhas amigas fazíamos nos intervalos entre as aulas. A familiaridade da situação me acalmou um pouco. Eu havia respondido centenas daqueles testes, que mal faria responder mais um?

Cliquei no link e esperei que a página inteira carregasse.

1. O que mais te chama atenção em outras garotas?
a) Roupas.
b) Maquiagem e cabelo.
c) Se elas são mais magras que você.
d) Beleza.

Tentei lembrar de como me aproximei de Tânia e Tamara quando nos conhecemos. Eu não lembrava de ter notado nada muito diferente sobre as duas, a não ser o fato de que eram as primeiras alunas negras da turma e, claro, de que eram gêmeas idênticas. Naquela época, elas ainda não tinham adotado os estilos de roupa e maquiagem que usavam hoje em dia. O que me chamou atenção nelas foram os interesses em comum que descobrimos aos poucos, além do fato de que fomos excluídas pelos populares assim que entramos na puberdade.

Fechei os olhos e lembrei da primeira vez que vi Fernanda. Senti um frio na barriga ao assistir a cena na minha cabeça: ela chegando no primeiro dia de aula da sétima série com aquele skate irritante embaixo do braço, o cabelo loiro bagunçado (ainda não alisado) meio escondido debaixo de um boné virado para trás. Ainda que seu estilo tenha chamado minha atenção, sua beleza foi a primeira coisa que notei. Para mim, Fernanda sempre foi a garota mais bonita da escola.

Marquei a alternativa "d" em um pedaço de papel e continuei o teste, tentando afastar Fernanda dos meus pensamentos.

2. Você já ficou com meninos?
   a) Sim e adorei!
   b) Sim, mas não curti muito.
   c) Não, mas gostaria.
   d) Não e nem quero.

Desde que começaram as conversas sobre beijos e ficadas na escola, eu não entendia a comoção ao redor do assunto. Fingia interesse só para não parecer esquisita. Só havia duas opções: já ter perdido o BV ou estar doida para perder.

Eu preferia lamber o tronco de uma árvore do que beijar um garoto. *Qualquer* garoto.

Mas, até aí, isso não significava nada. Eu só conhecia os meninos da minha escola, e todos eram chatos e imaturos. Talvez fora daquele ambiente eu pudesse conhecer algum que me chamasse atenção. De qualquer forma, eu precisava ser sincera comigo mesma: naquele momento, a resposta era "não e nem quero".

3. Você gosta de ter contato físico com suas amigas (abraços, beijos etc.)?
a) Se for uma quantidade normal, sim. São minhas amigas!
b) Mais ou menos. Não gosto de nada muito pegajoso.
c) Não, prefiro ficar mais na minha.
d) Vivo por esses momentos.

Tentei lembrar de situações em que tive contato físico com minhas amigas. Nós não éramos supertáteis ou pegajosas como algumas meninas da turma, que estavam sempre abraçadas ou andavam de braços dados. Eu gostava de abraçá-las de vez em quando, mas não sentia nada além de carinho e afeto. Bem diferente de quando meus dedos roçaram a pele de Fernanda...

Antes que meus pensamentos voltassem para aquele vórtex, marquei a alternativa "b" e segui para a próxima pergunta.

4. Você já sentiu ciúme de uma amiga?
a) Quando ela anda muito com outras meninas, sim! Eu tenho que ser a prioridade.
b) Só quando faz amizade com quem eu não gosto.
c) Nunca senti.
d) Não gosto quando minhas amigas começam a namorar e me deixam de lado.

A verdade é que eu não me considerava uma pessoa ciumenta, até porque só tinha duas amigas e elas também só tinham a mim. Mas, pensando bem, eu não gostava quando Tânia e Tamara viajavam com a família nas férias e voltavam cheias de histórias e piadas internas entre as duas. Ter irmãs gêmeas como melhores amigas vinha com esse problema: elas sempre passam mais tempo juntas do que com você.

Imaginei como me sentiria se uma delas começasse a namorar. Ficaria feliz por qualquer uma das duas, afinal, era o sonho delas. Porém, quando visualizei Luiz Fernando andando com a gente, fechei a cara. Eu com certeza não queria meninos no nosso grupo.

Marquei a alternativa "d" e segui adiante.

5. Você já teve vontade de beijar uma garota?
   a) Já, mas passou.
   b) Já tive curiosidade, mas acho que confundi com carinho.
   c) Nunca senti.
   d) Sim.

Suspirei enquanto relia a pergunta. Se eu soubesse a resposta, não estaria fazendo aquele teste!

Eu nunca tive vontade de beijar ninguém, mas sempre achei que a única opção fosse beijar garotos. Se pudesse beijar garotas, será que me sentiria de outra forma? Fernanda tinha sido a única pessoa até o momento que me fez ter curiosidade sobre esse assunto. O que eu sentia por ela parecia uma curiosidade, uma inquietação, algo que me aproximava dela apesar de todas as nossas diferenças.

E eu não fazia ideia do que aquilo significava.

Marquei a alternativa "b" e fui checar os resultados.

Apenas curiosa
   É normal confundir carinho pelas amigas com algo a mais. Isso não significa nada! Tente passar mais tempo com garotos ou buscar um menino que tenha algo a ver com você.

Bufei, irritada. Aquela resposta não ajudava em nada. Mesmo que fosse "normal" confundir amizade com sentimentos românticos, eu não me sentia assim em relação às minhas amigas. Muito pelo contrário: sentia atração justamente pela minha maior inimiga. O que significava querer beijar alguém que você odeia?

Retornei à página de resultados do Google. O segundo link parecia levar para um site de vídeos pornográficos. Eu nunca havia acessado uma página dessas — morria de medo dos meus pais descobrirem. Além disso, não tinha muita curiosidade sobre sexo. Eu nem tinha beijado! Uma coisa de cada vez.

Rolei a página para baixo e estudei a descrição do terceiro link. Era uma matéria sobre a apresentação de Madonna, Britney Spears e Christina Aguilera no VMA do ano anterior. Esse vídeo eu já tinha visto um monte de vezes. Tinha baixado no computador e o escondido dentro de várias pastas com nomes enigmáticos. Por mais que o beijo delas no palco tivesse sido incrível, eu não sabia se alguma das três gostava de mulheres na vida real. Nenhuma havia falado sobre isso — toda a polêmica ao redor do beijo ficou por conta da reação de Justin Timberlake, ex-namorado da Britney, que pareceu não gostar nada da cena.

O próximo link me levou para uma matéria recente sobre a dupla t.A.T.u. Achei que seria um resultado promissor, uma vez que elas tinham quase a mesma idade que eu e eram um casal. Só que, para minha surpresa, a matéria revelava que Yulia estava grávida e que ela e Lena nunca tinham sido um casal — as duas sequer eram lésbicas! Foi tudo um golpe de marketing orquestrado pelo ex-empresário.

Suspirei enquanto voltava para a página de resultados. Me perguntei se existiam mulheres que se relacionavam com mulheres longe dos palcos e da atenção da mídia. Gente normal, vivendo vidas normais, se amando e existindo fora do contexto de uma performance.

O último resultado da página chamou minha atenção: *Veja como está Chicão, filho de Cássia Eller, criado por sua companheira Maria Eugênia.*

Me deparei com uma imagem que nunca tinha visto antes: duas mulheres segurando um bebê e sorrindo para a câmera. Eu lembrava de ver Cássia Eller em programas de TV, mas era muito nova para prestar atenção — já fazia quase três anos que ela tinha morrido. Seu visual sempre me causou medidas iguais de curiosidade e estranhamento. Ela fugia dos padrões de feminilidade, usava o cabelo curto e roupas masculinas. Lendo a matéria, descobri que Cássia e Maria Eugênia viveram juntas como um casal por catorze anos, e que Maria Eugênia tinha ganhado a guarda do filho biológico de Cássia no final de 2002, pouco depois da morte da cantora.

Aquela informação fez minha cabeça girar. Como eu nunca tinha ouvido falar disso? As pessoas sabiam que era possível formar famílias daquela maneira, ou será que era uma coisa reservada apenas para ricos e famosos?

Meu coração se acalmou um pouco com aquela descoberta, porém ainda não era o que eu procurava. Como era uma lésbica da minha idade? Será que teria um estilo como o da Cássia, com roupas largas e cabelo curto, ou também existiam lésbicas mais femininas, como o falso casal da dupla t.A.T.u.? Como era a vida das meninas que gostavam de meninas? Será que existia alguma perto de mim, talvez até na minha escola? E lésbicas adultas com profissões comuns, vidas comuns? Como elas faziam para namorar, morar juntas, ter filhos?

Decidi refazer a busca em inglês. Estava na hora de usar todos aqueles anos de curso para alguma coisa útil além de ver séries baixadas sem legenda.

Busquei por *famous lesbians* (lésbicas famosas). Os resultados foram um pouco mais interessantes. A primeira que apareceu foi Ellen DeGeneres, uma atriz, humorista e apresentadora americana que havia saído do armário em uma capa de revista alguns anos antes. Esperei a foto da capa terminar de carregar e fiquei olhando para ela por alguns instantes.

Ellen tinha cabelo curto e usava peças de alfaiataria com corte masculino. Ela estava ajoelhada em uma pose despojada, confiante, e sorria para a câmera. De repente, seu rosto ficou todo pixelado e outra imagem carregou no lugar.

Era eu. No canto direito da capa de revista, a manchete: "SIM, SOU LÉSBICA".

Pisquei algumas vezes, chocada, e olhei de novo para a imagem. A capa estava lá, em sua versão original, e Ellen me encarou de volta. A manchete dizia "YES, I'M GAY" (sim, sou gay).

Na sexta-feira à noite, eu já sabia que ia passar boa parte do fim de semana terminando de editar o filme. A gente tinha gravado as cenas internas de tarde, depois de muita luta para que Luiz Fernando falasse direito seus míseros diálogos na única cena em que aparecia. O trabalho seria exibido na segunda-feira e, mesmo com todo o cuidado dos populares para não serem vistos com a gente, a notícia da nossa colaboração começava a correr pelo primeiro ano. Já tinha gente até da outra turma que queria participar da nossa aula de história só para poder assistir o vídeo.

Eu estava terminando de editar a sequência de luta de Milena e Lucas quando uma janela de conversa do MSN subiu no canto direito da tela.

> **nandinha89 diz:**
> *oie. ta ai?*

Odiei o fato de que meu coração disparou quando vi a mensagem dela.

Eu queria demorar para responder. Queria parecer ocupada demais para falar com ela, ou até mesmo desinteressada. Tentei me concentrar na cena que editava, mas foi em vão. Eu estava morrendo de curiosidade para saber o que Fernanda queria.

> **marilia coppola diz:**
> to sim
> trabalhando duro pra vc tirar 10 as minhas custas
>
> **nandinha89 diz:**
> *vc eh sempre tao legal neh marilia*
>
> **marilia coppola diz:**
> olha quem fala
>
> **nandinha89 diz:**
> *eu soh queria ajudar*
>
> **marilia coppola diz:**
> vc sabe editar?
>
> **nandinha89 diz:**
> *naum*
>
> **marilia coppola diz:**
> entao nao tem o q fazer
>
> **nandinha89 diz:**
> *eu tava pensando naquilo q vc falou. de naum filmar na praia*
> *meus pais tem casa la no guarujá. falei com a minha irmã e ela pode levar a gente pra um bate volta amanha. a gente filma a cena do pedro alvares cabral chegando no brasil e vai embora*

Tive que reler a mensagem dela algumas vezes. Não sei o que era mais surreal: Fernanda sendo legal comigo sem motivo ou Fernanda se importando com um trabalho da escola. Ela estava disposta a viajar para outra cidade só para fazer uma cena de um filme amador?

Eu sabia que aquela cena era importante. O filme não seria a mesma coisa sem uma imagem do mar, e ter uma cena filmada do jeito que eu queria era diferente de pegar imagens de arquivo. Meu coração disparou só de imaginar as possibilidades de gravar em uma praia de verdade.

E também de pensar que eu passaria um dia inteiro com Fernanda sem ninguém da escola por perto.

> marilia coppola **diz:**
> vc ta falando sério?
>
> nandinha89 **diz:**
> *ueh pq eu ia mentir?*
>
> *eh pelo bem do filme. naum quero passar mais tempo com vc do q o necessário*

Se alguém me dissesse no começo do ano que eu estaria dentro do carro da irmã da Fernanda, a caminho da casa de praia delas no Guarujá, eu ia achar que a pessoa enlouqueceu.

Já tinha ouvido falar dessa casa de praia algumas vezes. Na verdade, era um apartamento pequeno que ficava a alguns quarteirões da orla e servia como destino de férias para a maioria dos populares desde que Fernanda entrou na escola. Era lá que abasteciam seus Fotologs de dezembro a fevereiro, além de aniversários e feriados. Esse ano, com todas as festas de quinze anos, o movimento havia diminuído, mas eu ainda lembrava bem de uma foto que Fernanda postou usando um biquíni preto na piscina do condomínio.

Convencer meus pais foi mais fácil do que eu imaginava. Disse que uma menina da minha turma tinha me convidado para passar o dia na praia com ela e os pais. Omiti o fato de que iríamos só com a irmã dela, que havia acabado de completar dezoito anos, porque sabia que meus pais iam encrencar com a direção dela na estrada. Minha mãe ficou tão feliz de saber que eu tinha feito uma amiga além de Tânia e Tamara que no mesmo instante permitiu a viagem, desde que eu ligasse pra ela assim que chegasse e voltasse antes de anoitecer.

Às oito horas da manhã do sábado, o carro de Sofia, irmã de Fernanda, estacionou na frente do meu prédio.

Sofia era bem parecida com Fernanda fisicamente, só que sem o cosplay de Avril Lavigne. Ela tinha um cabelo loiro comprido preso em um rabo de cavalo e sorria muito mais do que a irmã. Sua personalidade também era o oposto da de Fernanda: ela era simpática, educada e prestativa.

Sofia desceu do carro para abrir o porta-malas e me ajudar com os equipamentos que eu estava carregando. Não que eu tivesse muita coisa — era só uma sacola com câmera, fitas e tripé —, mas achei legal que ela pelo menos fez um esforço para me ajudar, ao contrário da irmã mais nova, que sequer abaixou o vidro para me dar oi.

— Legal demais isso que vocês tão fazendo — disse Sofia logo que fechou o porta-malas. — Se tivesse como fazer trabalhos assim na minha época, eu teria tirado notas bem melhores.

Fui para o banco de trás do carro e meus olhos encontraram os de Fernanda pelo retrovisor. Ela parecia ainda mais emburrada que de costume, talvez por ter acordado cedo em pleno sábado. Pelo horário da nossa conversa no MSN, eu já tinha percebido que ela era uma pessoa notívaga. Quando Sofia sentou no banco do motorista, notei o contraste entre elas. Pareciam o sol e a lua: a mais velha usava um vestido claro e florido que combinava com sua personalidade radiante; já Fernanda vestia uma regata preta que havia sido customizada a partir de uma camiseta de banda de rock. Quando percebeu que eu a encarava, colocou um par de óculos escuros estilo aviador e não os tirou até chegarmos ao nosso destino.

Durante os noventa minutos que separavam São Paulo do Guarujá em um dia sem trânsito, Fernanda se manteve calada. Sofia, por sua vez, ocupou o tempo contando um pouco mais sobre ela e também fazendo perguntas sobre mim, como qualquer pessoa educada. Ela havia se formado na escola no ano anterior e agora estudava arquitetura em uma faculdade particular, pois não tinha conseguido passar na universidade pública que era sua primeira opção.

— Se eu tivesse focado nos estudos que nem você, talvez tivesse conseguido passar na USP. E agora não precisaria trabalhar pra pagar a faculdade.

Fiquei surpresa com o elogio. Estava tão acostumada a tirarem sarro de mim por ser estudiosa que era estranho ter meu esforço reconhecido. Por uma ex-popular, ainda por cima!

— Ainda dá tempo de você se emendar, Nanda — ela falou enquanto olhava de canto para a irmã.

Fernanda bufou, como se aquela ideia fosse absurda.

A conversa morreu quando chegamos ao prédio. O apartamento era pequeno e aconchegante. Os móveis tinham aparência antiga, como se tivessem sido comprados havia mais de vinte anos e nunca substituídos ou reformados. O lugar tinha um leve cheiro de mofo que me fez espirrar; parecia que ninguém passava por lá havia meses.

Sofia foi logo abrindo as janelas da sala, e uma agradável brisa do mar atingiu meu rosto. Fernanda, como era de se esperar, se jogou no sofá e ligou a televisão. Era impressionante como a garota não ajudava em nada — nem mesmo quando a irmã dela estava fazendo um favor que a beneficiaria.

— Só vou abrir as janelas dos quartos e já preparo um lanche pra gente — disse Sofia.

— Eu posso ajudar — falei.

A verdade é que eu não queria ficar sozinha na sala com Fernanda. Precisava de alguma coisa para ocupar o tempo.

— Eu trouxe algumas coisas no cooler. Você pode colocar a comida na mesa, por favor? — pediu Sofia.

Ela desapareceu pelo pequeno corredor que levava aos quartos. Enquanto Fernanda assistia algum programa de videoclipes na TV, fui até a cozinha, que era separada da sala por um balcão. Comecei a tirar as coisas de dentro do cooler, e foi quando reparei em uma foto presa à porta da geladeira. Com certeza tinha sido tirada havia mais de dois anos, pois a figura ali era bem diferente da pessoa que eu conhecia.

Na imagem, Fernanda estava com o cabelo loiro cacheado, e seu rosto não tinha qualquer resquício de maquiagem. Ela vestia regata amarela e uma bermuda de surf toda florida. Dois adultos a abraçavam, um de cada lado. Deduzi que eram seus pais.

Sofia entrou na cozinha e me pegou observando a foto. Ela se aproximou e analisou a imagem com um sorriso nostálgico no rosto.

— Fui eu que tirei essa — falou. — Foi no aniversário de doze anos da Nandinha. A gente sempre comemorava aqui na praia.

Sofia lançou um olhar furtivo para a irmã, que parecia alheia à conversa.

— Até ela ficar descolada demais pra fazer qualquer coisa em família — completou.

Notei a frustração em suas palavras e fiquei com vontade de perguntar mais sobre a mudança de comportamento de Fernanda, porém não tinha intimidade o bastante com nenhuma das duas para isso. Para meu alívio, a própria Sofia se ocupou de mudar de assunto enquanto colocava copos e pratos na mesa.

— Até ano passado, esse apartamento era um tremendo entra e sai dos meus amigos e dos da Nanda — disse ela. — Você nunca tinha vindo?

— Não, é a primeira vez — falei.

— Você é nova na escola?

Fingi que estava ajeitando um garfo sobre a mesa para ganhar tempo. Como explicar para a irmã de Fernanda que a gente se odiava, mas tinha sido obrigada a trabalhar juntas?

— A gente estuda juntas desde a sétima série, mas ficou próxima só agora — respondi depressa. Não era uma completa mentira.

Fernanda não desviou os olhos da TV, mas eu sabia que prestava atenção na conversa porque seus lábios se curvaram para cima. Ela estava se divertindo com minha explicação.

— No ensino médio as coisas mudam mesmo — disse Sofia. — A gente faz novos amigos, troca de grupo, descobre um monte de coisa sobre nós. Vocês vão curtir.

Em seguida, ela sentou em uma das cadeiras diante da mesa e chamou a irmã:

— Nanda, deixa de ser mal-educada e vem comer.

Fernanda se arrastou até a cozinha, ainda de cara fechada, e sentou na cadeira livre ao meu lado. Peguei um pão para ter algo com que ocupar as mãos. Eu estava tão nervosa que comida era a última coisa em que conseguia pensar naquele momento.

— Fazia tempo que vocês não vinham aqui? — perguntei.

Sofia lançou um olhar preocupado para Nanda, mas sua irmã não correspondeu.

— Desde que nossos pais se separaram.

O barulho de metal batendo contra vidro chamou minha atenção. Fernanda mexia a colher com força dentro de um copo da Turma da Mônica cheio de leite e achocolatado.

— Não é uma coisa que a gente sai falando para estranhos — disse Fernanda, ríspida, lançando um olhar assassino para a irmã.

— Vocês duas se conhecem há anos — respondeu Sofia. — Ela não é uma estranha. Fora que a psicóloga falou...

— Sofia, cala a boca!

Me encolhi na cadeira para não ficar naquele fogo cruzado. Sofia pareceu prestes a rebater, mas soltou o ar devagar, se acalmando. Fernanda, por sua vez, bebeu um longo gole de leite com achocolatado. Tive a sensação de que, se eu não estivesse ali, elas teriam quebrado o pau. Não tinha coragem nem de mastigar para não romper aquela trégua velada entre as duas.

— E você, Marília? Tá animada pra festa da Nanda? — perguntou Sofia, forçando um sorriso para melhorar o clima.

Fernanda riu pelo nariz. Eu me ajeitei na cadeira, constrangida.

— Eu sei — disse Sofia, alheia ao que se passava entre nós. — Maior mico esse negócio de quinze casais, né? Minha mãe que insistiu. No meu ano foi a mesma coisa.

— Sua mãe te obrigou a fazer a festa? — perguntei para Fernanda, que se mexeu na cadeira, desconfortável.

— Se eu não fizesse, ela ia me mudar de escola — respondeu.

— Você vai dançar com quem, Marília? — perguntou Sofia. — Não deixa a Nanda te colocar com o Luiz Fernando, aquele menino é um chato.

— Ela não foi convidada — disse Fernanda, sem cerimônia.

Sofia olhou para a irmã, chocada.

— Que é isso, Fernanda? Achei que você tinha chamado todo mundo da sua turma.

— Todo mundo que importa.

Revirei os olhos e levantei da mesa, levando meu prato e meus talheres para a pia. Tentei não pensar em como as palavras dela me afetavam. Era melhor assim: quanto mais ela me tratava mal, mais a gente se afastava. Lavei a louça fingindo não escutar a conversa das irmãs atrás de mim.

— Você é muito fútil, garota — disse Sofia aos sussurros. — Isso é jeito de falar com a menina?

— Ninguém te perguntou nada — respondeu Fernanda.

— Será que a gente pode ir filmar? — falei, interrompendo a troca de farpas. — A previsão hoje é de chuva no começo da tarde. Temos que aproveitar enquanto ainda tá sol.

Fernanda levantou, ansiosa para se afastar da irmã, e deixou o apartamento sem nem sequer recolher o próprio copo sujo.

— Ação!

Mesmo assistindo através do visor minúsculo da câmera, eu sabia que aquela cena era a mais grandiosa que eu já tinha feito. O enquadramento começava no céu azul com algumas nuvens, descia para a imensidão do mar, e então acompanhava as ondas até chegarem na areia.

Fernanda vinha caminhando pela água, como se tivesse acabado de saltar do escaler da nau portuguesa que trouxe Pedro Álvares Cabral para o solo brasileiro. Ela havia deixado as botas de lado e preferiu fazer a cena descalça, dobrando a barra da calça até o meio das canelas. Sua camisa branca tinha os três primeiros botões abertos e começava a ficar salpicada pelas gotas do mar em movimento.

Quando dei por mim, minha câmera passeava pelo corpo dela desde as pernas até o rosto, passando pelos quadris e pelo pedaço de colo revelado pela abertura da camisa. Por fim, foquei no rosto de Fernanda conforme ela se aproximava da terra firme.

Não tive coragem nem de gritar "corta" quando Fernanda começou a caminhar pela areia. Depois eu daria um jeito de editar aquela sequência, ou talvez até deixasse como estava. Cada segundo dela sozinha em cena era um espetáculo. Fernanda tinha captado muito bem a essência daquele personagem — não o herói dos livros de história, mas um homem que não tinha nenhuma habilidade, pouquíssimo currículo de navegação, e que graças a seus bons contatos foi designado como comandante de uma das maiores missões de exploração marítima de todos os tempos. Uma missão que foi catastrófica, considerando as consequências que teve nos séculos futuros. O Pedro de Fernanda sabia que não pertencia àquele lugar.

Já não se tratava de um trabalho de escola, mas sim de uma cena em um filme de verdade. Talvez a primeira de muitas que eu ainda faria na vida.

— Corta! — gritei, enfim, e Fernanda piscou algumas vezes até sair do personagem.

— Vamos fazer de novo — disse ela, quebrando o encanto de segundos atrás.

— Por quê? Foi perfeito.

Fernanda sorriu de lado, e senti meu coração dar uma balançada.

— Só não vejo necessidade de desperdiçar fita — falei. — E me dar mais trabalho pra editar depois.

— Vamos fazer só mais uma vez — pediu ela. — Eu quero testar outras reações. Por favor.

Foi a primeira vez que ela me pediu alguma coisa com educação. Diante daquelas palavras e da carinha que fez, como eu poderia falar não?

Uma vez viraram seis, e eu gastei uma fita inteira com a grande cena de Fernanda. Aproveitamos também para fazer a cobertura de outros ângulos e detalhes para ajudar na edição. Já que tínhamos viajado até a praia só pra gravar, era melhor tirar vantagem de todas as oportunidades. Naquela manhã, a Fernanda da escola e o bullying que ela fazia comigo ficaram de lado, e a única coisa que nos acompanhava era a vontade compartilhada de fazer o melhor filme possível.

Voltamos para o apartamento só quando a chuva começou a cair. Chegamos no prédio dela encharcadas da cabeça aos pés. Eu consegui proteger a câmera, que ficava dentro de uma bolsa impermeável, criando uma segunda camada de proteção com minha camiseta, e Fernanda me ajudou com o tripé. Quando entramos no apartamento, deixando pequenas poças de água atrás de nós, caía uma chuva torrencial do lado de fora.

— Caramba, chegaram bem na hora — disse Sofia, até que reparou em nosso estado. — Quer dizer, cinco minutos atrasadas.

Eu e Fernanda nos olhamos e caímos na risada. Nosso estado era deplorável: o cabelo dela estava grudado no rosto e sua camisa pesada pingava água por todo lado. Eu podia sentir minha camiseta grudada ao corpo como se fosse uma segunda pele, e começava a tremer de frio.

— Melhor vocês tirarem a roupa pra não molhar a casa inteira — disse Sofia, assumindo um tom maternal típico de irmã mais velha.

— Não viaja — replicou Fernanda.

— Se molhar, você que vai secar — reforçou ela.

Fernanda revirou os olhos, mas fez o que a irmã pediu. Pelo visto, tirar a roupa na minha frente era melhor do que ter que pegar um rodo e um pano de chão. Ela estava usando biquíni por baixo — aquele mesmo biquíni preto que eu vi no Fotolog. Desviei o olhar assim que ela tirou a camisa, sentindo o rosto queimar.

— Você também, Marília — disse Sofia. — Vocês podem tomar banho ao mesmo tempo.

Arregalei os olhos e abri a boca, incapaz de falar qualquer coisa. Sofia ignorou minha reação e continuou:

— A Nanda usa o banheiro da suíte e você fica no do corredor. Vou pegar toalhas pra vocês.

Em seguida, desapareceu dentro de um dos quartos. Respirei fundo e tirei a camiseta empapada. Eu também usava maiô por baixo, caso precisasse entrar no mar para fazer algum take, mas não pretendia tirar a roupa nem por um segundo. Eu morria de vergonha do meu corpo. Desde pequena, as outras crianças apontavam e riam da minha barriga redonda e das minhas coxas largas. Quando entrei na puberdade, a situação ficou pior ainda: meus peitos cresceram, minhas coxas aumentaram ainda mais e meu quadril arredondou. Eu vivia escondida debaixo de roupas largas que vestiriam duas vezes o meu tamanho.

Abri os botões da bermuda jeans e a desci pelas pernas com dificuldade por causa do tecido molhado. Notei pela minha visão periférica que Fernanda estava despida do seu figurino de Pedro Álvares Cabral e usava apenas o biquíni preto.

— Você não olha e eu não olho também, combinado? — disse ela rápido.

Só então notei que ela estava meio encolhida contra a parede, como se tentasse esconder seu corpo.

Aquilo me pegou de surpresa. Eu sempre achei que Fernanda fosse superconfiante e segura de si. Ela já tinha até postado foto de biquíni! Pra mim, isso era o ápice de alguém que se achava bonita — e, no caso, ela era mesmo. Seu corpo era magro; os seios pequenos mal preenchiam as cortininhas da parte de cima do biquíni, e as coxas eram tão ossudas que havia um grande vão entre elas.

Percebi então que Fernanda tinha se encolhido mais um pouco, e agora cruzava os braços na frente do próprio corpo.

— Vai, fala logo — disse ela. — Eu sei que você quer tirar sarro.

Franzi a testa, confusa.

— Do quê?

— Pode falar. Magrela, varapau, saco de osso, tábua. Eu mereço, ainda mais depois de todo o bullying que fiz com você.

Fiquei olhando pra ela sem entender nada. Fernanda achava que eu estava analisando seu corpo para fazer algum comentário negativo? Nesse tempo todo, eu só conseguia catalogar cada detalhe dela e pensar que o conjunto da obra era perfeito.

— Eu não acho nada sobre seu corpo — falei, tentando manter a voz calma e casual, mesmo quando nossos olhos se encontraram de relance.

— Eu também não acho nada sobre o seu — respondeu ela de imediato.

Caímos em um silêncio constrangedor. Nesses segundos que passaram até Sofia voltar com as toalhas, me dei conta: Fernanda já tinha tirado sarro de várias coisas que fiz ou falei, mas nunca da minha aparência. Eu já havia escutado comentários maldosos de Jéssica Lorena e também dos meninos, que me chamavam de baleia, rinoceronte ou hipopótamo, mas nunca nada vindo de Fernanda.

Será que ela odiava tanto minha personalidade que meu físico ficou em segundo plano?

— Pronto — disse Sofia, entregando uma toalha para cada uma. — Marília, tem xampu, condicionador e sabonete lá no boxe, tá?

— Obrigada.

Eu e Fernanda atravessamos o corredor em silêncio, agora protegidas pelas toalhas, e nos separamos depois de trocar mais um olhar rápido de quem tinha se entendido pela primeira vez.

A chuva continuou implacável até o final da tarde, castigando o litoral e fazendo com que ondas cada vez maiores lavassem a areia. Já passava das cinco quando um repórter de plantão apareceu no intervalo do filme que estava passando na TV para anunciar que vários pontos de alagamento se espalhavam por São Paulo e que parte das estradas estava interditada.

— A gente dorme aqui e volta amanhã cedo — sugeriu Sofia. — Vai ser mais seguro.

Meus olhos encontraram os de Fernanda, que parecia tão assustada quanto eu. Nosso convívio tinha sido mais intenso durante aquele dia do que nos dois anos anteriores, e eu não sabia muito bem como me comportar perto dela. Longe dos nossos amigos, era como se todas as estruturas sociais ao nosso redor ruíssem e estivéssemos sozinhas no campo de batalha.

— Minha mãe não vai gostar — falei, desviando os olhos para Sofia. — Ela só me deixou vir hoje porque eu ia voltar no fim da tarde.

— Eu falo com ela se você quiser — ofereceu Sofia, já levantando para ir até o telefone fixo. — Vai ser legal. Eu faço brigadeiro.

Fernanda se manteve calada durante toda minha interação com sua irmã. Não parecia lá muito feliz com a minha presença, mas tampouco reclamou sobre a mudança de planos.

Minha mãe atendeu no segundo toque. Eu sabia que ela estava sentada perto do telefone de casa, esperando notícias minhas.

— Marília? Você tá bem?

— Tô sim, mãe. Só que com a chuva não vou conseguir voltar hoje. A... mãe da Fernanda me convidou pra dormir aqui.

— Deixa eu falar com ela.

Sofia e Fernanda me olharam com as sobrancelhas erguidas, como se não esperassem um ato de rebeldia vindo de alguém como eu. Tampei o bocal do telefone com a mão enquanto falava com Sofia:

— Você pode fingir que é sua mãe? — sussurrei, suplicante. — Por favor? Senão ela vai ficar preocupada.

Sofia deu de ombros. A julgar pelo histórico que ela e Fernanda tinham, já deviam ter feito coisa muito pior.

— Oi, querida, tudo bem? — Sofia enunciou as palavras com clareza, emulando a confiança de uma adulta. — Isso, é muito perigoso sair nessa chuva. Não, não dá trabalho nenhum. Ela e a Nandinha vão ficar brincando, são dois anjos!

Fernanda fechou a cara e cruzou os braços. Eu me segurei para não rir.

O teatro de Sofia funcionou e logo minha mãe se despediu — não sem antes recitar uma lista de recomendações e regras de etiqueta para dormir na casa dos outros.

O resto da noite foi menos constrangedor do que eu imaginava. Sofia era simpática e o assunto nunca acabava quando ela estava por perto. Comemos pizza na frente da TV, ignorando a programação enquanto ela contava sobre suas aventuras da época da escola. Pensei em Tânia e Tamara e em como minhas amigas adorariam ouvir aquelas histórias. A lembrança delas me trouxe de volta para a realidade e percebi que nunca estaríamos todas juntas no mesmo ambiente. Meu mundo e o de Fernanda não colidiriam de novo.

— Você abre a bicama pra ela, Nanda? — perguntou Sofia depois do jantar, enquanto recolhia as caixas de pizza que ficaram espalhadas pela sala.

— No nosso quarto? — Fernanda soou surpresa e até um pouco assustada. Pelo menos não era o tom de repulsa que geralmente usava para se referir a mim.

— Eu é que não vou dividir a cama de casal com você — disse Sofia, rindo. — Você peida muito.

— Cala a boca — resmungou Fernanda.

Foi a primeira vez que a vi ficar vermelha. Eu gargalhei junto com Sofia, e até Fernanda abriu um sorrisinho envergonhado.

— Eu não quero incomodar vocês — falei. — Posso dormir no sofá.

— É meio desconfortável — disse Fernanda. — Só dorme gente aí quando a casa tá lotada.

Assenti e tentei me concentrar no episódio da novela que passava na TV. Um pensamento corria em círculos na minha mente: eu dormiria no quarto da Fernanda. Junto com ela. A centímetros de distância.

— Vou nessa, meninas — disse Sofia. — Acordei supercedo hoje, tô morta.

— Boa noite — falei. — E obrigada por tudo.

Fernanda não respondeu. Sofia sorriu para mim e se fechou na suíte no fim do corredor, que era dos pais dela.

Só então percebi que eu e Fernanda ficaríamos sozinhas até uma de nós ir dormir. Olhei meu relógio de pulso: eram quase dez horas. Eu estava um pouco cansada por ter ficado acordada até tarde editando na noite anterior, mas a adrenalina do dia e o estranhamento de estar em uma casa que não era a minha haviam tirado meu sono. Eu sabia que Fernanda tinha hábitos noturnos, então imaginei que ela ia querer ficar mais um tempo acordada.

— Pena que aqui não tem computador — disse ela. — A única coisa que tem pra fazer é ver essa novela chata.

Ficamos em silêncio assistindo uma cena de *Celebridade*, que estava chegando na reta final. Eu era fã de cinema e seriados, mas não me ligava muito em novela. No entanto, a cena chamou minha atenção: Maria Clara, a protagonista interpretada por Malu Mader, entrou em um banheiro onde estava Laura, a vilã feita por Cláudia Abreu, e trancou a porta atrás dela.

— Tá querendo ficar trancada comigo no banheiro? — disse Laura para Maria Clara. — Esse teu outro lado eu também não conhecia.

Então, ela se aproximou de Maria Clara e sussurrou:

— Vou te contar um segredinho: eu até gosto, sabia? Mas você não faz meu tipo.

— Será que não? — respondeu Maria Clara.

Segurei a respiração, ansiosa pelo que viria em seguida. Elas estavam mesmo falando do que eu achava que estavam falando? Laura deu a entender que sentia atração por mulheres.

Olhei de relance para Fernanda, procurando alguma reação. Ela estava jogada no sofá, encarando a TV com tédio, mas percebi que suas sobrancelhas levantaram de forma quase imperceptível. Eu não sabia se olhava para as atrizes ou para ela. Será que aquela cena estava mexendo com Fernanda tanto quanto mexia comigo?

— Vamos ver outra coisa? — Ela pegou o controle remoto e mudou de canal sem esperar minha resposta.

— Eu queria saber o que vai acontecer — reclamei.

No fundo, eu sabia que não ia ter beijo, afinal essas coisas nunca aconteciam em novelas. Mas o momento era hipnotizante, carregado de tensão entre as atrizes.

— Não achei que você fosse noveleira — disse Fernanda em tom de brincadeira.

— Não tem nada melhor pra assistir.

Fernanda passou por mais alguns canais, até que pareceu ter uma ideia e levantou. Ela caminhou até a mesa de jantar e pegou minha câmera, que repousava sobre o móvel enquanto a bolsa secava no varal.

— Vamos assistir a gravação — sugeriu ao voltar para o sofá.

Tirei a câmera das mãos dela e a protegi como se fosse um bebê.

— Não posso mostrar nada antes da edição. Dá azar.

Fernanda riu. Não aquele riso de escárnio que costumava direcionar a mim, mas uma risada genuína, divertida. Eu relaxei um pouco.

— Acho que eu tenho direito de ver antes de todo mundo, né? É a minha cara que tá aí nessa fita.

Hesitei enquanto passava a câmera de uma mão para a outra. Uma vez tinha mostrado algumas cenas sem edição para Tânia e Tamara e elas odiaram tudo. Era difícil explicar para as pessoas como eu imaginava que as imagens ficariam depois dos cortes e da trilha sonora.

Assim como as gêmeas, com certeza Fernanda ficaria entediada depois de alguns minutos vendo a mesma cena se repetir a cada take. Que mal tinha mostrar um trechinho? A verdade é que eu também estava morrendo de curiosidade de ver o resultado.

— Tá bom. Mas não vale criticar, tá? — falei enquanto levantava para pegar o cabo que ligava a câmera à TV. — Ainda não tá pronto.

— Relaxa. Eu só quero ver se fiz um bom trabalho.

Ela falou baixinho a última parte, como se não quisesse admitir que estava preocupada com sua atuação. Aquela vulnerabilidade me fez baixar a guarda. Aproveitei que estava ocupada com os cabos e não precisava encará-la para falar algo que estava pensando havia algum tempo.

— Você salvou o filme, na verdade. Porque se dependesse dos seus amigos...

Fernanda riu e revirou os olhos. Sentei no chão, ao lado do rack, e apertei o botão de rebobinar na câmera para voltar a fita até o começo.

— A galera zoa muito — disse ela. — Eles não percebem que essa é uma chance única de passar de ano sem ter que fazer tanto esforço.

— Pra você é mais do que isso — falei sem pensar.

Ela me encarou com os olhos estreitos, desconfiada. Limpei a garganta e continuei:

— Você gosta de atuar. Dá pra perceber.

Fernanda hesitou por alguns instantes, como se pensasse se queria mesmo se abrir comigo. Enfim, assentiu.

— Eu adorava as aulas de teatro. Entender o personagem, descobrir como cada fala tinha que ser dita, ver a plateia se emocionar com a cena.

— Você nunca atuou lá na escola — comentei. — Não lembro de ter te visto nas peças que os professores organizaram.

Fernanda balançou a cabeça em negativa.

— Você sabe como a galera é — disse ela. — Eles iam me zoar pra sempre.

Eu assenti. Não porque concordava, mas porque sabia que era assim que nossos colegas agiriam.

— Você não acha isso estranho?
— Isso o quê?
— Zoar quem tem um interesse? Um talento?

Ela me encarou como se buscasse a resposta em mim tanto quanto eu buscava nela. Estava quase me perdendo no azul de seus olhos quando a câmera apitou, indicando que a fita estava rebobinada.

— Dá logo esse *play* — falou Fernanda, tentando recuperar a pose.

Fui tomada por uma sensação de alívio quando desviei a atenção de volta para a câmera. Aquele era um território familiar, diferente do assunto pelo qual estávamos enveredando. Enquanto nosso relacionamento girasse apenas ao redor dos trabalhos da escola, estaríamos seguras.

Segurei a respiração e apertei o *play*.

A tela da tv foi invadida pelo primeiro take que fizemos na praia, aquele que começava no céu, descia para o mar e chegava até Fernanda.

Assistimos em silêncio. Confesso que estava prestando mais atenção nela do que na cena que tinha filmado. Fernanda mordia o lábio inferior, tensa, como se assistisse um filme de terror.

Percebi então que a câmera se demorou no corpo dela um pouco mais do que eu lembrava. Quando a lente desceu pelo seu torso semirrevelado pela camisa branca, desviei o olhar, envergonhada. Lembrei daquela cena do filme *Simplesmente amor*, em que a Keira Knightley descobre que o amigo gostava dela por causa da gravação de seu casamento. Ele a tinha filmado o tempo todo, cortando o noivo do enquadramento. Me senti exposta. Culpada de algo que eu não sabia bem o que era.

Quando o meu "corta" ecoou pela sala, Fernanda não esboçou nenhuma reação. Ela apenas se endireitou no sofá e olhou para mim de novo como alguém que analisa um quadro que não entende direito. Eu fingi que prestava atenção na TV para não ter que encará-la de volta.

— Você é muito boa nisso, Marília — disse ela, quebrando o silêncio entre nós. — De verdade.

Quando virei, percebi que Fernanda estava séria. Era um elogio direto, sem sarcasmo, sem ironia, sem a intenção de me machucar.

— Obrigada. Você também — respondi com sinceridade.

Antes que o silêncio constrangedor voltasse a pairar entre nós, emendei outro assunto:

— Por que você parou de estudar teatro?

— A situação lá em casa deu uma complicada. — Ela fez uma careta e suspirou. — A gente teve que cortar gastos quando meus pais se separaram. E também por causa da droga da festa que minha mãe me obrigou a fazer.

— Que saco — falei. — A gente passou pela mesma coisa quando meu pai perdeu o emprego uns anos atrás. Mas agora a situação melhorou. Vai melhorar pra vocês também.

Fernanda sacudiu a cabeça, incrédula.

— Acho difícil — disse ela.

Eu não queria forçar a barra para que ela falasse, mas senti que Fernanda tinha mais coisas guardadas dentro do peito. Eu não deveria me importar — nem gostava dela! —, mas queria saber mais sobre o que havia por trás daquele símbolo de perfeição. Na escola, ninguém sabia sobre o divórcio de seus pais, acho.

— Foi uma separação tranquila? — perguntei.

Fernanda riu de forma debochada.

— Foi horrível.

— Horrível como?

Ela ergueu uma sobrancelha, se divertindo com a minha curiosidade. Eu amava uma boa história — fosse na ficção ou na vida real.

— Você quer mesmo saber? — perguntou Fernanda. — É meio *Casos de Família*.

— Se você quiser contar.

Ela suspirou e fechou os olhos, como se criasse coragem para confessar um segredo.

— Minha mãe traiu meu pai com o melhor amigo dele.

Arregalei os olhos, incapaz de esconder minha surpresa.

— E o que aconteceu?

— Ele pegou os dois no flagra. Não sei muito bem onde nem como, mas acabou estourando a maior briga em casa. Eu não tava lá, quem me contou foi a Sofia. — Sua expressão ficou mais triste. — Quando cheguei, ele já tinha ido embora. Não levou nem a escova de dente.

Eu não sabia o que dizer. Meus pais às vezes discutiam, mas eram discretos em relação aos desentendimentos. Eu não saberia o que fazer se um deles saísse de casa de uma hora pra outra.

— Pra onde ele foi? — perguntei.

Fernanda olhou para a porta do quarto dos pais, como se lembrasse de uma época em que estiveram juntos naquele apartamento. Seu semblante se fechou ainda mais, tomado por uma mistura de raiva e rancor.

— Não sei. A gente nunca mais se viu.

Franzi a testa.

— Como assim? Ele abandonou você e sua irmã do nada?

Meu tom saiu um pouco mais irritado do que eu tinha previsto, mas minha indignação era grande. Mesmo com todos os defeitos de Fernanda, ela não merecia ser abandonada pelo pai.

— Vai saber — respondeu ela, dando de ombros. — Às vezes ele não queria mais cuidar da gente.

Eu conseguia sentir a mágoa escorrendo pelas palavras de Fernanda. Na minha concepção, ela era a garota mais perfeita da escola inteira — exceto pelas notas, claro. Era uma grande novidade perceber que enfrentava esses problemas em casa.

Por muito tempo torci para encontrar um ponto fraco dela, alguma coisa que me permitisse devolver a humilhação diária na mesma moeda. Agora que tinha achado, não sentia satisfação alguma. Não tinha vontade de usar aquilo contra ela. Pelo contrário, eu queria entender melhor a sua dor, talvez até encontrar alguma forma de consolá-la.

— Vocês eram próximos? — perguntei. — Você e seu pai?
— Eu achava que sim...

Lágrimas tímidas se formaram no canto de seus olhos, ameaçando cair pelas linhas pretas da maquiagem que ela tinha reaplicado depois do banho. Meu coração apertou.

— Eu não queria sentir falta dele — continuou Fernanda, enquanto limpava as lágrimas. — Ainda mais depois de ter largado a gente desse jeito. Mas é que minha mãe é uma pessoa muito difícil... A situação lá em casa ficou ainda pior depois que ele foi embora.

Levantei do chão e sentei ao lado dela no sofá. Por mais que a gente não tivesse intimidade, eu não podia deixá-la desamparada, ainda mais sabendo o quão sozinha ela estava dentro da própria casa. Sem pensar duas vezes, passei o braço pela sua cintura e a trouxe para perto. Fernanda se deixou levar e escondeu o rosto no meu ombro, seu choro encharcando minha camiseta.

Quando o momento terminou, ela ergueu a cabeça e limpou as lágrimas, envergonhada.

— Não sei por que te contei isso. Nem minhas amigas sabem dessa história com tantos detalhes.

A revelação não me surpreendeu. Aquelas garotas zoavam qualquer pessoa que fosse um pouquinho fora dos padrões de perfeição que elas tinham inventado. Eu já havia visto Jéssica Lorena tirar sarro de uma garota na sétima série cujos pais tinham se separado, dando a entender que a menina era a culpada. Só não conseguia compreender por que Fernanda se rebaixava ao escrutínio daquele grupo só para fazer parte dele.

— Se você quisesse, poderia acabar com a minha reputação na escola. — Ela falou brincando, mas senti o pânico em suas palavras.

— Eu não sou que nem suas amigas, Fernanda — respondi, firme. — Não vou falar pra ninguém.

Ela me analisou por alguns instantes até que assentiu, por fim.

— Obrigada — falou com sinceridade. — Não só por isso, mas por ter me colocado nos trabalhos... Eu e meus amigos. Você nem precisava da nota.

— No fim até que não foi tão ruim — comentei de forma leve, tentando amenizar o clima. — Se eu soubesse que você era a Fernanda Torres da nossa geração, tinha te escalado muito antes.

Fernanda me deu um tapinha divertido no braço, da mesma forma que fazia quando estava com os amigos. Senti meu coração flutuar.

— Bom, agora que você sabe minha vida inteira — falou —, o mínimo que eu espero é que me chame de Nanda. Ninguém me chama de Fernanda!

Ela riu e eu a acompanhei. Era estranho pensar que a gente podia se dar tão bem quando estávamos a sós. Fiquei pensando se os grupos aos quais pertencíamos tinham afastado duas pessoas com uma amizade em potencial aquele tempo todo.

— É um pedido justo — falei.

Fernanda sorriu mais uma vez. Um sorriso sincero, agradecido, que durou apenas um instante. Ela parecia mais nova, como aquela Nanda da foto na geladeira.

— Vou lá arrumar sua cama — avisou.

Quando Nanda levantou e foi até o quarto, fiquei ali parada vendo a imagem dela na TV, ainda sem acreditar na interação que havia acabado de acontecer.

Imagina quando Tânia e Tamara descobrirem que viramos amigas?

Amigas, pensei. *Enquanto for só isso, tudo bem.*

6

vamos brincar de vida? eu cuido da minha e vc cuida da sua

Dormir ao lado de Nanda havia sido uma tortura — ao contrário do que Sofia tinha falado, a garota cheirava muito bem, e o quarto inteiro tinha o perfume dela. Vê-la acordando com a maquiagem borrada e o cabelo bagunçado havia sido uma visão e tanto. Queria pegar minha câmera e filmá--la daquele jeito, sem as muralhas de arrogância que foram construídas para sobreviver na escola.

Por mais que nossa dinâmica tivesse passado por uma mudança considerável desde a noite anterior, eu sabia que tudo voltaria ao normal na segunda-feira. Não existia nenhuma possibilidade de sermos amigas, não com a forma com que nossos grupos funcionavam. Nossas realidades eram incompatíveis. Eu também tentava não criar falsas esperanças: não era porque Nanda tinha se aberto comigo que ela estava pronta para começar uma amizade.

Nós nos despedimos com um aceno de cabeça quando Sofia estacionou na frente do meu prédio, e evitei entrar no MSN naquele domingo para me concentrar na edição do filme — ou pelo menos foi isso que disse a mim mesma. A verdade é que eu queria falar com Nanda de novo. Queria saber mais sobre a vida dela, suas inseguranças, seu passado e seus planos para o futuro. Quem sabe até compartilhar minhas próprias inquietações, aquelas que eu não conseguia falar para minhas melhores amigas.

Terminei a edição tarde da noite, não sem antes discutir com a minha mãe por causa do horário. Por mais que me apoiasse, ela achava que minha rotina estava ficando muito bagunçada por causa dos filmes. Eu disse que era uma situação isolada — por causa da viagem para a praia, a edição havia demorado mais do que o esperado, mas não ia acontecer de novo.

Achei melhor não comentar que, se fosse preciso, eu trocaria todas as minhas noites de sono pela chance de fazer meus filmes.

Eu nunca tinha ficado tão nervosa para a apresentação de um trabalho escolar quanto naquela segunda-feira.

A energia da sala estava carregada. Todo mundo queria ver o resultado da incursão de Nanda e seus amigos no meu mundo. Como sempre, Luiz Fernando e seus escudeiros faziam a maior algazarra no fundão quando eu entrei na sala, alheios a qualquer preocupação, mas Nanda estava sentada de costas para eles, ignorando a conversa. Ela roía a unha do dedão.

Quando nossos olhares se cruzaram, me vi num dilema: deveria cumprimentá-la ou ignorá-la, como sempre fizera? Não tinha certeza se ela queria ser vista comigo, então continuei meu caminho sem dizer nenhuma palavra.

Para minha surpresa, Nanda levantou e veio na minha direção, parando para conversar comigo na frente de todos nossos colegas.

— E aí, ficou legal? — perguntou ela, ansiosa. — Eu tentei falar com você no MSN, mas você não tava on-line.

— Passei o dia todo editando — respondi. — Acho que ficou legal, sim.

Sorri, tentando passar confiança, ainda que eu mesma não tivesse certeza sobre o resultado. Aquele filme era diferente de tudo que eu tinha feito até então, muito mais ousado e criativo. Pra mim não era a nota que estava em jogo, mas sim o reconhecimento do meu talento.

— Boa sorte pra gente — disse Nanda, tocando meu braço de leve. Em seguida, voltou para o seu lugar.

— Má! — a voz de Tânia chamou minha atenção, e virei na direção dela.

As gêmeas estavam sentadas em nossas carteiras de sempre e me chamavam com as mãos, ansiosas. Meu desaparecimento do MSN naquele fim de semana não passou batido pelas duas.

Deixei a mochila no chão e sentei entre elas.

— A gente te ligou no sábado, mas você não tava — comentou Tamara. — Sua mãe falou que você tinha viajado com uma amiga pra praia.

— Que amiga é essa? — Tânia fez coro à irmã e me senti em um interrogatório.

Para meu alívio, a professora Márcia entrou na sala com seu jeito frenético, cheia de instruções para a apresentação dos trabalhos. Ela carregava um aparelho de DVD e alguns cabos bagunçados sobre as pastas e os cadernos.

— Bora, galera, que hoje tem muita coisa pra ser vista — disse a professora. — Marília, pode vir aqui me ajudar com o data show, por favor?

— Depois conto tudo — falei para Tânia e Tamara enquanto levantava. — Prometo.

Minhas amigas me olharam desconfiadas. Eu mesma não sabia por que estava fazendo tanto mistério: Nanda era uma colega de escola e parceira de trabalho, não tinha nada de mais viajar com ela para filmar uma cena do filme. Mas, no fundo, eu sabia que não era só isso.

— Você liga pra mim, por favor? — pediu a professora, indicando o aparelho de DVD e os fios. — Eu não entendo nada dessas tecnologias.

— Pode deixar, prô.

Comecei a separar os fios e a conectá-los aos lugares certos. Olhei de relance para Nanda e percebi que ela me observava. Desviamos nossos olhares ao mesmo tempo.

— Vou ter que me acostumar com essa história de filme — disse Márcia. — Daqui a pouco ninguém mais vai apresentar trabalho em cartolina.

O leve tom de irritação por trás de sua frase me deixou mais nervosa ainda. O sucesso daquela empreitada me daria o direito de fazer meus filmes até a formatura, mas o fracasso representaria o adiamento do meu sonho até que chegasse na faculdade.

— Esses seus trabalhos têm sido o assunto da sala dos professores — continuou Márcia.

— Ah, é? — perguntei de forma desinteressada, ainda que estivesse me corroendo para saber mais.

Márcia era nossa professora mais aberta. Ela sempre deixava escapar o que estava rolando nos bastidores da escola.

— Alguns disseram que é uma forma muito legal de envolver os alunos na matéria — disse ela, citando o professor Dênis nas entrelinhas. — Já outros acham que, desse jeito, ninguém tá aprendendo nada.

Desci o telão que ficava recolhido sobre a lousa e chequei se a imagem estava sendo projetada direito.

— Eu acho estranho que tantos professores passem filmes famosos na aula, mas achem que aqueles feitos por alunos não têm valor nenhum — falei.

Márcia ponderou e assentiu.

— O trabalho necessário pra fazer um filme desses é imenso — continuei. — Todo mundo tem que fazer sua parte.

O pessoal que atua decora as falas, que também são parte do conteúdo, e as meninas que me ajudaram nos bastidores assistiram as cenas várias vezes, porque nem sempre fica bom no primeiro take. Todo mundo guarda melhor a matéria desse jeito.

Márcia pareceu impressionada com minha argumentação. Se eu conseguisse abrir aquela porta, não estaria beneficiando apenas a mim mesma, mas também todos os alunos que quisessem se expressar dessa forma. Alunos tímidos que não queriam ficar de pé na frente da sala inteira declamando um texto decorado que nem foram eles que escreveram.

— Numa coisa você tem razão — disse Márcia. — Só de ter feito aquela turminha participar, já é um milagre.

Ela indicou o grupo de Nanda com a cabeça. Luiz Fernando estava contando alguma piada idiota e todos ao seu redor riam feito hienas.

— Por incrível que pareça, eles até que colaboraram — respondi.

Márcia parecia surpresa. Era como se ela estivesse esperando que eu falasse o contrário. Mas eu não podia mentir: eles haviam, de fato, colaborado. Ou pelo menos não tinham atrapalhado.

— Principalmente a Fernanda — comentei, ao vê-la revirar os olhos para a piada de Luiz Fernando.

— Jura? — Márcia olhou para Nanda, e depois de volta para mim. — Agora fiquei ainda mais curiosa. Pode dar o *play* quando quiser.

Ela foi até o interruptor e apagou as luzes da sala. O costumeiro coro de gritos e assobios dominou o espaço. Eu respirei fundo, tentando me livrar da tensão e confiar nas minhas habilidades. Um filme só existe mesmo quando é exibido ao público. Aquela era a hora da verdade.

Apertei o *play* no controle remoto e me encolhi na cadeira, prendendo a respiração. Os primeiros acordes da música clássica que eu havia escolhido para começar a primeira cena invadiram a sala, seguidos pelo plano do céu do Guarujá. Em seguida, o mar... e o Pedro Álvares Cabral de Nanda pisando pela primeira vez em terras brasileiras. Eu tinha decidido começar a história daquela forma e depois contar tudo que acontecera até ali, para só então mostrar o desfecho do contato entre portugueses e povos indígenas.

Olhei para Nanda do outro lado da sala. As luzes projetadas refletiam no azul dos seus olhos. Um sorriso leve começou a se formar no canto de seus lábios conforme a cena se desenrolava.

Nessa hora, eu tive certeza de que todo o esforço tinha valido a pena.

— Se desse pra tirar onze, a gente tinha tirado — cochichou Tânia, feliz da vida, quando o sinal tocou e começamos a guardar o material na mochila. — A Márcia só faltou tirar nossa foto pra colocar na sala dos troféus da escola.

O resultado foi melhor do que eu jamais poderia imaginar: não apenas tiramos a nota máxima, como a sala inteira acompanhou o filme em silêncio, sem grandes zoações. Isso era raríssimo. Teve algumas risadas na cena do Luiz Fernando, provavelmente puxadas pelo próprio, já que ele não conseguia levar nada a sério. Mas a atuação de Nanda era tão magnética que, quando ela entrava em cena, era como se os alunos esquecessem que aquilo era um trabalho de escola. Parecia que estávamos na sala de cinema, vendo um filme de verdade. E mesmo que Nanda estivesse interpretando o vilão, todo mundo tinha adorado as cenas dela.

Outra cena que deu o que falar foi aquela com inspiração em *Kill Bill*, em que Milena lutava com Lucas e acabava arrancando a cabeça dele. Eles travaram uma impressionante batalha de espadas, com direito a coreografia e sangue falso.

Pedro Henrique, assim como Jéssica Lorena, tinha feito apenas sua obrigação, sem se dedicar muito além do necessário. Mas a atuação medíocre dos dois não atrapalhou nosso dez.

— Tudo bem se eu passar esse filme pras outras turmas? — perguntou Márcia antes que eu saísse da sala. — Acho que só assim pros colegas de vocês prestarem atenção nessa matéria.

Imaginei tantas pessoas diferentes assistindo meu filme e senti as bochechas queimarem. Márcia dava aula para todo o ensino médio — imagina se ela exibisse para o pessoal do terceiro ano?!

— Ótima ideia, professora — disse Nanda, se aproximando por trás de mim. — Quanto mais gente assistir, melhor.

Não tive tempo de questioná-la por ter roubado minha resposta, porque Márcia já estava cobrindo a garota de elogios.

— Não sabia que você tinha esse talento pra atuação, Fernanda.

— Nem eu — falou ela, dando de ombros. — É que a diretora era muito boa.

Nanda olhou para mim e piscou. Fiquei ainda mais vermelha.

Márcia assentiu.

— Concordo — disse a professora. — Eu nunca poderia imaginar, mas vocês fazem uma ótima dupla. Uma faz transparecer o melhor da outra.

Foi a vez de Nanda ficar sem graça, mas ela tinha um pouco mais de desenvoltura. Logo recuperou a pose e agradeceu.

Eu e Nanda caminhamos em silêncio pelo corredor até chegarmos no local onde Tânia e Tamara me esperavam. Havia menos de um mês, Nanda tinha me atropelado com seu skate naquele mesmo corredor. Era estranho pensar em quanta coisa tinha mudado — ainda que, para quem via de fora, tudo continuasse exatamente igual.

Não teríamos mais aulas naquela dia, e prometi ir para a casa das gêmeas contar sobre o fim de semana e explicar as cenas de Nanda na praia.

— A galera tá indo lá no McDonald's pra comemorar — disse Nanda para Tânia, Tamara e eu. — Querem ir com a gente?

A informalidade dela nos chocou ainda mais do que o convite em si, como se fosse normal a gente ir almoçar no McDonald's com os populares. Olhei para Tânia e Tamara, boquiabertas, e tentamos nos comunicar por pensamento para combinar nossa resposta. Eu sabia que Tânia faria qualquer coisa para passar mais tempo com Luiz Fernando, mas tinha minhas dúvidas sobre Tamara.

— É que a gente... — começou Tamara, hesitante.

Uma risada alta chamou minha atenção. Vi Luiz Fernando mais adiante no corredor, brincando de lutinha com Lucas e Pedro Henrique. Jéssica Lorena ria e aplaudia. Marcela, uma garota do 1º B, passou pelo grupo e acabou esbarrando em Pedro Henrique, que não parava quieto.

— Precisa ocupar todo esse espaço, sua baleia? — disse ele.

Os meninos começaram a gargalhar, acompanhados por Jéssica Lorena. Milena observava a cena com ar de tédio, mas não fez nada para impedir a humilhação. Marcela era uma das garotas do colégio que, assim como eu, não estava dentro dos padrões de magreza que as meninas populares tanto louvavam.

Ela se encolheu contra a parede para terminar de passar por eles, toda envergonhada. Senti uma pontada no peito. Não importava se eu estava mais próxima de Nanda — isso não queria dizer que fazia parte do grupo dela. Ou melhor: não significava que eu *queria* fazer parte. Ela até podia ser agradável quando desejava, mas esse fato não apagava tudo que seus amigos faziam naquela escola com pessoas como eu.

Nanda devia ter sentido minha postura mudar, porque virou para ver o que estava acontecendo no corredor. Quando entendeu o que os amigos tinham feito com Marcela, ela assumiu uma expressão culpada, mesmo sem ter feito nada. Pelo menos daquela vez.

— Combinei de almoçar na casa das meninas — falei, indicando Tânia e Tamara. — Fica pra outro dia.

Nanda assentiu. Quando eu estava prestes a retomar o caminho, ela segurou meu braço de leve. Seus olhos me fitavam cheios de arrependimento.

— Então, eu... Eu nunca pedi desculpas — começou, quase num sussurro. Em seguida, olhou para minhas amigas e me soltou, levantando a voz. — Pra nenhuma de vocês. Eu fui uma idiota esses anos todos.

Nós três congelamos, em choque. Era difícil acreditar que, depois de tanto tempo, Nanda estava admitindo seus erros.

Ainda que ela tivesse parado de nos provocar havia algum tempo, seria mais fácil agir como Milena e fingir que não tinha nada a ver com o que seus amigos faziam. Esse pedido de desculpas era uma bênção e, ao mesmo tempo, uma maldição: era como se, agora, eu pudesse gostar dela sem me sentir uma idiota. Quanto mais legal Nanda ficava, mais difícil era batalhar contra a vontade de me aproximar. E mais difícil era negar meus sentimentos.

— Eu sempre me senti inferior a vocês — continuou ela. — Por ir mal na escola e tal. Aí vocês começaram a me chamar de burra, e eu tinha que revidar.

Não era bem assim que eu lembrava. Na minha cabeça, a gente sempre foi vítima. Mas, pensando bem, talvez a gente tivesse alguma culpa no cartório. Por mais que fosse nossa única forma de defesa, não era legal chamar ninguém de burro, ainda mais sabendo que algumas pessoas tinham dificuldades reais de aprendizado.

— Vocês que começaram chamando a gente de nerd — comentou Tamara, colocando em palavras o que eu pensava.

— Eu sei, eu sei — disse Nanda. — Não tô querendo me livrar da culpa, só tô explicando meu lado. Quando eu cheguei na escola, a disputa já tava rolando. Mas eu não devia ter continuado. Foi mal.

Ela me encarou mais uma vez, como se tentasse recuperar a conexão que tivemos na praia.

— Enfim, vocês são legais — continuou. — Espero que a gente possa recomeçar do zero.

Nanda ficou esperando uma resposta. Tânia e Tamara pareciam coladas ao chão, totalmente paralisadas. Eu entendia o lado delas — tive uma prévia do lado humano de Fernanda nos dias anteriores, mas, para elas, aquela garota era a popular que fazia bullying com a gente desde a sétima série. Deviam estar pensando que Nanda tinha batido a cabeça no projetor ou algo assim.

— Por mim, tudo bem — falei.

Nanda sorriu, agradecida. Minhas amigas logo me acompanharam.

— Claro — murmurou Tamara.
— Sem problemas — disse Tânia.
— Legal — falou Nanda. — A gente se vê por aí, então.

Ela se aproximou de Tamara, que estava na ponta do grupo, e deu um beijo de tchau em sua bochecha, daqueles que só os rostos se encostam. Eu e Tânia arregalamos os olhos.

O beijo de "oi" e "tchau" era um ritual reservado apenas aos populares, que se cumprimentavam assim todos os dias. Ninguém nunca tinha feito isso com a gente. O sonho das gêmeas era que os meninos um dia as tocassem dessa forma. Já eu morria de medo desse dia chegar, pois a última coisa que eu queria era roçar meu rosto contra a barba pré-púbere de algum colega.

Quando chegou minha vez de receber o beijo, Nanda inclinou o rosto e encostou os lábios de leve na minha bochecha. Engoli em seco quando ela se afastou, vendo um brilho diferente em seus olhos quando se despediu.

Um brilho de quem sabia muito bem como mexia comigo.

Eu mal tinha fechado a porta do quarto de Tânia e Tamara e as duas já estavam em cima de mim, como investigadoras da polícia prontas para enquadrar um criminoso.

— Pelo amor de Deus, Marília — gritou Tânia, antes mesmo que eu pudesse sentar na cama dela. — Conta TUDO!

— Como que isso aconteceu? — perguntou Tamara. — Como que a Fernanda agora é nossa amiga?

— Não foi nada de mais — falei.

As gêmeas sentaram na cama de Tamara, viradas de frente para mim. Era um dos poucos momentos em que elas pareciam mesmo idênticas, as duas igualmente ansiosas para ouvir minha história.

— Marília, ela pediu desculpas pra gente. *Desculpas!* — exclamou Tânia. — Você tá entendendo a dimensão disso?

— Alguma coisa você deve ter feito pra ela ficar desse jeito — disse Tamara.

Fiquei meio constrangida com o comentário. Não que houvesse qualquer malícia nas palavras da minha amiga, mas havia nos meus pensamentos. Imaginar que eu era a responsável pela mudança de comportamento de Nanda fazia as borboletas no meu estômago revoarem.

— A gente só conversou — falei. — Acho que teve uma abertura. Ela também tem os problemas dela.

— Tipo o quê? — perguntou Tânia, curiosa pela fofoca.

— Umas questões familiares — respondi de forma vaga, sem querer expor o segredo que Nanda tinha me confiado. — Mas, enfim, ela foi superlegal comigo nesse fim de semana. A ideia de filmar lá na praia foi dela.

— Como isso aconteceu, pelo amor de Deus? — disse Tamara. — Do nada você viaja com a menina mais popular da turma e a gente só fica sabendo dois dias depois, Marília!

— Quando for assim, tem que ligar pra contar na hora — reforçou Tânia.

— Eu sei, desculpa — falei. — Foi tudo muito rápido. A gente se falou na sexta à noite e ela ofereceu carona pra descer pro Guarujá no dia seguinte. Disse que tinha um apartamento lá. A irmã dela deu carona.

As gêmeas trocaram um olhar perplexo. Em seguida, voltaram a me encarar.

— Deixa eu ver se entendi — disse Tânia, devagar. — A Fernanda não só teve a ideia de filmar na praia, como ofereceu a casa pra você. Aquele mesmo apartamento onde os populares passam as férias?

— Isso — respondi.

— E ela ainda foi te buscar em casa — disse Tamara. — Te apresentou a irmã dela e tudo?

Assenti, sem saber muito bem onde elas queriam chegar.

— Eu lembro da Sofia — comentou Tânia. — Ela era a menina mais popular do ano dela.

— Ela é chata? — perguntou Tamara.

— Que nada — respondi. — Ela é superlegal. Como choveu muito e as estradas ficaram interditadas, até me convidou pra dormir lá.

As gêmeas ficaram tão chocadas que pareciam ter acabado de saber da morte de alguém. Ou ganhado na Mega-Sena. Eu não conseguia dizer qual das duas coisas.

— Como assim você *dormiu* lá? — perguntou Tamara, exaltada.

— Dormindo, ué. Não tinha como voltar pra São Paulo.

— Você passou vinte e quatro horas direto com Fernanda e a irmã dela — disse Tânia, meio em tom de pergunta, meio de constatação.

Eu assenti.

— E elas não te xingaram? — perguntou Tamara. Neguei com a cabeça. — Nem te chamaram de nerd?

— Acho que a gente já passou dessa fase — falei. — A Nanda até que é legal quando não tá com aquele grupinho dela.

As gêmeas se entreolharam de novo. Cruzei os braços, esperando que a atenção delas voltasse para mim.

— *Nanda*? — Tamara cuspiu a palavra e eu revirei os olhos.

— É o apelido dela — falei, como se não fosse nada de mais.

Mas eu sabia que era, sim, um grande acontecimento para nosso grupo que eu tivesse me aproximado da Nanda.

— Sobre o que vocês falaram? — perguntou Tânia. — O que fizeram, o que comeram?

— Pizza. — Dei de ombros. — A gente falou sobre o filme, na maior parte do tempo. A irmã dela contou várias histórias de quando tava na escola. Vocês iam ter adorado essa parte!

Tânia e Tamara soltaram muxoxos por terem perdido as fofocas de Sofia.

— A Fernanda falou sobre o Luiz Fernando? — perguntou Tânia, tensa. — Se eles tão mesmo namorando?

— Ela não falou sobre ele nem uma vez — respondi, com um sorriso.

Tânia se jogou na cama, aliviada. O clima entre nós três foi voltando ao normal, ainda que Tamara me olhasse com certa desconfiança.

— Bom, Marília, é oficial — anunciou ela. — Você e a Fernanda são amigas.

Eu dei risada daquela formalidade toda. Não sabia ao certo se a gente podia usar esse termo. Não existe um pedido ou um gesto que marque o início de uma amizade, como acontece em um namoro, por exemplo.

— Não sei — falei com sinceridade. — Pode ser. Ela foi legal com a gente hoje.

— Será que os amigos dela vão se aproximar da gente também? — perguntou Tânia, claramente pensando em Luiz Fernando.

— Espero que não — comentei. — Não tem um que se salve naquele grupo.

Tamara levantou da cama, agitada, como se tivesse descoberto uma fórmula científica.

— Tem um jeito de a gente saber se vocês são amigas ou não — disse ela. — A Fernanda te adicionou no Orkut?

Tentei me lembrar da última vez que eu tinha acessado o Orkut. Uma rede social de amizades não fazia sentido para alguém que quase não tinha amigos. Eu também não tinha Fotolog — só gostava de ficar olhando o dos outros mesmo. Uma rede social de fotos também não tinha utilidade para alguém que odiava aparecer. Meu lugar era atrás das câmeras, e não na frente delas.

— Não sei... Faz tempo que eu não entro.

Tamara sentou em uma das cadeiras de rodinhas diante da escrivaninha e ligou um dos computadores. Para não dar briga, os pais delas haviam comprado dois idênticos no Natal. A gente brincava que o quarto delas parecia uma lan house. Enquanto a ventoinha mostrava que a máquina iniciava o sistema, Tânia aproveitou para retomar o assunto.

— Marília, você tem noção? Isso pode mudar toda nossa vida social na escola pelos próximos três anos!

— Imagina a gente se formando sem ser odiada pelos populares — disse Tamara, sonhando em voz alta. — A gente pode até ir pra Porto Seguro na formatura, todo mundo junto.

— Vai com calma — pedi enquanto sentava diante do monitor. — Eu já falei que minha proximidade é só com a Nanda. Dos outros eu não espero nada.

— Mas começa com uma delas — rebateu Tânia. — Com a Milena foi assim também, lembra? Ela era a maior esquisitona até ficar amiga da Fernanda.

— Esquisita ela ainda é — disse Tamara.

— Mas agora ela é popular — completou a outra gêmea. — Não tem problema ser estranho se você for popular. Tá vendo por que essa amizade é tão importante, Má?

Esperei a internet conectar e abri o navegador. A página do Orkut demorou alguns segundos para carregar. Eu podia sentir a tensão ao redor de mim — estava no meio das gêmeas, que olhavam para a tela do computador.

Para nosso alívio coletivo, o convite de amizade estava bem no alto da página:

❀.₀..:* ☆:**:. ♫@ⁿDA LɐvIGn€.:**:.☆*.:₀.❀

Eu ri e revirei os olhos. É claro que o *nickname* dela teria o sobrenome da sua cantora favorita. Isso não era um problema — no Orkut, poucas pessoas usavam o nome verdadeiro.

— Obrigada, Deus — disse Tânia, erguendo as mãos aos céus. — Vencemos!

— Ela deixou scrap? — perguntou Tamara, se adiantando para tirar o mouse da minha mão. — Um depoimento?

Ela rolou a página mais para baixo, porém não havia nenhuma mensagem de Fernanda. Eu já imaginava que seria assim, como quando ela me adicionou no MSN sem aviso prévio. Na área de depoimentos, só havia os dois que Tânia e Tamara tinham deixado para mim alguns meses antes, quando entramos na rede social. Eu só tinha dez amigos: as gêmeas, algumas colegas do inglês, três primas e, agora, Fernanda.

— Nada — falei.

— Tudo bem — disse Tânia. — Isso não faz diferença, o importante é ter essa amizade garantida. Ai, meu Deus, já tô até vendo a gente lá na Storm com eles!

Ela fez uma dancinha simulando os passos que faria na pista da matinê mais famosa da cidade. Eu e Tamara demos risada.

Depois disso, mudamos de assunto, e minha mente enfim conseguiu parar de pensar em Nanda por um instante.

7

meu googlee me diz que eu sou oq vc sempre procurou

Quase não tive tempo de celebrar o sucesso do meu filme porque já tinha outro com que me preocupar. O dez em história estava garantido, porém eu precisava fazer o mesmo com a nota de todo mundo em outra matéria: a temida química da professora Cláudia. Ela havia deixado muito claro seu desgosto pela nossa escolha de apresentação de trabalho, mas, dessa vez, não tinha como me impedir. Ciça tinha feito um acordo com os professores para que todos aceitassem os filmes até o fim do semestre... Isso só não garantia que ela seria justa na nota do grupo.

Deitei na minha cama e fiquei olhando para o teto, tentando pensar em alguma coisa. O trabalho era sobre tabela periódica, e meu grupo tinha ficado com os gases nobres — para deleite de Luiz Fernando e suas piadas ruins. Eu sabia que a melhor forma de começar era contando a história da tabela periódica: como surgiu, quem inventou, como foi aprimorada ao longo dos anos. Em seguida, precisava arranjar uma forma de apresentar os gases nobres. Eu não tinha como fazer uma animação, que era o formato ideal para coisas abstratas. Apesar de já ter até lido um livro sobre animação em 3D, algo que eu almejava fazer um dia, meu computador nunca aguentaria o programa próprio pra isso. Fora que eu era péssima desenhista.

Foi aí que uma imagem surgiu na minha cabeça: Nanda vestindo jaleco e óculos de grau.

Dei risada assim que pensei nela interpretando uma nerd. Seria engraçado ver essa inversão de papéis.

Puxei o caderno para o colo e comecei a escrever. E se cada um dos populares interpretasse um gás nobre, como se eles fossem cientistas em um laboratório? Esses gases tinham características específicas que podiam render bons personagens e diálogos interessantes.

Assim que rascunhei a ideia e quem faria qual papel, senti vontade de contar para Nanda sobre o filme. Dessa vez, não resisti. Fui até o computador, loguei no MSN e enviei uma mensagem pra ela.

> marilia coppola **diz:**
> tive uma ideia maravilhosa pro trabalho de química
> vc tem óculos de grau?
> XD

O jaleco eu sabia que Nanda tinha, já que era um item obrigatório desde que começamos a ter aulas no laboratório de química. Ela também usaria óculos de aro grosso, e o cabelo estaria preso em um coque enquanto fizesse a análise de seu experimento dentro de um tubo de ensaio...

Me surpreendi quando percebi que tinha achado aquela cena sexy.

Eu já estava acostumada a achar Nanda bonita, mas sexy era novidade. Lembrei dos coraçõezinhos no Orkut que você dava pra pessoa. Tinha três medidores que podiam ser preenchidos: confiável (uma a três carinhas felizes), legal (um a três bloquinhos de gelo) e sexy (um a três corações). Dava pra selecionar uma estrelinha se você fosse fã da pessoa também.

Abri o Mozilla Firefox e entrei no Orkut. Assim que fiz login, acessei a página dos meus amigos. Nanda apareceu em primeiro lugar, já que era a mais recente, e lá estavam os medidores para serem preenchidos.

Até onde eu sabia, não tinha como a pessoa ver a avaliação de cada um. O perfil só mostrava uma média das avaliações recebidas; a maioria das pessoas tinha a nota máxima em tudo por causa dos amigos. Mas vai saber, toda hora tinha atualização.

Avaliei a primeira opção: "sou fã". Eu era fã do trabalho dela. Nanda era uma excelente atriz e eu já tinha falado isso para ela. Não era esquisito que eu clicasse na estrela.

Em seguida, o medidor de confiança. Marquei duas carinhas. Nanda andava bem melhor, mas não dava para esquecer nosso passado conturbado. Eu ainda não tinha certeza se podia confiar nela, mesmo que ela tivesse confiado em mim para se abrir lá na praia.

A terceira avaliação era referente ao quão legal a pessoa era. Dei um cubo de gelo entre os três disponíveis. Hoje em dia ela estava sendo legal, mas eu não tinha esquecido do quão insuportável Nanda havia sido nos últimos anos.

Por último, o quesito sexy. Será que achar alguém bonito também significava achar que a pessoa era sexy? Tentei lembrar das vezes em que escutei aquele termo em seriados e filmes. Em geral, era associado a querer beijar alguém.

Lembrei de alguns momentos que tinha vivido com Nanda: nossa proximidade quando ajeitei o microfone em sua roupa, a camisa dela meio aberta na praia, o beijo rápido que ela deu na minha bochecha...

Me permiti imaginar por um instante como seria sentir os lábios dela nos meus.

Meu coração disparou e meu corpo inteiro esquentou. Antes que perdesse a coragem, cliquei sobre os três corações do perfil de Nanda.

Quase morri quando o som de notificação do MSN tocou nas caixas de som ao lado do monitor.

> **nandinha89 diz:**
> *ah naum marilia. o q vc inventou?*

Fiquei paralisada com os dedos sobre o teclado. Senti meu rosto queimar. Será que ela tinha visto minha avaliação no Orkut? Malditas atualizações...

Como Nanda não escreveu mais nada, respondi com a maior naturalidade que consegui simular.

> `marilia coppola` **diz:**
> minha vingança perfeita
> vc vai interpretar uma cientista nerd
> **nandinha89 diz:**
> *pelo visto eu sou sua musa agora*

Engoli em seco, sentindo minhas mãos tremerem.
Ela sabia.
Sabia *o quê*, exatamente? Que eu a achava sexy no Orkut? Será que isso significava alguma coisa na vida real?

> **nandinha89 diz:**
> *soh me promete uma coisa*
> *bota o luiz fernando pra fazer um gás bem fedido*

Eu relaxei ao ler a última mensagem. Foi como se um peso enorme tivesse saído de cima dos meus ombros. É claro que ela não sabia de nada, afinal não havia nada para saber. Nós éramos amigas. E amigas se avaliavam com notas altas no Orkut, certo?

> marilia coppola **diz:**
>   pode ter certeza! heuaheuahau
> nandinha89 **diz:**
>   ;)

E ficou off-line de novo. Continuei olhando para aquele ponto e vírgula e parêntese, pensando se havia algum significado por trás. Esse era um emoji que eu não usava muito com minhas amigas. A gente ficava mais no :) ou no XD, às vezes acompanhados por um (6), que no MSN se transformava em um diabinho. Esse elas usavam para comentar sobre os meninos, ou quando a gente falava mal de alguém da turma.

A piscadinha, até onde eu sabia, era usada mais em contextos de paquera.

Mas não podia ser isso. Nanda jamais me paqueraria.

Ou paqueraria?

Meu coração disparou mais uma vez. Eu sentia o suor brotar nas têmporas e as mãos trêmulas.

Antes de mais nada, eu precisava saber se Nanda gostava de meninas. O problema é que essa não era uma informação que as pessoas estampavam no perfil do Orkut ou no Fotolog. Portanto, decidir vasculhar suas comunidades em busca de informações.

Ela fazia parte das mais famosas e óbvias: "Eu odeio acordar cedo", "Não fui eu, foi meu eu lírico", "Abro a geladeira pra pensar" (cuja foto era a ídola dela, Avril Lavigne), "Quem não cola, não sai da escola" (a cara dela), "Sou assim e não vou mudar!", "Te incomodo? Que pena", "Minhas amigas são uma comédia" (não sei se Jéssica Lorena concordaria com essa), "Deus me disse: desce e arrasa!", "Eu nunca terminei uma borracha", "Tocava a campainha e corria" e "Sou legal, não tô te dando mole".

Essa última me chamou a atenção. Será que a piscadinha se enquadrava nessa categoria? Mas Nanda, em geral, não era legal. Muito pelo contrário: era uma chata implicante com a maioria das pessoas. Não parecia que ela estava dando mole para ninguém.

No meio de várias comunidades de fãs da Avril Lavigne, encontrei algo que me fez arregalar os olhos: um grupo de fãs de t.A.T.u. A foto da comunidade era uma imagem das cantoras se beijando em uma apresentação.

Me afastei do computador como se o teclado tivesse me queimado. Respirei fundo, tentando organizar meus pensamentos.

Não era porque Nanda era fã da t.A.T.u. que gostava de meninas. Ela podia ser fã da música.

Mas alguma coisa me dizia que não era só isso.

Passei a manhã seguinte estudando Nanda, observando seus movimentos e suas interações para tentar descobrir alguma coisa. Meninas que gostavam de meninas tinham um jeito específico de falar? De andar, de se vestir? Fiquei de olho na forma como se comportava com os meninos e as meninas ao seu redor. Ela passava mais tempo com os garotos. Zoava bastante o Luiz Fernando, que parecia adorar a atenção, e às vezes fazia dupla com Pedro Henrique ou Lucas. No intervalo, conversava mais com Jéssica Lorena e Milena, pois os garotos ficavam jogando bola. Nanda parecia confortável com Milena, mas com Jéssica Lorena era mais séria e distante.

— Você quer ir lá com sua amiga nova? — perguntou Tamara, atrapalhando minha reflexão.

— Quê? — falei, ainda distraída.

— Você tá olhando pra ela o intervalo inteiro — disse Tamara.

Fiquei constrangida por ter sido pega em flagrante. Pelo menos Tamara só tinha percebido agora, e não desde o primeiro período, quando comecei minha investigação.

— Eu tô pensando no filme — inventei. — No papel que vou dar pra ela.

— Ela não vai fazer um dos gases? — indagou Tânia.

— Vai. Mas eu preciso decidir qual, baseado na personalidade dela.

— Um gás bem inconveniente então — disse Tânia.

As gêmeas riram. Eu acompanhei, meio sem graça. Parecia traição falar mal de Nanda depois de tudo que aconteceu entre nós.

— Ai, desculpa — disse Tânia, afetada. — Esqueci que ela é sua *melhor amiga* agora.

— Ela não é minha melhor amiga — falei.

— Acho bom — replicou Tânia, me acertando com um Cheetos.

Continuei minha observação ao longo da manhã, tentando ser discreta para que as gêmeas não ficassem ainda mais desconfiadas. Infelizmente, não consegui identificar nada de muito concreto.

Nanda brincava bastante com os garotos, o que muitas vezes poderia ser considerado flerte. Mas, ao mesmo tempo, parecia colocar limites quando tentavam alguma proximidade física. E, como nunca tinha namorado nenhum deles, talvez fosse só amizade mesmo.

Eu estava perdida em meus pensamentos quando cruzei o portão da escola na hora da saída. Minha mãe não ia me buscar porque era sexta-feira, dia em que eu ia ao cinema depois da aula. Finalmente tinha chegado a data de estreia de *Kill Bill: Volume 1*. Ter uma mulher como protagonista de uma história cheia de ação e luta era algo que me deixava muito empolgada.

Lembrei de quando conversei com Nanda sobre o filme, e cogitei por um instante convidá-la para ir comigo. Quase gargalhei com a ideia absurda. Uma coisa era a gente trabalhar juntas, outra era ter uma vida social compartilhada fora da escola. Uma nerd e uma popular indo ao cinema juntas? Isso nunca, em um milhão de anos, poderia acontecer.

Até que aconteceu.

Quando cheguei na bilheteria do cinema, Nanda estava lá, como se esperasse por mim. Ela abriu um sorriso de lado e senti que minhas pernas estavam prestes a derreter.

— E aí, nerd? — falou.

Fazia tempo que não usava aquele apelido comigo. Eu achei curioso como naquela situação tinha um tom carinhoso em vez de ofensivo.

— O que você tá fazendo aqui? — perguntei.

Talvez eu tenha soado um pouco mais grossa do que deveria. Mas Nanda não pareceu ofendida, muito pelo contrário: o sorrisinho se abriu ainda mais, como se ela soubesse de algo que eu ainda não sabia.

— A mesma coisa que você — respondeu ela, apontando para o pôster de *Kill Bill: Volume 1* na parede da bilheteria. — Achei estranho que você não me chamou pra vir junto. A gente falou tanto sobre esse filme!

— Não achei que a gente tivesse esse nível de amizade — falei meio brincando, meio séria.

— Mesmo depois de eu te adicionar no Orkut? — perguntou ela, rindo.

Revirei os olhos, mas, no fundo, estava adorando aquilo. Um leve medo percorreu minha coluna quando lembrei dos três corações de "sexy" que tinha dado pra ela. Torci para que os programadores jamais permitissem que as pessoas vissem essas informações, ou então eu ia morrer de vergonha.

— Vamos logo comprar o ingresso antes que esgote — falei.

Meu comentário pareceu ridículo quando virei para a fila da bilheteria e vi que simplesmente... não tinha fila nenhuma. Nanda riu e me acompanhou até o primeiro guichê.

— Duas meias pra *Kill Bill*, por favor — falei para o funcionário da bilheteria.

— Identidade, por favor — respondeu ele de forma mecânica.

Franzi a testa.

— Como assim?

— Esse filme tem classificação indicativa de dezoito anos — explicou ele com ar entediado. — Vocês têm dezoito anos?

Olhei para Nanda em pânico, mas ela não parecia nervosa. Apenas balançou a cabeça e riu, como se aquilo fosse um grande mal-entendido.

— Ela disse *Kill Bill*? — Nanda apontou para mim enquanto falava com o funcionário. — Que doida. Não, a gente vai assistir *Meu vizinho mafioso 2*.

Eu estava prestes a protestar quando ela me deu uma cotovelada por baixo do balcão, mantendo o sorriso mecânico que exibia para o funcionário da bilheteria.

— Duas meias pra sessão das quinze pras duas, por favor.

Algo me dizia que Nanda tinha um plano — e era melhor que tivesse mesmo, pois eu não estava disposta a gastar parte da minha mesada com *Meu vizinho mafioso 2*.

Entreguei o dinheiro das duas meias para o funcionário e ignorei o calor que subiu para minhas bochechas. Eu sabia que aquilo não era um encontro — não tinha nem combinado de ir ao cinema com Nanda —, mas não podia conter a vontade de fazer algo para agradá-la. Talvez eu quisesse impressioná-la de alguma forma, para que ela tivesse uma boa lembrança da saída comigo. Quem sabe não ia querer fazer isso de novo?

— Ei, deixa eu pagar minha parte — protestou Nanda.

— Eu faço questão. — Tentei soar como os adultos que eu via em filmes de comédia romântica. — Pela viagem da praia.

— Eu gastei zero reais com aquela viagem — disse ela. — Minha irmã que pagou a gasolina e a comida.

— Dá esses seis reais pra ela então.

Nanda se deu por vencida e guardou o dinheiro de volta na carteira. Depois que peguei nossos ingressos, seguimos por um corredor longo onde ficava a bomboniere e o acesso às salas.

— Deixa pelo menos eu pagar a pipoca — disse ela.

— Não!

Na mesma hora, Nanda parou e me encarou. Eu tinha falado um pouco mais alto do que gostaria.

Essa era uma das minhas estranhezas: eu não gostava de comer pipoca no cinema. Aliás, *odiava* quando comiam ao meu redor. Eu achava que atrapalhava a concentração para assistir o filme, além de fazer um barulho desnecessário que quebrava os momentos tensos de diálogo. Eu costumava fazer um lanche rápido antes das sessões, ou então comia no McDonald's quando o filme terminava.

Como eu ia explicar isso para Fernanda sem parecer uma completa idiota?

— É que eu já comi — inventei. — Fiz um lanche quando cheguei no shopping.

— Ah... Tudo bem. — Ela pareceu um pouco desapontada. — Vou só pegar um chiclete, então.

Esperei em silêncio no corredor enquanto Nanda fazia sua compra. Respirei fundo três vezes, tentando acalmar meus nervos. Quando acordei de manhã, aquela era a última coisa que eu esperava que acontecesse. Estava tão habituada a frequentar o cinema sozinha que já ficava meio perdida quando ia com minhas amigas — que dirá com uma ex-inimiga que agora poderia ser uma amiga em potencial... E vendo *Meu vizinho mafioso 2*, ainda por cima!

— A gente não vai ver *Meu vizinho mafioso 2* — disse Nanda, como se lesse meus pensamentos.

— E o que vamos fazer?

Ela enfiou um chiclete na boca e me conduziu até o fim do corredor, onde uma funcionária aguardava sentada diante de um totem. Nanda abriu um sorriso angelical e tirou os ingressos da minha mão, entregando-os para a moça.

— Bom filme — disse a funcionária.

— Obrigada. A gente amou o primeiro! Não aguentava mais esperar pela sequência — Nanda falou com falsa simpatia.

A funcionária apenas assentiu, sem ânimo para engajar naquela conversa.

Assim que passamos por ela, Nanda enlaçou o braço no meu, como eu já tinha visto várias garotas fazerem na escola. Meu coração disparou com a proximidade repentina.

— Só preciso passar no banheiro antes da sessão — disse Nanda em voz alta, suas palavras ecoando por todo o corredor.

— Por que você tá gritando?

— Shhhh. Vem comigo.

Entramos no banheiro vazio e Nanda foi até a cabine mais distante da porta. Eu estava prestes a me encostar na pia para aguardá-la quando fui puxada para dentro da cabine.

Nanda esticou o braço para trancar a porta atrás de mim, e nossos corpos se encostaram. Quando ela me encarou, percebi que estávamos *muito* próximas. Eu conseguia sentir o cheiro doce de melancia do chiclete dela. Tentei não pensar na boca de Nanda, com medo de que meus olhos pousassem onde não deveriam.

— Agora a gente só precisa esperar — sussurrou ela.

Então, enfim se afastou, encostando em uma das divisórias e cruzando os braços. Ainda assim, o espaço era pequeno para duas pessoas. Eu estava começando a sentir falta de ar.

— Esperar o quê? — perguntei. — A sessão já vai começar.

Nanda conferiu o relógio de pulso e suspirou.

— Ainda faltam quinze pras duas.

— Mas o filme começa à uma e quarenta e cinco, não às duas.

— Se liga, Marília — sussurrou ela de forma exasperada. — A gente não vai ver esse filme do ingresso. Foi só pra conseguir entrar.

Quando percebeu minha confusão, Nanda revirou os olhos.

— Você nunca fez isso? — perguntou ela, achando graça. — Comprou pra um filme e foi ver outro?

Eu amava muito a sétima arte, mas amava ainda mais seguir regras para não chamar atenção. Jamais correria o risco de ser pega pelos seguranças do shopping e ter que explicar aquilo para os meus pais. Minha respiração ficava cada vez mais pesada conforme eu entendia o plano de Nanda.

— Você quer trocar de sala? Sem eles verem?

— Óbvio. — Ela deu de ombros. — Não tem lugar marcado. Fora que esse cinema tá vazio, ninguém vai perceber.

Fechei os olhos e encostei a cabeça na porta da cabine, tentando me acalmar. Eu estava com Nanda. Ela sabia o que estava fazendo. Se eu quisesse ver *Kill Bill*, teria que ser daquele jeito, ou então precisaria esperar mais de seis meses para que o DVD chegasse às locadoras.

Nanda aguardou em silêncio até que eu me recuperasse. Quando voltei a encará-la, ela me olhava com curiosidade, como se estivesse descobrindo algo novo sobre mim.

Puxei um assunto para me distrair da proximidade entre nós.

— Eu fiquei surpresa quando você falou sobre *Kill Bill* aquele dia — comentei.

— Surpresa por quê?

— Os populares não costumam gostar de cinema.

Nanda deu risada.

— Que foi? — perguntei.

— Eu acho engraçado como você fala, "os populares" — disse ela. — Como se nós fôssemos todos iguais.

Vocês são, pensei. Por sorte, consegui evitar que as palavras deixassem minha boca. Desde que tinha começado a me aproximar de Nanda, sabia que não era verdade. Ela era muito diferente do Luiz Fernando e da Jéssica Lorena, por exemplo. Milena também parecia diferente de todos os demais. Até Pedro Henrique não soava tão besta quanto os outros meninos.

— Eu não escolhi ser "popular" — explicou Nanda, fazendo aspas com os dedos para marcar o quão ridículo era aquele termo. — Quando eu vi, já era parte do grupo e as pessoas passaram a me ver dessa forma. Não foi a mesma coisa com você e as nerds?

— Foi — respondi, me sentindo envergonhada.

Nunca pensei que teria aquele tipo de conversa com ela, ainda mais dentro de uma cabine de banheiro.

— É mais fácil desse jeito — continuou Nanda. — Fazer parte de um grupo e deixar que as pessoas pensem o que quiserem de mim.

Fiquei pensando se comigo era a mesma coisa. Eu nunca tinha feito um esforço para ser diferente, para me destacar do grupo... Querendo ou não, andar com as gêmeas e ser vista como nerd era uma forma de me esconder, de continuar sendo invisível.

— Acho que já dá pra gente ir — ela falou depois de checar o relógio de novo.

Deixei que Nanda conduzisse aquela aventura. Saímos do banheiro depois que ela conferiu se o corredor estava livre. Aproveitamos que a funcionária que controlava a entrada estava distraída arrumando uma pilha de ingressos e corremos até a última sala do corredor.

Nanda puxou a porta pesada e gesticulou para que eu entrasse. Passei por ela e segui para a fileira H — minha preferida, bem no centro. A sala estava vazia, exceto por algumas pessoas nas fileiras mais distantes da tela.

— Você quer ficar aí no meio? — perguntou Nanda.

— É o melhor lugar de todos — falei. — O sistema de som é projetado pra atingir de forma perfeita essa fileira aqui.

Nanda soltou uma risadinha, mas não me questionou. Ela se jogou na cadeira ao meu lado e colocou os pés no encosto da cadeira da frente.

— Como você sabe essas coisas? — questionou, entre mascadas do chiclete.

— Acho legal saber como os filmes são feitos e também como são exibidos — expliquei.

— Cara, você é muito inteligente.

Surpreendentemente, não senti nenhum tom sarcástico na frase de Nanda. Ela olhava para mim meio de lado, como se me analisasse. Como se estivesse me vendo de verdade pela primeira vez.

— Obrigada? — falei, meio envergonhada.

Parecia mesmo que eu ia ser zoada em seguida.

— Eu acho muito louco como você já sabe exatamente o que quer da vida. Assim, pro futuro. — Ela se espalhou ainda mais na cadeira e seu braço encostou no meu. — O pessoal da nossa turma não escolheu nem a faculdade ainda.

— Também não é assim, né — falei, rindo. — São só uns filmes de escola.

— Deve ser mais fácil escolher a profissão quando você é boa em todas as matérias.

Nanda olhou para a tela e ficou introspectiva. Eu senti uma necessidade imediata de fazer o sorriso voltar para seu rosto.

— Você é muito boa atriz — falei. — Já pensou em seguir essa carreira?

— Atriz? — Ela fez uma careta. — Não sei se isso é uma carreira de verdade.

— Tanto quanto cineasta. Não é uma carreira tradicional, mas também não é impossível.

— Sei lá... — Ela cruzou os braços. — Eu teria que fazer novela da Globo pra ganhar dinheiro. Não vai rolar.

— Você seria uma ótima mocinha da *Malhação*.

Nanda me deu um tapinha no braço. Lembrei de como Tânia e Tamara apontavam para as populares quando elas faziam isso com os meninos. Diziam que aquele tipo de brincadeira física era uma espécie de flerte.

— Eu seria a vilã — disse ela. — A mocinha é sempre muito nerd. Você seria perfeita pro papel!

Eu balancei a cabeça em negação.

— Meu lugar é atrás das câmeras mesmo, obrigada!

— Você nunca teve vontade de atuar nos seus filmes? — perguntou Nanda.

— Claro que não.

— Por quê?

Porque seus amigos iam zoar com a minha cara. Porque a câmera aumenta vários quilos e eu já sou gorda. Porque me acho feia.

— Eu não gosto muito de aparecer — respondi.

A verdade é que me sentia muito mais segura nos bastidores.

— Gostei das suas comunidades do Orkut — falei de repente, ávida por voltar o foco da conversa para ela.

Só depois que as palavras saíram eu percebi que estava me entregando. Agora Nanda sabia com certeza que eu tinha fuçado o perfil dela.

— Ah, é? — falou, achando graça. — Tipo quais?

— "Eu odeio acordar cedo." Achei a sua cara.

Ela riu.

— Tem alguma que a gente tá em comum?

— Algumas, sim. — Tentei lembrar quais eu tinha visto. — "Não fui eu, foi meu eu lírico"... Acho que tô em alguma da Avril também.

— Você curte Avril?

Os olhos dela brilharam. Senti uma pontada de orgulho. Se aquilo fosse um encontro, eu estaria arrasando na conversa. No fim das contas, até que a gente tinha algumas coisas em comum — muito mais do que eu poderia imaginar.

— Super. Tô animada pro novo álbum.

Nanda quase pulou da cadeira. Ela virou o corpo na minha direção, ignorando a tela que começava a piscar na nossa frente com os testes do projecionista.

— Nossa, nem me fala! Eu vou acampar na frente das Lojas Americanas pra comprar no dia do lançamento!

Vê-la falando dessa forma sobre algo que gostava trouxe um quentinho para o meu coração. Decidi que queria vê-la assim muitas vezes ainda. Era como quando eu falava sobre cinema.

— Qual sua música favorita dela? — perguntei, curiosa.

— Eu amo todas, mas tem uma que não é muito famosa que eu até sei tocar no violão. Chama "Things I'll Never Say", "Coisas que eu nunca vou dizer".

Abri um sorriso quando ela falou o nome da música. Agora eu estava mesmo me sentindo em uma comédia romântica.

— Essa também é a minha favorita — falei. E era verdade.

— Jura? — Os olhos de Nanda brilharam e ela sorriu, animada. — Ninguém conhece essa.

— É porque não toca no Disk MTV nem no rádio. Mas eu acho linda.

Era uma música escondida entre as últimas faixas do álbum, mais calma e acústica do que as demais. Falava sobre uma garota nervosa para confessar para o menino que estava a fim dele. Era romântica e divertida, assim como os filmes que eu mais gostava. Fiquei surpresa ao conhecer esse lado de Nanda, pois, até então, eu achava que ela preferia as músicas mais pesadas, ou que tiravam sarro de alguém, como "Complicated".

— Eu não sabia que você tocava violão — comentei.

— Sério? Eu sempre toco nas festas.

Em seguida, ela apertou os lábios, como se tivesse falado uma besteira. Deve ter lembrado que eu nunca era convidada para os eventos dos amigos dela.

— Você toca alguma coisa? — perguntou Nanda, tentando voltar pro assunto.

— Não, não. Sou só ouvinte mesmo.

— Ainda bem — disse ela em tom de brincadeira. — Não ia aguentar descobrir mais um talento seu.

Caímos em um silêncio confortável. Eu poderia me acostumar com aquilo: conversar com ela, falar sobre música, sobre o futuro, assistir um filme e depois comer um lanche. Era parecido com o que eu fazia com Tânia e Tamara... Mas, com Nanda, era diferente. Era como se cada frase fosse uma promessa. Cada troca entre nós, uma expectativa do que ainda estava por vir.

E cada vez que o braço dela roçava no meu, eu sabia que não podia mais evitar o assunto que martelava minha cabeça e meu coração.

— Falando em música... — comecei, hesitante. — Eu vi que você tá em uma comunidade da t.A.T.u.

Não foi uma pergunta e eu sabia disso. Mas a frase teve o efeito esperado: Nanda virou para mim com os olhos arregalados, como se tivesse sido descoberta. O que era irônico, considerando que ela estava em uma comunidade pública, para todo mundo ver.

Talvez tenha captado o subtexto da minha pergunta. Tudo que eu queria saber por baixo daquela inocente declaração.

Nanda limpou a garganta e olhou para a tela, mesmo que não tivesse nada passando ainda. Eu segurei a respiração, tensa.

— Tô sim — disse ela, quase num sussurro. — Mas não é só por causa da música.

Logo em seguida, as luzes se apagaram e a escuridão colocou um fim na nossa conversa.

8

eu nao me acho, vc q me procura

Passei o fim de semana inteiro me sentindo fora do ar, como uma TV com a antena quebrada. A confissão de Nanda tinha mexido comigo profundamente. Só de saber que havia uma chance de ela gostar de meninas, meu coração disparava — ainda que isso não significasse que poderia gostar de uma menina como eu.

Não tinha mais como mentir para mim mesma: eu gostava da Nanda. Não como amiga, mas como Tânia gostava de Luiz Fernando.

Os sintomas eram claros: eu aproveitava qualquer oportunidade para falar com ela, talvez até tocá-la; ficávamos até de madrugada conversando no MSN; pensava em papéis que ela gostaria de interpretar; sentia meu peito inflar quando ela ria de alguma coisa que eu falava. Torcia todos os dias por uma chance de ficar a sós com ela e reviver nosso momento na praia. Longe dos amigos, Nanda se tornava minha pessoa favorita. A *minha* Nanda.

Toda vez que meu cérebro se referia a ela desse jeito, eu me sentia a pessoa mais ridícula do mundo. Lembrei de todas as vezes que zoei Tânia ou Tamara por falarem daquela maneira sobre um menino com quem não tinham trocado mais que duas palavras. No entanto, eu começava a perceber que esse tipo de emoção fugia do nosso controle. Eu sabia que Nanda jamais passaria de um amor platônico: mesmo que eu tivesse alguma chance, não pretendia fazer nada em relação aos meus sentimentos. Ainda assim, estava gostando de viver minha primeira paixão.

A parte ruim era que, justo agora que eu tinha um assunto que Tânia e Tamara iam amar, eu não podia falar nada com elas. Parte de mim achava que as duas até poderiam ser receptivas se soubessem que me interessava por meninas, mas outra parte morria de medo da rejeição. Elas eram minhas únicas amigas, as únicas pessoas que haviam me acolhido desde que entrei naquela escola. Se não quisessem mais andar comigo, eu ficaria completamente isolada.

Eu não tinha só medo da opinião delas, mas dos meus pais também. Dos colegas, da sociedade. Minha esperança de me tornar "normal" depois de terminar a escola se esvaía conforme eu aceitava que era lésbica. Ser diferente dos meus colegas era uma coisa; ser diferente de todas as pessoas que eu conhecia era outra.

Perdida em meus devaneios e minhas preocupações, não tive tempo para muita coisa além dos trabalhos. O filme sobre os gases nobres seria gravado em breve e eu precisava terminar o roteiro. Meu forte não eram as ciências exatas, então senti certa dificuldade para elaborar os diálogos — Tamara me ajudou tanto que ganhou até um crédito de colaboração no roteiro.

— Nossa, mas só a Fernanda fala nesse filme? — questionou Tamara quando mostrei a última versão para ela.

Disfarcei meu constrangimento puxando o documento das mãos dela e fingindo analisar a quantidade de diálogo do gás hélio, papel que Nanda interpretaria.

— O hélio é o protagonista — falei. — É o gás mais importante.

— E todo mundo gira em torno dele — zombou Tamara. — Igualzinho a Nanda na vida real.

Eu jamais confessaria na frente de Nanda, mas ela era mesmo minha musa. Escrevi a maior parte das cenas pensando em como os outros iam interagir com ela, que falas ela entregaria melhor. Já tinha visto tantos takes dela atuando que começava a entender seus pontos fortes, seus melhores ângulos e as cenas que mais gostava de fazer.

Evitei entrar no MSN sob o pretexto de estar ocupada, mas a verdade é que eu tinha medo de Nanda querer continuar nossa conversa do cinema. Naquele dia, ficamos em silêncio durante o resto do filme e, quando as luzes acenderam, conversamos sobre as cenas mais interessantes até minha mãe chegar para me buscar.

Eram pouco mais de duas da tarde e já estávamos todos reunidos na sala de aula, cada um com sua cópia do roteiro em mãos.

— Por que eu não tenho nenhuma fala dessa vez? — perguntou Luiz Fernando com aquele tom nasalado irritante que ele fazia quando era contrariado.

— Porque você estragou todas as suas falas no outro filme — falei.

— A professora vai tirar minha nota se eu não falar nada — insistiu ele.

— Você vai ser o Argônio, o gás preguiçoso — expliquei. — É normal ele não falar. Só vai ficar deitado em um canto, bocejando.

— Combina com você — disse Pedro Henrique. Luiz Fernando deu um tapão nas costas dele.

— Combinaria mais se fosse um gás bem barulhento e irritante — disse Nanda.

Nossos olhares se cruzaram enquanto todo mundo ria da piada dela. Eu senti minhas bochechas queimarem quando vi que o sorriso dela mudou. Era aquele que ela costumava abrir só pra mim.

Ou pelo menos era isso que meu coração iludido queria pensar.

— Por que a Fernanda sempre faz o papel principal? — perguntou Jéssica Lorena.

— Porque ela é a única de vocês que sabe atuar — falei.

A declaração saiu um pouco mais ríspida do que eu gostaria, mas estava mais do que na hora de me impor diante daquela galera chata. O filme era meu e eu podia fazer como bem entendesse.

— Uhhhhhhhhh — disseram os meninos em tom de zoação.

Jéssica Lorena cruzou os braços e bufou.

— Como você sabe? — perguntou ela em tom de desafio. — Você nunca dá papéis bons pra gente.

Eu estava prestes a responder quando Nanda se adiantou. Ela se posicionou na minha frente, como se me defendesse.

— Foi você mesma que pediu pra não ter falas — disse Nanda. — Não é culpa da Marília.

— Vocês são *amiguinhas* agora? — debochou Jéssica.

Alguns meninos riram atrás dela. Nanda ficou sem graça e perdeu a pose por um instante. Como eu esperava, ela era mesmo uma pessoa diferente quando estava perto deles. Não queria transparecer que gostava da minha companhia.

— Ela faz o trabalho dela direito — explicou Nanda. — A gente também tem que fazer o nosso. Sem reclamar, de preferência.

Jéssica Lorena revirou os olhos.

— Eu quero aparecer mais — disse ela. — Tá todo mundo falando sobre esses filmes.

Claro, pensei. *Ela só quer aproveitar o momento para ficar ainda mais popular.* Fiquei surpresa que meus filmes estivessem famosos na escola, mas não abri precedente para que Jéssica conseguisse o que queria só porque agora era conveniente.

— Você pode fazer o xenônio — falei.

— Ah, não — reclamou ela. — Esse nome é muito feio.

— Radônio, então. Ele fala uma vez.

Jéssica Lorena folheou o roteiro até encontrar o nome do personagem e sua descrição. Radônio estaria vestido de radialista, como se fizesse uma reportagem sobre os gases nobres usando fones de ouvido e um microfone portátil.

— Tem que usar fone de ouvido — reclamou ela — Deixa meu cabelo horrível.

Folheei o roteiro em busca de outro gás para aquela chata fazer, até que Nanda se adiantou e disse:

— Por que você não escreve seu próprio roteiro então, garota? Aí você pode fazer todos os papéis e filmar do jeito que quiser.

Um silêncio tomou a sala. Em seguida, os meninos fizeram a algazarra de sempre: uhhhhh, aaaaaaahhhh e um coro de "briga, briga, briga". Jéssica Lorena encarou Nanda com as sobrancelhas erguidas, incrédula diante da ousadia da amiga.

Temendo que uma briga de fato começasse e atrasasse toda a preparação para o filme, segurei o braço de Nanda.

— Deixa ela pra lá — sussurrei.

Eu tinha anos de experiência em *deixar pra lá*. Fazia isso com todos os populares que me atormentavam. De um modo geral, era muito mais fácil ignorá-los do que ficar discutindo.

Senti Nanda se acalmar conforme me olhava. Sua respiração ficou mais tranquila e seus olhos se suavizaram. Meu coração batia feito um passarinho que queria sair da gaiola.

Quando fitei Jéssica Lorena de novo, ela observava nossa interação com uma sobrancelha erguida. Nanda reparou que estávamos sendo analisadas e deu um passo para trás, desviando sua atenção para os meninos.

Ela não queria mesmo ser vista perto de mim.

Engoli minha decepção e tentei focar no que importava: o filme que tínhamos que fazer juntas. Se nossa relação girava apenas em torno disso, que assim fosse. Eu não podia mais me iludir e achar que a gente tinha alguma proximidade fora da escola. Nosso momento de intimidade na praia e a troca de confidências no cinema haviam sido eventos isolados que não iam mais se repetir.

Terminei de distribuir os papéis e dar algumas instruções gerais para meu elenco improvisado, que se comportou muito melhor depois da bronca de Nanda. Eles deixaram a sala assim que o assunto foi resolvido, porém Nanda ficou para trás, sob o pretexto de arrumar alguma coisa na mochila.

Quando percebeu que seus amigos não estavam mais por perto, seu semblante se suavizou. Eu adorava vê-la daquele jeito, mas meu coração sofria com as mudanças constantes. Se ao menos Nanda pudesse ser ela mesma o tempo todo...

Ela tirou três envelopes quadrados da mochila. Eram pretos, salpicados de glitter prateado, e pareciam feitos de um material resistente. Tânia e Tamara pararam de conversar e a observaram se aproximar de nós.

— Isso aqui é pra vocês — disse Nanda enquanto entregava um envelope para cada uma. — É o convite da minha festa.

Tânia quase derrubou o envelope no chão, tamanho foi seu choque. Tamara segurava o convite com as pontas dos dedos, como se fosse uma antiguidade em um museu. Já eu cruzei os braços, me recusando a aceitá-lo das mãos de Nanda. As constantes mudanças de comportamento dela estavam começando a me irritar. Uma hora ela não queria ser vista comigo; na outra, me convidava para sua festa?

— Você não quer? — perguntou ela, tímida.

— Eu só acho engraçado — falei — como você trata a gente de um jeito na frente de todo mundo e de outro quando seus amigos saem.

Senti o ar da sala pesar. Tânia e Tamara pararam de abrir seus envelopes e ficaram nos encarando como duas estátuas. Tânia até escondeu seu convite atrás das costas, como se não quisesse devolvê-lo caso Nanda mudasse de ideia.

Nanda abaixou a cabeça, constrangida. Era estranho vê-la envergonhada. As gêmeas não conseguiam acreditar que aquela era a mesma Fernanda que conheciam havia tantos anos, sempre confiante e segura de si.

— É complicado — disse ela.

— Que nem a música? — perguntei. — "Complicated"?

Nessa canção, Avril Lavigne contava a história de um garoto que agia de um jeito perto dos amigos e de outro perto da namorada, como se fosse duas pessoas diferentes.

Nanda ajeitou o cabelo, nervosa, e respirou fundo antes de me encarar.

— Desculpa — disse ela. — Eu não quero mais ser assim. Não é justo com você.

Ela pegou minha mão e a levou até o envelope, apertando de leve meus dedos ao redor do papel grosso. Controlei minha respiração para que ela não percebesse como seu toque mexia comigo.

— Espero que você possa ir — disse Nanda. Em seguida, olhou para Tânia e Tamara. — Vocês também. E desculpem não ter convidado antes.

— Imagina, *Nanda* — disse Tânia, toda melosa. Era esse tom que ela fazia quando queria alguma coisa. Eu tive que segurar o riso quando a ouvi chamar Fernanda pelo apelido.

— A gente não era muito próxima quando você distribuiu os convites no começo do ano.

Na verdade, a gente se odiava, pensei, mas não quis estragar o momento. Nanda estava fazendo um esforço para nos integrar ao mundo dela. Por mais que eu estivesse chateada com o jeito que ela me tratava na frente dos amigos, não podia negar que algumas coisas estavam começando a mudar. Fiquei feliz pelas minhas amigas: ir a uma festa de quinze anos dos populares era um dos maiores sonhos das gêmeas.

Abri o envelope e puxei o convite impresso em alta gramatura. Ele também era preto e brilhante e estava estampado com rosas vermelhas e brancas, como se fosse uma celebração fúnebre.

>Vx foi convidadah prahhhhh
>FeStAh dA NaNDaHhhH XD~~~
>Diah 19/06, às 19h
>Traje: eSPORTe FiNoh

Abaixo das letras caligráficas em prateado cintilante, havia uma foto de Nanda usando um vestido preto na frente do castelo da Disney. Ela fazia a pose de má de sempre, sua expressão de tédio marcada pelo lápis de olho e os All Stars pretos surrados. A legenda era a seguinte: "cOm As PeDraS QuE AtiRaRaUM CoNStRUIRei Meu CastElo".

— Adorei a mensagem de superação — falei, sarcástica. — Quem te atirou pedras?

— É uma metáfora, Marília — disse ela de forma divertida. — Achei que uma nerd como você ia perceber.

Trocamos um sorriso cúmplice. Ali estava ela: *minha* Nanda.

— Sua mãe deixou você fazer o convite todo preto assim? — perguntou Tamara, curiosa.

— Foi a única coisa que eu pude escolher — disse Nanda. — Se dependesse dela, seria um negócio rosa e lilás, bem cafona.

Ergui uma sobrancelha. Aquele convite me parecia cafona também, mas preferi guardar a zoação para outro momento.

— Sua irmã vai também? — questionei, tentando soar casual. — Seu pai?

— Até onde eu sei, todo mundo vai — respondeu ela, um pouco insegura.

Aquele devia ser um momento difícil para Nanda — sua família estaria reunida pela primeira vez no mesmo ambiente desde a separação, e seria logo na festa de aniversário dela. Uma tremenda pressão para alguém que ia fazer só quinze anos.

Alguma coisa no olhar de Nanda dizia que era melhor eu não tocar no assunto. Não na frente de outras pessoas.

— Valeu pelo convite — disse Tamara. — A gente *com certeza* vai estar lá!

No dia da apresentação do trabalho de química, eu estava uma pilha de nervos.

A professora Cláudia deixou muito claro desde que entrou na sala que estava odiando tudo: ter que instalar o aparelho de DVD, abaixar o telão, iniciar o projetor, conectar as caixas de som. Mesmo eu tendo feito tudo sozinha sob o olhar crítico dela, não fui poupada de suas reclamações e desconfianças.

— Era só o que faltava — disse a professora. — Fazer filme e achar que tá aprendendo alguma coisa.

Eu reparei que Nanda se endireitou na carteira, doida para rebater o que a professora tinha falado. Olhei para ela com uma expressão séria, pedindo em silêncio que não fizesse nada. A gente não podia comprar uma briga com a Cláudia — não naquele dia. Era a única chance de impressioná-la com a minha obra.

O filme tinha cerca de dez minutos. Os atores já estavam mais acostumados com falas e marcações de cena, então tudo soou bastante natural. Claro que tinha alguns momentos de comédia para aliviar o clima didático — a turma toda deu risada com as confusões do xenônio e as reportagens do radônio. Cláudia assistiu sem demonstrar nenhuma emoção. Eu ficava cada vez mais tensa conforme o tempo passava e ela não esboçava sequer um sorriso.

Quando a apresentação terminou, recebemos uma salva de palmas. Algumas garotas com quem eu nunca tinha falado vieram até minha carteira para dizer que queriam participar do próximo filme. Cláudia, por sua vez, ainda parecia desconfiada. Ou apenas não queria dar o braço a torcer.

Ela acendeu a luz e encostou na parede, olhando para mim com os braços cruzados.

— Bonitinho — disse ela, em tom de desdém. — Mas será que vocês aprenderam alguma coisa mesmo?

Meu peito se inflamou diante daquela injustiça. Mesmo com a participação impecável de todos os membros do grupo e com o engajamento da turma, que prestou atenção do começo ao fim, ainda não era o suficiente para ela. Decidi que, dessa vez, não abaixaria a cabeça.

— Aprendemos, sim — falei.

A sala inteira foi tomada por um silêncio tenso enquanto eu e Cláudia nos encarávamos.

— É mesmo? — disse ela. — Que tal uma chamada oral?

— Sem problemas — respondi sem pensar duas vezes.

Ouvi de longe algumas reclamações dos meninos. Luiz Fernando e seus amigos odiavam chamada oral — e quem gostava? Mas eu tinha certeza de que eles se sairiam bem. Tinham decorado as falas e sabiam a matéria, ainda que achassem que não entendiam nada de química.

— Só o grupo da Marília vai responder — anunciou Cláudia. — O que todos os gases nobres têm em comum?

Um burburinho correu entre os alunos. Olhei para Nanda do outro lado da sala. Ela roía a unha do dedão, tensa. Eu sabia que ela odiava ser testada, ainda mais na frente da classe toda. Só esperava que tivesse confiança para responder, porque eu tinha certeza de que ela sabia a resposta.

Tamara levantou a mão. Cláudia assentiu para que ela respondesse.

— Todos eles são estáveis sozinhos porque têm oito elétrons na última camada. Menos o hélio, que só tem dois porque tem uma camada só.

Respirei aliviada. Essa era fácil, e Tamara era muito boa em química.

Mas Cláudia não ia deixar barato.

— Certo — disse a professora. — Agora eu quero que alguém do outro lado da sala responda. Qualquer um do grupo que não seja Tânia, Tamara ou Marília.

Ela se encaminhou para o canto onde Fernanda e os populares sentavam. Cláudia estava com sede de sangue aquele dia — queria ver alguém errar. Eu não entendia como uma professora podia ter esse desejo. Não era pra ela estar torcendo pelo nosso sucesso?

— Pedro Henrique — chamou. — Qual o uso mais comum do gás argônio?

Vai, pensei. *Você consegue!* Nunca imaginei que torceria para que Pedro Henrique se desse bem na chamada oral, mas meu destino na escola dependia disso.

— Lâmpadas — disse ele, parecendo surpreso com a própria resposta. — Dessas comuns. O argônio vai no filamento.

Cláudia não se deu por satisfeita e virou para a próxima vítima.

— Qual o uso mais comum do gás xenônio, Jéssica Lorena?
— Farol de carro — respondeu ela, sem pestanejar.
Todos olharam para Jéssica, surpresos. A garota mesma franziu a testa, como se não acreditasse na resposta que havia saído tão fácil de sua boca.

Cláudia tentou disfarçar a surpresa, mas eu percebi que suas sobrancelhas ergueram de leve. Eu sorri. Estava vencendo.

— Luiz Fernando, qual o uso principal do gás radônio?

Era a hora da verdade. Se Luiz Fernando conseguisse responder certo, qualquer um conseguiria.

Ele olhou para Lucas, que havia interpretado o gás radônio no filme. Eu quase podia ver as engrenagens enferrujadas do seu cérebro girando devagar, tentando lembrar o que acabara de ver na tela.

— Câncer! — gritou de repente. — Terapia de tratamento de câncer.

Algumas pessoas aplaudiram a resposta correta. Cláudia ficava cada vez mais irritada. Ela virou para Nanda, falando por cima do barulho e calando a sala de novo:

— Fernanda, qual a abreviação de cada um dos gases nobres, conforme está na tabela periódica?

Meu sorriso desapareceu. Eu odiava aquele tipo de pergunta que não era sobre aprender um conceito, mas sim decorar uma matéria qualquer. Olhei para Nanda e percebi que ela estava paralisada. Não roía a unha, não mexia no cabelo, não demonstrava nervosismo. Estava perdida em seus pensamentos.

— Então? — pressionou Cláudia. — Essa é a última pergunta. Se você acertar, todo seu grupo tira dez. Se errar... Vão todos pra recuperação.

Ao meu lado, percebi que Tânia afundava o rosto nas mãos. Tamara nem piscava.

Nanda fechou os olhos. Sem abri-los, começou a declamar a resposta:

— He de hélio, Ne de neônio, Ar de argônio, Kr de criptônio, Xe de xenônio e Ra... — ela hesitou, franzindo a testa.

Cláudia pigarreou, impaciente.

— "Ra" é sua última resposta?

— Não — disse Fernanda. — Rn. Radônio.

Tânia soltou um gritinho de alegria. Aos poucos, a sala inteira começou a aplaudir. Nanda abriu os olhos devagar, ainda tensa, e eu a encarei do outro lado da sala.

Era a menina mais linda que eu já tinha visto.

— Resposta correta — disse Cláudia, a contragosto.

Nanda e os populares comemoraram como se fosse uma final de campeonato. Eles levantaram e começaram a pular e se abraçar. Cláudia nem se deu ao trabalho de controlá-los. Ela apenas sentou diante da mesa e começou a escrever nossas notas do trabalho, distribuindo o dez em química que seria o primeiro da vida dos meus colegas.

— Não acredito — disse Tânia, levantando a voz para ser ouvida em meio à algazarra. — Você conseguiu ensinar a matéria pra eles, Marília!

— Eu, não — falei. — Foram eles que aprenderam.

— Você merecia o prêmio Nobel — brincou Tamara.

— Prefiro o Oscar.

De repente, meu rosto foi inundado por cabelos loiros e eu senti braços quentes envolverem meu pescoço.

Nanda estava me abraçando. Na frente de todo mundo.

Senti minhas mãos suando contra a camiseta dela quando as coloquei em sua cintura. Nanda tinha cheiro de cabelo queimado pela chapinha e perfume cítrico, misturados a alguma coisa que era só dela.

O sorriso plantado em seus lábios não diminuiu quando ela me encarou. Pelo contrário, aumentou ainda mais.

— A gente conseguiu — disse ela. — Obrigada.
— Eu que tenho que agradecer — falei. — Você arrasou na resposta.
— Eu só lembrei da sua lista de elenco — confessou Fernanda. Em seguida, indicou a própria cabeça com o dedo. — Memória fotográfica. É assim que eu decoro as falas.

O sorriso dela era contagiante. Quando meus olhos desceram para sua boca, me dei conta de que estávamos muito, muito perto uma da outra. As mãos dela apertaram de leve meu pescoço, mas ela não se afastou. Em vez disso, se aproximou ainda mais, levando os lábios para perto da minha orelha.

— Até que a gente é boa de química.

Quando se afastou e me lançou uma piscadinha cúmplice, tive que me apoiar na mesa para que minhas pernas bambas não me levassem ao chão.

Assim que o sinal tocou anunciando o fim das aulas do dia, eu e minhas amigas nos apressamos para deixar a sala. A gente tinha combinado de ir ao shopping comer alguma besteira para comemorar. Estávamos quase no fim do corredor quando Nanda se aproximou com Milena a tiracolo.

— A gente tem uma coisa pra vocês — disse Nanda, tentando conter a animação.

Milena nos entregou três flyers da Storm para aquele domingo. Tânia e Tamara mais uma vez agiram como se tivessem recebido o ticket dourado da Fantástica Fábrica de Chocolate. Tânia não se controlou e se jogou no pescoço de Milena, dando um abraço que deixou a menina emo meio desconcertada.

— Não acredito! Obrigada, muito obrigada! — disse Tânia.
— Como vocês conseguiram três? — perguntou Tamara. — Esses flyers são super-raros.

— Eu sou promoter — disse Milena.

Nós três olhamos para ela, incrédulas.

— *Você?* — questionei. — Sério?

O boato que corria era que os administradores da balada selecionavam as pessoas mais populares e carismáticas de cada escola para promoverem a festa, e entregavam um número limitado de flyers para cada um. Em troca, eles recebiam comissão por cada entrada paga. Milena andava com os populares, mas nem de longe poderia ser considerada a mais carismática do grupo.

— Eu sou muito querida — disse ela naquele tom desanimado de sempre.

Nanda deu risada. Me senti uma idiota por achar aquele o som mais lindo do mundo.

— Não sei nem como te agradecer, Milena — disse Tânia.

— Era o sonho delas ir nesse negócio — expliquei para Nanda.

— O seu não? — perguntou Nanda.

Ela me olhava de um jeito intenso, como se me desafiasse com aquele convite.

— Não... — falei. — Mas, dependendo de quem for, acho que vai valer a pena.

— Que bom, porque todo mundo vai estar lá nesse domingo — disse ela. Em seguida, virou para Tânia e Tamara. — Inclusive os meninos.

9

мє ємряєѕта ƲM bєijσ? тє dєvσlvσ αмαинã (6)

O que eu não imaginava quando disse sim para aquele convite era que envolveria HORAS, talvez até DIAS de preparação. Na minha concepção inocente, eu encontraria Tânia e Tamara na frente do local, que não era muito longe de nossas casas, na hora indicada pelo flyer, assim como fazíamos quando combinávamos de ir ao cinema juntas. Nada de diferente, certo?

Errado. Cinco dias antes da matinê, Tamara me provou que eu estava muito enganada.

— Em que mundo você vive, Marília?! — questionou ela, indignada. Tânia me olhava com uma expressão igual de choque. — Não dá pra simplesmente *ir* num lugar desses. Essa é a chance da nossa vida!

— Chance? — indaguei. — Chance do quê?

— De mudar nosso status social — respondeu Tânia, inflamada. — Andar com os populares! Perder nosso BV!

— Eu acho que vocês tão esperando um milagre, não uma matinê — falei. — Não é porque a gente tá indo com os populares que virou parte do grupo.

— Essa é a nossa chance de provar que não somos umas nerdonas que só gostam de ficar em casa vendo filme o dia todo — disse Tânia.

— Fale por você — repliquei.

Ao contrário das minhas amigas, eu não sentia nenhuma vontade de mudar a concepção que os outros tinham de mim — até porque, em grande parte, ela era verdadeira. Eu de fato preferia ficar em casa do que sair. Preferia ver filmes do que dançar. E, sem sombra de dúvida, preferia fazer dez mil lições de química do que beijar qualquer um dos meninos da turma.

— Bom, é a *nossa* chance então — disse Tamara, gesticulando entre ela e a irmã. — E não vamos deixar você estragar tudo.

— Hum, alôôôu? — Eu cruzei os braços. — Se não fosse por mim, vocês nem teriam sido convidadas.

— Tá se achando, hein — disse Tânia, um pouco ofendida. — Só porque fez amizade com a menina mais popular da turma.

Eu suspirei. Não tinha como vencer aquela discussão.

— O que vocês tão planejando?

As duas se entreolharam e sorriram, usando aquela transmissão de pensamento de irmãs gêmeas que sempre me impressionava.

— A gente vai no shopping depois da aula — disse Tânia, anunciando minha sentença. — E nós três vamos comprar roupas incríveis pra arrasar no domingo!

Eu odiava ir ao shopping. Não odiava o shopping em si, afinal era dentro dele que ficava meu lugar favorito no mundo — o cinema. Mas eu odiava comprar roupas. Pouquíssimas lojas tinham calças que passavam pelos meus quadris; e quando passavam, não fechavam na cintura. Eu gostava de usar camisetas largas, escuras, estampadas com desenhos aleatórios ou pôsteres de filmes. Isso quando não estava escondida atrás do uniforme da escola, que, por pior que fosse, pelo menos não marcava minha barriga.

Além disso, as roupas expostas nas alas femininas das lojas não tinham nada a ver comigo. Tons de rosa e lilás, lantejoulas, decotes... Nada disso chamava minha atenção. Uma vez eu me aventurei pela ala masculina de uma loja de departamentos, onde achei as estampas das camisetas bem mais interessantes (e menos cor-de-rosa), porém lá também não encontrei nada que valorizasse meu corpo. Só existiam dois tipos de roupa nessas lojas: aquelas que me faziam parecer uma salsicha recheada demais, ou aquelas que escondiam meu corpo que nem um lençol.

Minhas amigas, apesar de nerds, tinham um ótimo senso de estilo. O quarto delas era coberto por fotos recortadas das revistas *Capricho* e *Atrevida* com os looks favoritos das ídolas delas. Quando chegamos ao shopping e as duas abriram caminho pelos corredores, decididas, não me surpreendi.

— Vamos lá na Wavez — disse Tamara.

Suspirei, resignada, e segui as gêmeas. Eu tinha certeza de que acabaríamos naquela loja. Enquanto metade das nossas colegas se vestia como personagens de *Meninas malvadas*, a outra metade seguia a moda surfista — ainda que nenhuma delas jamais tivesse subido em uma prancha na vida. Tamara era fã desse tipo de roupa, enquanto Tânia era mais inclinada aos vestidos da Paris Hilton.

Entramos na Wavez em meio a um enxame de garotas da nossa idade. Aquela era a loja mais bombada do shopping desde o ano anterior, quando a moda surfista havia se popularizado. Do outro lado do corredor ficava a Sandz, loja de moda surf masculina. Sim, tinha uma loja separada para cada gênero. Não, eu não entendia o motivo.

Os bancos que ficavam no corredor entre as duas lojas estavam sempre lotados de adolescentes das escolas da região.

Eles ficavam ali conversando, comendo, paquerando, jogando cartas... Teve uma vez que um garoto decidiu fazer manobras de skate para impressionar algumas meninas e acabou sendo expulso pelos seguranças.

Sorri ao lembrar de Nanda. Parecia algo que ela faria — se já não tivesse feito. Me perguntei se estaria preocupada com as roupas que usaria na festa. Seja lá o que ela vestisse, eu tinha certeza de que seria a menina mais linda daquele lugar.

Passei os olhos pelos adolescentes no corredor, na esperança de que Nanda estivesse ali. Imaginei o que ela diria quando me visse naquela loja tão popular; se tiraria sarro das camisetas com palavras aleatórias em inglês que não significavam nada. Tentei não me decepcionar quando não a encontrei. Em compensação, avistei na vitrine da Sandz algo que chamou minha atenção: entre bermudões de tactel e bonés, havia uma camisa florida em tons discretos, no estilo havaiano. Antes que eu pudesse analisar melhor seus detalhes, alguém me puxou na direção da vitrine da loja feminina.

— Olha essa blusa, Má! Vai ficar perfeita em você.

Tamara indicou uma camiseta vestindo um manequim magérrimo. Era uma peça rosa clara salpicada por pedrinhas brilhantes. Arregalei os olhos quando vi o tamanho do decote em V.

— Tá maluca?! — exclamei. — Eu não vou na festa com os peitos de fora!

— Que exagero, garota! — Tamara riu. — É só um decote. Tá na hora de você valorizar o que a natureza te deu.

— Quem sabe assim um gatinho não te nota? — sussurrou Tânia, indicando os garotos amontoados ao redor de um dos bancos. Um deles soltava um longo arroto enquanto os demais riam e aplaudiam.

— Prefiro não ser notada — respondi.

— Desse jeito você vai chegar na faculdade sem nunca ter beijado um menino — disse Tânia, revirando os olhos.

Tomara, pensei.

Entramos na loja acotovelando garotas que eu já tinha visto na escola. Aquele shopping ficava a alguns quarteirões do colégio e era quase uma filial de lá. Mais um motivo para me fazer odiar o passeio: como se não bastasse ver aquelas pessoas todas as manhãs, ainda tinha a chance de esbarrar com elas nos meus horários livres.

Tamara foi passando por todas as camisetas em exposição na arara e dizendo coisas como "que lindo" e "nossa, perfeita". Pra mim eram idênticas — quase todas tinham uma frase genérica, sempre variações de palavras em inglês que remetiam à praia: *sunset, sun, beach, waves.* Tânia apareceu com algumas opções de bermuda jeans em mãos. Elas tinham a cintura baixa e terminavam na altura do joelho, bem no estilo que Tamara costumava usar, e alguns enfeites em strass colados ao redor dos bolsos minúsculos onde não caberia nem uma nota de um real dobrada.

— Aqui, Tam — disse Tânia, entregando as bermudas para a irmã.

— Vou provar junto com essas. — Tamara já carregava uma pilha de camisetas de cores variadas.

— Eu espero vocês aqui fora — falei.

— Vem encontrar a gente quando achar alguma coisa — disse Tamara, desaparecendo em meio à fila do provador.

Esperei as duas entrarem na cabine para fugir rumo ao que realmente me interessava: a camisa da loja masculina.

Ao contrário da confusão que era a Wavez, a Sandz parecia um oásis em meio ao shopping lotado. Muito menos barulho, muito menos gente. A loja era decorada em tons escuros e elegantes, bem diferente dos tons de rosa gritantes da Wavez, que também era rodeada de espelhos por todos os lados. Para os garotos havia menos opções, porém os cortes me pareceram mais confortáveis. Não tinha nenhuma cintura baixa ou camiseta minúscula. Havia bermudas e calças largas, camisetas e camisas com estampas claras e escuras, roupas de banho e até casacos para ocasiões mais formais.

Tentei não chamar muita atenção enquanto rodeava as peças. Foi só quando parei diante do manequim com a camisa florida que percebi que não tinha um plano. O que eu ia fazer, pedir pra provar uma blusa masculina? Será que o vendedor ia deixar?

Olhei ao redor em busca da resposta. Para meu alívio, os dois vendedores estavam ocupados conversando com clientes que chegaram antes. Um deles era um garoto alguns anos mais velho que eu, que escolhia entre opções de bermuda de surf. A outra era uma mãe com um filho que devia ter minha idade. O garoto mal olhava para as roupas; a mãe escolhia tudo e colocava nas mãos dele.

Pensei se não teria sido melhor vir com meus pais. Eu achava que eles não teriam problema com o fato de que eu queria uma camisa masculina. Se fosse só a roupa...

A verdade é que eu tinha medo de que descobrissem coisas sobre mim que eu mesma ainda não entendia. Uma roupa masculina era como a ponta do iceberg — e eu achava que todo mundo conseguiria ver o que estava embaixo da superfície quando se aproximasse.

— Posso te ajudar? — disse um dos vendedores.

Eu quase pulei de susto. Percebi que o garoto das bermudas já estava pagando sua compra no caixa, por isso o vendedor tinha sido liberado para me atender.

— Quanto tá essa camisa da vitrine? — perguntei, tentando soar casual. Apenas curiosa. Eu tinha esse direito, certo?

— Cinquenta e dois — respondeu ele. — A gente parcela em até três vezes.

Estudei a camisa, apreciando seus detalhes. O tecido era fino, próprio para climas quentes, mas as cores eram escuras. Flores arroxeadas e lilás eram marcadas por detalhes em preto nas folhas, lembrando um pouco uma tatuagem. Era uma camisa simples, mas elegante. Bonita. Não era tão masculina quanto as demais, por causa das cores e das flores.

Talvez meu segredo permanecesse nas profundezas.

— É presente? — perguntou o vendedor.

Senti meus ombros tensionarem. Claro que ele não acharia que era pra mim. Se eu estava em uma loja masculina, só poderia ser presente.

— É sim — respondi depressa. — GG, por favor.

O vendedor assentiu e desapareceu nos fundos da loja. Suspirei e relaxei um pouco. Fiquei pensando se um dia eu poderia entrar em uma loja masculina, falar que as roupas eram pra mim, e não ser julgada por isso.

A matinê da Storm foi o único assunto do resto da semana. Depois de escolher a camiseta e a bermuda perfeitas (entre tantas opções idênticas), Tamara encerrou sua incursão na Wavez e nós acompanhamos Tânia até uma outra loja, dessa vez uma rede grande que tinha em quase todo shopping. Ela selecionou uma calça jeans de cintura baixíssima e uma camiseta cor-de-rosa minúscula, toda decotada, com estampa da Hello Kitty. Eu achava estranhíssima aquela moda que misturava roupas provocantes com personagens fofos de desenho animado.

Quatro horas antes da matinê começar, as gêmeas já estavam sentadas na minha cama, brigando por um espaço na frente do espelho. Dezenas de potes de maquiagem da Contém 1g se espalhavam por cima do meu edredom favorito, ameaçando manchá-lo para sempre. De vez em quando, eu fechava uma embalagem de delineador ou blush, mas desisti quando isso aconteceu pela terceira vez.

— Eu odeio essa base — bufou Tamara, observando seu rosto bem próximo ao espelho. — Não tem nada a ver com a minha cor.

O rosto de Tamara estava alguns tons mais claro que seu pescoço sem maquiagem. Tânia passava pelo mesmo problema, e tentava misturar algumas cores diferentes de base com um pincel.

— Tenta essa aqui — falou para a irmã. — Misturei as duas mais escuras.

Olhei para as bases espalhadas pela cama e percebi que todas eram variações de rosa e bege. Nenhuma delas tinha o tom da pele das minhas amigas.

— Não tem mais escura? — perguntei.

— Não fabricam — reclamou Tamara, esfregando o pincel com força contra a bochecha.

— Vem aqui, Má — disse Tânia, me puxando para sentar entre ela e a irmã. — Vamos fazer alguma coisa nessa cara.

— Não precisa... — resmunguei. Eu *odiava* maquiagem.

— Precisa sim — disse Tamara, se aproximando com um lápis de olho bem apontado. — A gente não tá indo lá no mercado da esquina. É uma balada de verdade! Todo mundo vai estar de maquiagem.

— Até os meninos? — perguntei, erguendo uma sobrancelha.

Mas Tamara não estava pra brincadeira.

— Fecha os olhos e não se mexe — disse ela.

Temendo pela minha vida, fiz o que ela falou. Senti a leve pressão do lápis sob meus olhos e entrei em pânico. Eu tinha muita aflição de qualquer coisa que chegasse perto do olho. Não conseguia nem imaginar como alguém tinha coragem de enfiar uma lente de contato ali.

Me controlei para não afastar a mão de Tamara e deixar o trabalho dela pela metade. Pior do que ir sem maquiagem, só mesmo ir com metade do olho pintado. Procurei pensar em outras coisas. Coisas alegres, tranquilas, que me acalmassem. O rosto de Nanda apareceu na minha mente. Ela ficava bonita com lápis de olho. Será que eu também ficaria?

— Pronto — anunciou Tamara. — Pode abrir.

Me olhei no espelho e estranhei o resultado. Não era bom nem ruim, só... diferente. Eu só tinha usado maquiagem duas vezes na vida: no casamento da minha prima, quando minha tia obrigou todo mundo a passar pelo mesmo salão de beleza, e na comemoração de vinte anos de casados dos meus pais, quando a gente foi em um restaurante chique. Agora, meus olhos estavam destacados, o castanho-claro evidenciado pelo contorno preto. Eu parecia alguns anos mais velha.

— A gente nem vai tentar passar mais coisa porque sabemos que você não gosta — disse Tânia. — Mas só esse lápis já deu uma valorizada no seu rosto.

— Tá bem no estilinho da sua amiga Nanda — brincou Tamara.

Me olhei no espelho mais uma vez, pensando se Nanda gostaria de me ver daquele jeito. Em seguida, desviei o olhar. Não importava. A gente estava indo naquela festa só como amigas — ela, como sempre, estaria rodeada de meninos doidos para beijá-la. Talvez até meninas também.

Levantei da cama e fui até o armário. Tirei de um cabide a roupa que havia escolhido para a festa — a camisa florida da Sandz.

— Você vai usar *isso*? — disse Tânia, sem disfarçar o desgosto em sua voz.

— Que que tem? — questionei.

— É masculina — respondeu ela.

Um silêncio pairou entre nós. Eu sabia que aquele momento chegaria.

— Besteira — falei, tentando simular a confiança que não sentia. — É só uma camisa. Todo mundo usa, ué.

Vesti a camisa por cima da regata branca que já estava usando. Abotoei até o final e fui para o espelho ver como tinha ficado. O resultado me agradou. Além da estampa bonita que combinava com o lápis de olho preto, a calça jeans escura (de cintura média, claro) me caía bem nos quadris, apesar de ser velha. De repente, tive a ideia de abrir os botões e deixar a regata à mostra.

— Vai ficar melhor se você trocar por uma preta, senão a luz negra vai te transformar num holofote — disse Tamara.

Me virei para encarar as gêmeas, esperando que as duas estivessem me olhando com expressões de julgamento. Mas Tamara estava concentrada passando blush nas bochechas, e Tânia fazia "uni duni tê" entre duas opções de camisetas em cima da cama.

— Valeu — murmurei em resposta, me enfiando de volta no armário em busca da regata preta.

Eu não sabia muito bem o que esperar quando minha mãe estacionou na frente da Storm. Já tinha visto algumas fotos no site da balada, porém a dimensão daquele lugar era muito mais impressionante ao vivo. Para início de conversa, a fila que começava na entrada estava quase dobrando o quarteirão. Fizemos minha mãe dirigir devagarinho ao redor, a fim de procurar rostos conhecidos, mas não encontramos ninguém. Não sei se fiquei mais aliviada ou preocupada. Não fazia a menor ideia do que esperar daquela festa.

Descemos do carro depois de ouvir todas as quatrocentas recomendações da minha mãe: não aceite nada de ninguém, não coma nada que não seja preparado na sua frente, não beba álcool, não entre no carro de desconhecidos etc. Eu já sabia tudo aquilo de cor — ela falava aquela lista até quando eu ia comprar pão. Depois que nós três prometemos várias vezes que estaríamos ali na porta às dez em ponto, minha mãe enfim nos deixou sair do carro e partiu (lentamente) pela rua.

Era isso. Estava acontecendo. Eu ia mesmo entrar na primeira balada da minha vida.

— Meu Deus, olha aquele gato — disse Tânia, empolgada.

— Qual deles? — Tamara observava a fila como quem vê uma vitrine de doces. — Eu nunca vi tanta gente bonita no mesmo lugar.

— Esse é o problema — disse Tânia. — As meninas também são lindas. Esses caras nunca vão reparar na gente.

— Calma — me meti na conversa. — A gente acabou de chegar. Olha o tanto de pessoas que tem só aqui fora. Imagina lá dentro!

— É verdade — completou Tamara, um pouco mais otimista. — Território novo, vida nova.

— Resumindo: ninguém pode descobrir que a gente é um bando de nerds — disse Tânia.

Meu queixo caiu quando passei pela porta e dei meus primeiros passos dentro da Storm. O lugar parecia um galpão enorme e escuro, exceto pelas luzes estroboscópicas. A pista de dança era o ponto central, rodeada por bares e sofás vazios — estava todo mundo animado demais para descansar no começo da matinê. Em um mezanino ficava a cabine do DJ e um telão mostrando uma animação feita com luzes em 3D, parecida com aquelas que passavam no Windows Media Player.

Assim que o segurança conferiu o RG de Tamara, a última de nós recebeu o carimbo de entrada na mão. Apenas pessoas entre doze e dezoito anos podiam entrar, e a venda de álcool era proibida. Meus pais tinham até ligado para confirmar essas informações antes de me deixarem ir.

Lá dentro, a música era tão alta que a gente precisava quase gritar para se ouvir.

— Não é incrível? — gritou Tamara. — Eu tô me sentindo muito adulta!

Antes mesmo de chegarmos à pista de dança, passamos por um garoto e uma garota da nossa idade se beijando loucamente. Quando o menino desceu as mãos na direção da bunda da menina, decidi que era hora de desviar o olhar. Tânia e Tamara, no entanto, continuavam hipnotizadas pela cena.

— Isso aqui é o paraíso — disse Tânia, encantada.

— Vamos pegar uma bebida? — falei para elas, tentando arrastar as gêmeas para longe dali.

Depois de algumas cotoveladas e pedidos de "com licença" ignorados, consegui chegar perto do barman. Tânia e Tamara ficaram para trás, sondando o ambiente (ou seja, vendo os meninos) enquanto eu pegava coquetéis não alcoólicos para todas.

Eu tinha acabado de fazer o pedido quando senti alguém tocar meu ombro.

— Oi, nerd.

Mesmo com a música da Lasgo tocando no último volume, reconheci a voz de Nanda antes até de vê-la. Se aquele cumprimento já tinha me deixado em estado de alerta, nada poderia ter me preparado para o contato visual que veio em seguida.

Os olhos azuis dela estavam ainda mais destacados pela maquiagem pesada e escura. Apesar de ser algo que usava todos os dias, ela tinha caprichado no delineado e na sombra, completando com um toque de rímel que acentuava os cílios claros. Seus lábios pareciam mais carnudos, brilhando sob uma camada de gloss recém-aplicada, e o cabelo loiro estava escovado e muito liso, emoldurando seu rosto perfeito. Usava somente roupas pretas, porém consegui ver um pouco de sua barriga aparecendo entre a camiseta e a calça de cintura baixa. A cereja do bolo era a gravata que ela usava, copiando o look da Avril Lavigne.

— Não vai me cumprimentar? — perguntou Nanda.

Só então percebi que tinha feito papel de uma completa idiota, secando a menina sem sequer responder seu "oi". Limpei a garganta e tentei fingir que não estava entrando em autocombustão só com a presença dela.

— Oi, você... você quer uma bebida?

Me embolei no cumprimento, mas Nanda não pareceu se importar. Ela ergueu a mão, revelando uma lata de Coca-Cola com um canudinho dentro. Nesse momento, o barman colocou na minha frente os três copos coloridos com o coquetel não alcoólico. Cada um deles vinha com um mini guarda-chuva decorativo.

Nanda ergueu as sobrancelhas.

— Uau. Que chique — disse ela em seu costumeiro tom sarcástico.

— Dizia no cardápio do site que é o clássico da casa — expliquei.

— Ninguém nunca pede isso.

Nanda indicou o restante das pessoas debruçadas no bar. Olhei ao redor e vi todo mundo bebendo água ou refrigerante. Alguns garotos apontavam os meus coquetéis e riam. Suspirei, resignada.

— Eu pedi a bebida de nerd, não pedi? — constatei.

Nanda riu, dessa vez deixando os dentes aparecerem. Ela parecia mais relaxada do que na escola, me lembrando daquela Nanda na casa de praia.

— Nada fora do esperado. — Dessa vez, ela falou com certa suavidade. — Onde tão suas amigas?

Apontei para o canto onde havia deixado Tânia e Tamara. Nanda pegou um dos copos e eu carreguei os outros dois por entre a multidão, tomando cuidado para não derrubar os guarda-chuvas coloridos nas pessoas. Já bastava o constrangimento de estar bebendo aquilo.

— Que demora, Marília, parece uma lesma... — Tânia parou a frase no meio quando viu Nanda surgir atrás de mim. — Ah. Oi, Nanda.

— Oi, meninas — disse ela, simpática. — Gostaram daqui?

— Vou gostar mais quando estiver que nem aquele pessoal ali.

Tânia indicou um grupo de casais se beijando. Nanda riu.

— Já entendi tudo. — Em seguida, ela deu uma piscadinha para minhas amigas. — Vou chamar os meninos.

— Meninos? — disse Tamara, de repente ansiosa. — Que meninos?

— Meus meninos, ué.

Nanda falou com naturalidade, mas não gostei quando disse "meus". Tânia e Tamara, por outro lado, pareciam prestes a desmaiar de emoção. Nanda olhou para o lado oposto ao bar e acenou para alguém, gesticulando para que viessem até ela.

Não demorou muito para que o grupo inteiro surgisse: Pedro Henrique, sempre com a calça caindo e a cueca aparecendo; Lucas, de regata e óculos escuros dentro da balada; e, claro, Luiz Fernando. Ele era o único que parecia ter se arrumado para a festa, usando camisa de botão e calça escura. Seu cabelo estava cheio de gel, apontando para todos os lados. Jéssica Lorena e Milena também apareceram, as duas tão maquiadas que pareciam prestes a fazer um ensaio fotográfico.

— E aí? — disse Luiz Fernando, se enfiando entre mim e Nanda.

Aquele garoto era irritante e espaçoso, além de estar sempre com cheiro de vinte latas de Axe.

— Não vão dar oi pras minhas amigas? — disse Nanda, desafiadora.

Luiz Fernando olhou para nós três e, em seguida, voltou a encarar Nanda, confuso. Ela sustentou o olhar dele e ergueu uma sobrancelha. Em seguida, Luiz Fernando invadiu meu espaço, deixando um beijo molhado e indesejado na minha bochecha.

E assim seguiu a fila de beijos: Pedro, Lucas, Jéssica Lorena e Milena. Apesar da situação constrangedora, senti uma pontada de orgulho ao ver o sorriso de minhas amigas. Cumprimentar os populares com beijos era uma considerável subida de status social. Aquilo queria dizer que não éramos mais "criaturas", e sim "meninas".

Algo me dizia que Tânia nunca mais ia lavar o rosto.

O tempo passava diferente dentro daquele galpão cheio de luzes e música alta. Minhas pernas começaram a doer depois de horas (tá bom, minutos) dançando na pista (me sacudindo pra lá e pra cá sem saber muito bem o que estava fazendo). Aos poucos, meu grupo e o de Nanda pareceram se tornar um só. Era como se estivéssemos em uma realidade paralela em que as leis de convívio forjadas na escola não se aplicavam.

Meu coração acelerou quando um garoto se aproximou de Nanda, colocando as mãos em sua cintura e dançando junto com ela. Ela se desvencilhou na hora e deve ter dado um belo fora nele, que foi embora rapidinho. Fiquei satisfeita ao ver o menino se afastar com o rabo entre as pernas, porém não demorou muito para que outro se aproximasse. E depois outro. E outro.

Nanda continuou não dando abertura. Muitas vezes, os meninos eram insistentes e pegajosos. Às vezes Luiz Fernando se metia e afastava os mais inconvenientes — pelo menos para isso ele servia. Quando ouviam o fora, alguns garotos escolhiam um próximo alvo do mesmo grupo, e foi assim que Milena e Jéssica Lorena beijaram vários caras naquela noite.

Para meu alívio, nenhum deles chegou em mim. Para desespero de Tânia e Tamara, nenhum chegou nelas também.

Luiz Fernando e Nanda estavam em um clima meio estranho, apesar da ajuda que ele dava. Ele se aproximava e ela se afastava. Ele vinha falar no ouvido de Nanda e ela virava o rosto. Quando tentou dançar perto dela, levou uma bundada, pois tinha se aproximado no auge da coreografia que Nanda fazia com as amigas. Eu dei risada ao ver sua cara de decepção. Pelo visto, nenhum garoto conquistaria Nanda naquela noite.

Mas será que alguma garota tinha chance?

Meu estômago se encheu de borboletas, que foram esmagadas logo em seguida. Um cara mais velho se aproximou do grupo de forma educada, diferente dos garotos anteriores, e começou a conversar com Nanda respeitando o espaço dela. Ele era bem mais bonito que os meninos da nossa turma. Alto, com cabelo bem cortado e penteado, ombros largos e um sorriso retinho. Tânia e Tamara pararam de dançar e ficaram observando o garoto como se ele fosse uma estátua grega.

Nanda respondia às perguntas dele sem se alongar na conversa, mas também sem afastá-lo. Logo o grupo todo observava os dois, esperando o que viria a seguir. Eles formavam o casal perfeito: as duas pessoas mais bonitas da balada. O garoto parecia saber disso, pois sorria e jogava todo seu charme para cima de Nanda, que ria de forma reservada.

Luiz Fernando murmurou alguma coisa para Lucas e se afastou da roda, irritado. Tânia fez menção de ir atrás dele, mas Tamara segurou a mão da irmã e disse algo em seu ouvido. Meus olhos não desgrudavam do rosto de Nanda, até que ela enfim me encarou. Enquanto aquele cara falava qualquer besteira no ouvido dela, nós travávamos um diálogo silencioso. Mesmo sentindo minhas bochechas queimarem, não desviei o olhar. Nanda também não.

Por fim, ela colocou a mão sobre o peito dele e o afastou de leve. Em seguida, disse alguma coisa em seu ouvido. O sorriso do garoto diminuiu, mas ele não pareceu chateado com o fora. Eu imaginava que alguém como ele poderia beijar qualquer pessoa naquela festa — assim como Nanda.

Para minha surpresa, Nanda pegou o garoto pela mão e o trouxe até nosso canto da rodinha, onde eu dançava de forma discreta com Tânia e Tamara. Minhas amigas ficaram paralisadas ao ver o bonitão de perto.

Nanda falou alto, tentando ser ouvida pelas três ao mesmo tempo:

— Tamara, esse aqui é o Gustavo.

Tânia e Tamara se entreolharam, confusas. Eu franzi a testa. Nanda piscou para mim rapidinho e se voltou para o garoto, o empurrando na direção da minha amiga.

— Oi, prazer. — Gustavo cumprimentou Tamara com um beijo na bochecha e um sorriso todo simétrico.

— Prazer... — balbuciou Tamara quando Tânia cutucou sua costela.

— Quer ir pra um lugar mais tranquilo? — perguntou Gustavo. — Pra gente se conhecer melhor?

Se um alienígena tivesse descido de um disco voador e parado na frente de Tamara, ela teria ficado menos chocada.

Percebendo que a irmã estava impactada demais para responder, Tânia se adiantou:

— Ela quer, sim.

— Quer mesmo? — questionou Nanda, preocupada.

Tamara enfim recuperou suas faculdades mentais e assentiu com vontade.

— Quero, muito.

Gustavo estendeu a mão para ela. Tamara entrelaçou os dedos nos dele e foi puxada por entre a multidão, não sem antes dar um tchauzinho animado para nós três.

— Eu tô feliz por ela, mas, poxa, que injustiça — resmungou Tânia para Nanda. — Por que você não me apresentou nenhum dos caras em que você deu fora?

— Amiga, por favor... — Nanda riu e balançou a cabeça. — Todo mundo sabe que você gosta do Luiz Fernando.

Tânia arregalou os olhos. Eu comecei a rir, incapaz de me controlar. Nanda sorriu ao ver minha reação. Em seguida, colocou a mão no ombro da minha amiga.

— Tá tudo bem. Ele não sabe — garantiu ela. — Mas hoje é um dia perfeito pra você se aproximar.

Nanda indicou um sofá perto do bar. Luiz Fernando estava sentado sozinho, bebericando uma Coca-Cola, com cara de poucos amigos.

— Parece que ele precisa de alguém pra conversar — disse Nanda, cheia de segundas intenções.

Tânia hesitou, mas, assim que viu Tamara beijando Gustavo em um canto da pista, foi até o sofá encontrar o menino de quem gostava. Eu e Nanda ficamos acompanhando a interação, tentando entender o que eles estavam falando.

— Eu acho que ela tá perguntando se ele quer companhia — falei.

— Não tinha que perguntar nada — disse Nanda, rindo. — Só chegar beijando.

— Nem todo mundo tem a mesma confiança que você.

Nanda virou pra mim com uma sobrancelha erguida.

— Por acaso você me viu beijando alguém hoje?

Quando me voltei para ela, percebi que nossos rostos estavam muito próximos. Fui tomada pelo cheiro dela, ainda mais presente naquela noite em que ela tinha se arrumado e passado perfume. Usei todas as minhas forças para manter meus olhos nos dela, e não nos seus lábios brilhantes.

— Não foi por falta de oferta — falei.

— Não da pessoa certa.

Minha respiração parou por um instante. Meu cérebro entrou em curto-circuito. Aquilo era um flerte? Ela estava falando o que eu achava que estava falando?

Meu Deus, como era difícil gostar de garotas!

Nanda recuou ao perceber que tinha causado um nó na minha mente. Ela se voltou para nosso grupinho e eu fiz o mesmo, ainda sentindo meu coração bater de forma frenética.

Milena estava atracada com um garoto tão emo quanto ela; Lucas beijava uma menina genérica e Jéssica Lorena e Pedro Henrique conversavam com tamanha proximidade que qualquer passo em falso resultaria em um beijo.

Eu e Nanda éramos as únicas que não estavam pegando — ou tentando pegar — alguém. Para tentar disfarçar meu desconforto, voltei a puxar assunto com ela.

— Como você conseguiu realizar os maiores sonhos das minhas amigas em cinco minutos? — perguntei.

Nanda deu de ombros, rindo.

— O Gustavo parecia um cara legal. Fiquei com dó de só dar um fora nele, e sabia que a Tamara queria beijar alguém — explicou. — E o Luiz Fernando tá supercarente. Ele pode ser um idiota na maior parte do tempo, mas hoje talvez mostre seu lado gente boa com a Tânia.

Mexi os pés, tentando acompanhar o ritmo da música. Éramos duas amigas em uma balada, nada de mais. Certo?

— Por que você não quis ficar com eles? — perguntei.

Nanda suspirou, evitando me encarar. Eu também olhava para as pessoas ao nosso redor, tentando não ficar muito perto dela. Se nossos olhares se encontrassem, eu tinha medo de fazer uma coisa que acabaria com a minha reputação na escola para sempre.

— Ah, Marília... — disse ela, hesitante. — Sei lá.

Eu assenti. Ela deu de ombros. Nos aproximávamos cada vez mais de um penhasco do qual nenhuma das duas tinha coragem de pular — pelo menos não sozinha.

Decidi mudar de assunto e deixar o clima um pouquinho mais leve.

— Pelo visto a única pessoa que não vai beijar ninguém sou eu — falei, rindo em seguida.

Cometi o erro de virar para Nanda, que estava com os olhos grudados em mim. E, quando nos encaramos, o mundo inteiro parou de girar.

Senti meu corpo gelar, como se estivesse congelando diante do azul profundo dos olhos dela. Ao mesmo tempo, meu rosto inteiro queimava. Com Nanda era sempre assim: quente e frio. Extremos que mexiam comigo e me tiravam do eixo.

Será que ela achou que aquilo era uma cantada?

Por que ela acharia isso, sua doida?, pensei. *Ela arranjou meninos para suas amigas. Homens. Garotos. Vai achar que você quer isso também.*

Mas eu não queria.

Eu queria beijar garotas.

Uma garota, especificamente.

Que estava me olhando de forma diferente naquele exato momento.

— Não se depender de mim — disse ela.

O toque dos seus dedos nos meus foi leve, mas deixou bem clara sua intenção. Foi um gesto sutil, acompanhado por um olhar discreto para checar se os amigos estavam prestando atenção. Apesar da Storm estar cheia de casais, nenhum deles era formado por pessoas do mesmo gênero. Nanda parecia ruminar essa preocupação, assim como eu tinha feito desde que havia chegado.

Porém, agora que eu sabia que ela me queria, não conseguia prestar atenção em mais nada. Com o coração disparado, entrelacei meus dedos nos dela, sentindo a maciez da sua mão, e a puxei na minha direção. Eu podia ver o rubor dominando suas bochechas, sua respiração se tornando mais pesada conforme eu chegava mais perto. Naquele momento, nenhuma regra social passava pela minha cabeça. Eu só conseguia pensar em como seria sentir os lábios de Nanda, se a boca dela era tão quente quanto sua mão...

De repente, um som de microfonia cortou a batida da música. Nanda e eu nos assustamos e soltamos as mãos depressa.

— Fala, galera da Stoooooooooooormeeeeeee! — anunciou o DJ em seu microfone, superanimado. As pessoas responderam com gritos e assobios. — Vocês tão prontos pro grande momento dessa noite?

— Siiiiiiim! — gritaram as pessoas ao nosso redor. Jéssica Lorena pulou, animada, largando Pedro por um instante.

— Então já vai chegando perto da gatinha ou do gatinho que você quer beijar, que chegou hora do nosso... BLEEEEEEE-CAUTE!

De repente, todas as luzes da balada se apagaram.

Quando mergulhamos na escuridão, pude ouvir assobios sugestivos vindo de todos os lados. Essa era a hora em que as pessoas se pegavam sem julgamentos, sem ninguém olhando, sem ter que dar satisfações depois.

Era meu momento.

Meu coração batia no ritmo da música que começou a tocar. Quando reconheci a melodia, não sabia se ria ou se chorava.

Era "Things I'll Never Say", da Avril Lavigne. *Nossa* música.

Nossos dedos se esbarraram de novo, se encontrando no meio do gesto que as duas compartilhavam. Nanda me puxou para mais perto, agora sem reservas. Eu conseguia sentir seu cheiro e imaginei sua boca a centímetros da minha, seus olhos me encarando com intensidade, como tantas outras vezes nas últimas semanas. Tantas promessas feitas em silêncio, que agora ganhavam uma chance de se cumprirem.

Mesmo sem poder ver nada, fechei os olhos. E me joguei no primeiro beijo da minha vida.

10

σ τιρσ ϲεятσ δε gαяστα εяяαδα

Eu nunca imaginei que meu primeiro beijo seria uma cena de filme. Pra falar a verdade, nunca pensei muito sobre esse momento-chave da vivência adolescente. Por ser sempre a excluída da turma e não me achar bonita, não sabia se um dia beijaria alguém — pelo menos não enquanto estivesse na escola. Beijar a menina que eu gostava ao som da nossa música favorita era uma experiência bastante inesperada... E também a mais maravilhosa de toda a minha vida.

Nanda beijava com intensidade e um toque de provocação. Assim que nossas bocas se encontraram, ela envolveu meu pescoço com os braços, como se me prendesse ali. Não que precisasse — eu não sairia daquele abraço nem mesmo se o próprio Steven Spielberg passasse me oferecendo um emprego em Hollywood. Coloquei as mãos na cintura dela, sentindo a curva discreta do seu quadril. Nanda era um pouco mais baixa que eu, mas acho que ficou na ponta dos pés, porque logo aprofundou o beijo e invadiu minha boca com sua língua.

Ela tinha gosto de Coca-Cola e gloss de morango. O beijo começou gelado por causa da bebida, porém logo foi esquentando. Sua língua às vezes dançava, às vezes lutava contra a minha. Tive logo uma agradável surpresa: Nanda tinha colocado piercing na língua.

Ao contrário de mim, ela parecia muito experiente, então deixei que ditasse o ritmo do beijo. Nanda levou a mão até meu cabelo e puxou os fios de leve. Arfei, separando nossas bocas por um instante, mas logo retomei de onde havíamos parado. Se o blecaute durasse apenas uma música, eu tinha poucos segundos para aproveitar aquele momento de intimidade.

Quanto mais perto a gente ficava, mais eu queria ficar junto dela. Além das bocas grudadas, nossos corpos começaram a se juntar também. Nanda enfiou a mão pelas costas da minha camisa entreaberta, pousando sua palma sobre a regata fina que eu usava por baixo. O calor que ela emanava esquentava todo meu torso, se misturando ao ritmo frenético do meu coração.

Se dependesse de mim, a gente nunca ia parar de se beijar. Mas, por sorte, Nanda ainda tinha um pé na realidade e percebeu que a música chegava aos últimos acordes. Ela encerrou nosso beijo com alguns selinhos e deu um passo relutante para longe de mim.

A música calma e romântica foi sobreposta por uma batida techno assim que as luzes acenderam. Vários adolescentes foram pegos de surpresa, muitos engalfinhados em beijos e amassos ao longo da pista de dança.

Fiquei mais tranquila ao perceber que ninguém estava prestando atenção na gente, já que tinham os próprios flagrantes para evitar. Dei risada ao ver a cara de terror de Jéssica Lorena ao ser flagrada com a mão de Pedro Henrique em seu peito. A imagem que me deixou mais feliz foi Tânia levantando do colo de Luiz Fernando e limpando o batom que tinha se espalhado pelos lábios.

— E aí — gritou Jéssica Lorena para Nanda. — Quem você beijou?

— Quê? — Nanda tentou disfarçar sua surpresa. — Eu não beijei ninguém.

Jéssica apontou para os lábios da amiga e riu.

— Sua boca tá toda inchada e seu gloss desapareceu.

Meu reflexo foi passar as costas da mão pelos lábios para remover imediatamente qualquer vestígio de gloss. Me arrependi em seguida — o gesto fez com que Jéssica Lorena olhasse para mim. Em seguida, olhou de volta para Nanda, desconfiada. Nanda se endireitou, encarando a amiga de frente.

— O gloss deve ter saído com a Coca que eu tava bebendo — respondeu ela.

Fiquei admirada com sua compostura. Dei graças a Deus que Tânia e Tamara não estavam por perto naquele momento, pois achava difícil que conseguisse me livrar do inquérito das duas se tivessem percebido algo de diferente em mim.

— Sei... — disse Jéssica Lorena, em tom de suspeita.

Fomos salvas pela chegada de Tamara, que arrastava Gustavo pela mão. Seu sorriso largo denunciava que ela tinha curtido *muito* aquele apagão.

— E aí — falou. Em seguida, olhou ao redor, procurando alguém. — Ué, cadê a Tan?

— Vivendo a lua de mel — respondi, indicando o sofá onde tinha visto minha amiga com Luiz Fernando.

Tamara enfim localizou a irmã, mas sua expressão não parecia nada alegre. Ela franziu a testa, preocupada.

— Parece mais um divórcio.

Nanda e eu acompanhamos o olhar dela até o sofá. Luiz Fernando e Tânia estavam de pé. Ele falava alguma coisa de forma exasperada. Tânia estava de cabeça baixa e assentia sem muito ânimo.

Tamara foi até eles, decidida. Nanda me olhou, tensa, e estendeu a mão na minha direção. Entrelaçamos nossos dedos e trocamos um sorriso discreto antes de nos embrenharmos pela multidão. Quem visse duas garotas de mãos dadas naquele contexto jamais poderia imaginar que seriam algo além de amigas.

Mas é isso mesmo que nós somos, pensei. *Amigas.*

Ou será que pessoas que se beijam já mudam de status automaticamente?

Ficantes, talvez.

Despertei dos pensamentos quando chegamos perto de Luiz Fernando e Tânia. Tamara já estava entre o garoto e sua irmã, assumindo uma postura defensiva. Nanda se adiantou para mediar o conflito que parecia prestes a estourar.

— Quem você pensa que é pra falar assim com a minha irmã? — indagou Tamara, irritada.

— Eu só pedi pra ela não contar pra ninguém — disse Luiz Fernando. — Só isso.

Nanda bufou e enfiou um dedo na cara do amigo.

— Você é um nojo, Luiz Fernando.

— Você sabe muito bem que eu queria ficar com você — resmungou ele.

— Mas eu nunca quis ficar com você — respondeu Nanda. — E nem vou.

— Foda-se — disse ele, dando de ombros. — Eu só não quero que ninguém saiba que eu beijei essa nerd.

Tânia se encolheu e eu coloquei um braço ao redor de seus ombros. Tamara estava prestes a responder quando Nanda mais uma vez se adiantou:

— Você tem sorte de uma garota tão incrível ter dado bola pra você.

Luiz Fernando parecia prestes a explodir. Seu rosto estava vermelho e seus olhos se arregalaram de raiva.

— Se vocês contarem pra alguém, eu acabo com vocês.

Nanda cruzou os braços e sustentou o olhar dele, mesmo sendo vários centímetros mais baixa.

— Quero ver você tentar.

O garoto enfim se afastou e desapareceu entre a multidão na pista. Eu respirei aliviada. Tamara abraçou a irmã assim que ela começou a chorar. Nanda se aproximou de nós três com cuidado, como se não se sentisse bem-vinda ali.

— Desculpa, Tânia — falou. — Se eu soubesse que ele ia fazer isso...

— Não tinha como você saber — respondeu Tânia entre soluços. — Eu que deveria escolher melhor as pessoas de quem gosto.

Tamara assentiu e apertou mais a irmã. Eu acariciei as costas da minha amiga e troquei um olhar com Nanda, tentando deixar claro que não a culpava por nada daquilo. Se tinha uma pessoa que estava se esforçando para construir uma ponte entre nossos grupos, era ela.

— Vou ligar pra minha mãe — falei. Tirei o celular do bolso e comecei a discar. — Vou falar pra ela que a gente cansou e quer ir pra casa logo.

— Melhor a gente ir pagando e esperar lá na frente — sugeriu Tamara.

— Nanda — disse Tânia, se aproximando da garota. — A minha irmã eu já sabia que ia fazer isso por mim, mas você... Obrigada por me defender.

— Eu sempre vou chutar o saco de um babaca quando for necessário — respondeu Nanda.

Depois de um silêncio tenso, Tânia começou a rir entre soluços. Tamara e eu acompanhamos, e o clima ficou um pouco mais leve.

Meus olhos cruzaram com os de Nanda e ela lançou um sorriso tímido na minha direção.

Que inferno. Se ela continuasse sendo tão linda e legal, eu ia acabar me apaixonando.

— A gente se vê amanhã — disse Tamara para Nanda, arrastando a irmã na direção dos caixas.

Fingi amarrar os cadarços só para ter um momento a sós com Nanda. No entanto, eu não sabia o que dizer. Minhas mãos suavam. Meu coração batia tão rápido que seria capaz de superar a cadência de qualquer música eletrônica que havia tocado naquela noite.

— Eu gostei muito que você veio hoje. — Nanda deu o primeiro passo, já que eu não tinha falado nada. — Você podia fazer isso mais vezes.

— Depende — respondi.

E, juntando toda a coragem que tinha dentro de mim, completei:

— Vai ter blecaute de novo?

Ela riu.

— Espero que sim... Porque pra mim foi a melhor parte da festa.

Nanda encerrou nossa conversa com um beijo de despedida na minha bochecha. Aos olhos externos, era só um beijo normal entre amigas, mas ela demorou alguns instantes a mais do que o necessário.

Quando cheguei à fila do caixa, senti minhas bochechas doerem de tanto sorrir.

Convidei as gêmeas para dormirem lá em casa, já que Tânia estava precisando de um pouco de ânimo. Minha mãe foi supercompreensiva e não fez muitas perguntas, mas acho que ficou desconfiada de que nossa primeira noite na balada tinha resultado em desilusão amorosa. Por mais que ela tivesse convivido durante quinze anos com uma filha comportada e reservada, no fundo ela sabia que esse dia ia chegar.

    Passamos no drive-thru de uma rede de fast food no caminho de casa e comemos os lanches sentadas na minha cama. Minha mãe não costumava deixar que a gente levasse comida para o quarto, mas já passava das dez da noite e ela estava exausta. Meus pais tinham o hábito de dormir cedo, ainda mais aos domingos, que marcavam a véspera de uma longa semana de trabalho. Minha mãe arrumou o sofá-cama na sala para que as gêmeas pudessem dormir com algum conforto, mas eu sabia que as duas preferiam se espremer no colchão de solteiro que ficava embaixo da minha cama. Assim, poderíamos bater papo até pegar no sono.

— Falando sério, gente — disse Tânia, mexendo nas batatas fritas de forma desanimada. — Eu tô bem. Quer dizer, vou ficar bem.

    Eu e Tamara nos entreolhamos. Já estávamos quase no fim dos nossos lanches e Tânia não tinha comido quase nada.

— Claro que vai — afirmou Tamara, limpando os dedos engordurados em um guardanapo. Em seguida, colocou a mão na perna da irmã de forma reconfortante. — O Luiz Fernando que saiu perdendo.

    Eu estava com a boca cheia, então apenas assenti para demonstrar meu apoio.

— Quem sabe agora você não melhora seu gosto pra homem — completou Tamara.

    Tânia soltou um riso fraco pelo nariz.

— Nem todo mundo tem a sorte de perder o BV com o Gustavo Malhação — brincou Tânia.

    Nós três rimos do apelido que ela tinha inventado para o ficante de Tamara na fila do caixa. Ele de fato parecia um galã de *Malhação*.

— Sorte, não — disse Tamara, orgulhosa. — Destino!

— Ih, aposto que já tá pensando em casamento — falei. — Já se imaginou entrando na igreja ao som de Evanescence?

— Goo Goo Dolls — ela me corrigiu. — Vai ser "Iris", daquele filme que eu adoro.

— *Cidade dos anjos*? — perguntei, e Tamara assentiu. — Você lembra que eles não ficam juntos no final, né?

— Mas ainda assim é um dos filmes mais românticos que existem! — exclamou Tânia.

— Muito romântico mesmo, mas tem aquele fim trágico, né. E é um romance com anjo, não é exatamente um exemplo de vida real — argumentei.

Tânia ficou pensativa, tentando lembrar a trama do filme, e Tamara revirou os olhos.

— Ai, Marília, depois a gente que é dramática — disse ela, brincando. — Se continuar achando defeito em tudo, você nunca vai ficar com alguém.

Tânia lançou um olhar irritado para a irmã. Tamara parou de rir imediatamente. As duas me encararam com algo que demorei para reconhecer: pena. Pensei naquela noite — elas achavam que tinham perdido o BV, e eu não.

Até então, nunca existiram segredos entre nós. Eu e Tamara fomos as primeiras a saber que Tânia estava a fim do Luiz Fernando; Tamara sempre compartilhava sobre suas paixões por garotos lindíssimos (e inalcançáveis) do terceiro ano; e eu contava para elas sobre minhas expectativas e meus anseios quanto ao futuro e à minha carreira de cineasta. Era como se nós três compartilhássemos a mesma existência, uma vida tão sem acontecimentos que podia ser vivida por três pessoas diferentes ao mesmo tempo.

Agora, eu sentia que nossa amizade começava a se esgarçar, como um elástico que foi puxado demais e já não consegue prender as coisas direito. Conforme nós virávamos pessoas completas, com paixões, objetivos e diferenças, nossos caminhos se separavam.

Eu nunca havia me sentido tão distante delas quanto naquele momento. A verdade estava ali, diante de nós, pairando no ar, mas eu não podia materializá-la. Por um lado, fazia todo o sentido confessar que eu também tinha dado meu primeiro beijo naquela noite. Por outro, sabia que não era a mesma coisa. Beijar um menino, mesmo que fosse o menino errado, era um rito de passagem na vida de todas as garotas que eu conhecia. Beijar uma menina era um ponto fora da curva, um assunto proibido.

Então, pela primeira vez, eu menti para minhas amigas.

— Tem razão — falei, dando de ombros. — Mas eu não tenho pressa. Quando rolar, rolou.

O clima ficou um pouco mais leve. Tânia suspirou, aliviada, e deitou na cama de baixo. Tamara se acomodou ao seu lado, sentindo as pálpebras pesarem.

— Você não sabe o que tá perdendo, Marília — disse Tamara, como se fosse uma adulta com anos de experiência. — Beijar é a coisa mais incrível que existe. Sentir a pessoa perto de você, o cheiro, o toque... O jeito que ele colocou a mão na minha cintura e me puxou pra perto...

Deitei na minha cama e fechei os olhos, permitindo que minha mente revivesse o momento mágico que compartilhei com Nanda naquela noite. A maciez dos seus lábios, o calor da sua pele, o piercing cutucando de leve minha língua. Um beijo de apenas três minutos e quarenta e três segundos — a duração da música —, mas que parecia ter durado horas.

Algumas preocupações sussurravam na minha cabeça: será que Nanda ia querer me beijar de novo? Será que ela se arrependeria, como Luiz Fernando? Pior do que querer manter segredo: e se ela contasse para todo mundo?

Empurrei esses medos para longe e deixei que, pelo menos por aquela noite, apenas as boas lembranças embalassem meu sono.

Tânia e Tamara foram embora cedinho na segunda, pois precisavam passar em casa para vestir o uniforme e pegar o material escolar. Já eu, mal podia me conter de ansiedade para ir pra escola.

Com os filmes eu tinha alguma certeza: havia cinquenta por cento de chance de amarem, cinquenta por cento de chance de odiarem. Com Nanda, eu não fazia a menor ideia do que esperar.

A gente já podia se considerar algo mais que amigas? Ficantes, talvez? Era possível que duas meninas assumissem esse status? Eu lembrava do que tinha acontecido com Clara e Rafaela em *Mulheres apaixonadas*: elas foram perseguidas na escola, humilhadas, vítimas de bullying. Uma delas foi expulsa de casa e a mãe tentou atropelar a namorada. Tudo isso porque as duas estavam se apaixonando.

Eu era tão inexperiente no assunto namoro que minha cabeça fervilhava de questionamentos. Qual era o protocolo depois de beijar alguém na balada? A gente tinha que sair em um encontro ou coisa assim? Isso existia na vida real, ou só nos filmes? Tânia e Tamara sabiam tanto quanto eu sobre essas questões, mas talvez tivessem opiniões sobre o que eu deveria fazer. Se ao menos eu pudesse contar para elas…

— Você tá quieta hoje — disse minha mãe, me trazendo de volta para a realidade.

Ela conduzia o carro com destreza pela rua da escola, cortando a fila dupla para estacionar um pouco mais à frente, longe do caos da entrada.

— Só tô com sono — respondi, dando de ombros.
— Vocês ficaram conversando até tarde ontem?
— Mais ou menos.

Minha mãe puxou o freio de mão e virou na minha direção. Suspirei, esperando o interrogatório que viria em seguida.

— Vocês tavam com uma cara muito estranha quando eu cheguei na balada — continuou ela. — Ficaram quietas até a gente chegar em casa.

— Normal, a gente tava cansada.
— Vocês sempre têm assunto.
— Não teve nada de mais, mãe — falei, tentando parecer casual. — Era só uma festa.

— Marília. — O tom dela indicava que vinha aí um discurso materno. — Você pode me contar qualquer coisa. Sabe disso, né?

Por um instante, pensei em contar tudo. *Mãe, eu beijei uma garota.*

Abri a boca, mas nada saiu. O medo de que ela se decepcionasse comigo era grande demais.

Eu sempre fui a filha perfeita: aluna que só tirava notas boas, que decidiu a carreira antes dos quinze anos, que não se envolvia com bebidas, drogas e festas, que nunca trazia preocupações para os pais. Um comportamento exemplar dentro e fora da escola. Eu morria de medo de quebrar essa expectativa sobre meu futuro brilhante. Como se gostar de garotas colocasse todas as minhas outras características em segundo plano. Uma mácula em um histórico perfeito.

Minha mãe aguardava na expectativa. Eu respirei fundo.
— Não tem nada pra contar — falei.
Ela me olhou desconfiada.
— Eu sei que na adolescência a gente quer privacidade — disse ela. — Ou se sente constrangida de contar algumas

coisas pros pais. Mas lembra que eu já tive sua idade, tá? Sei que vocês vão nessas festas pra beijar na boca.

— Mãe! — Eu senti meu rosto queimar.

— Não tem problema nenhum, tem que beijar mesmo! — Minha mãe riu. — Só preciso saber se você tiver sentindo que algo tá errado.

— Tá bom, tá bom — falei, cheia de vergonha, tentando encerrar aquele assunto.

Ela estava perto demais da verdade. Eu precisava sair daquele carro.

Minha mãe segurou minha mão e me lançou um olhar preocupado.

— Se tiver alguma coisa você me conta? — pediu. — Promete?

Eu engoli em seco e forcei um sorriso, fazendo parecer que não estava acontecendo nada de mais.

— Prometo. Tchau!

Desci do carro e bati a porta, mas não antes de vários colegas ouvirem a última frase que minha mãe falou:

— Te amo, filha!

Minha mãe era uma pessoa compreensiva, mas eu não estava pronta pra me abrir daquela maneira. E talvez ela também não estivesse pronta para ouvir o que eu tinha a dizer.

Subi as escadas sozinha. Tânia e Tamara provavelmente se atrasariam para a primeira aula — eu duvidava que elas só trocariam de roupa, sem se preocupar com maquiagem e cabelo antes de chegar na escola. Desconfiava que Tânia, assim como eu, estava nervosa para encontrar com certo alguém da nossa turma, e faria de tudo para adiar esse momento.

Eu não sabia se queria ver Nanda ou se preferia evitá-la pelo resto do dia. Uma parte de mim, mais emotiva e vulnerável, não via a hora de encontrar com ela. Outra, mais racional e pessimista, achava que a bolha romântica que tínhamos compartilhado seria estourada assim que a gente se visse na escola.

Não tive muito tempo para criar cenários na cabeça, pois, assim que coloquei o pé no corredor, uma garota andando de skate colidiu contra mim.

Dessa vez, eu estava preparada. Segurei Nanda pela cintura antes que ela pudesse cair e me levar junto. O skate desceu escada abaixo, fazendo um barulhão e quase atingindo alguns alunos que subiam atrás de mim.

Nanda segurou meus ombros para recuperar o equilíbrio. Quando me encarou, estava vermelha feito um pimentão. Será que eu enfim estava causando nela o efeito que ela tinha sobre mim?

— A gente precisa parar de se encontrar desse jeito — sussurrei.

Nanda sorriu, ainda meio sem graça, e aproveitou a proximidade para deixar um beijo na minha bochecha. Quando percebeu que capturamos a atenção de alguns passantes, se afastou.

— Desculpa — disse ela. — Mas ainda bem que você tava aqui pra me salvar.

Nanda desceu o primeiro lance de escadas para recuperar o skate perdido. Porém, antes que pudesse pegá-lo, outra pessoa o levantou no ar.

Eu vi tudo em câmera lenta: Nanda erguendo a cabeça e dando de cara com uma figura séria e autoritária que segurava seu bem mais precioso, até enfim ver o rosto de Ângela, a professora de literatura.

Me segurei para não rir. Apesar da bronca que estava prestes a levar, eu sabia que nada de ruim aconteceria com Nanda. A escola ganhava mais se ela passasse de ano do que se fosse expulsa.

Nanda, por sua vez, não parecia tão otimista. Ela ajeitou a postura, encarando a professora.

— Oi, Ângela — falou de forma comportada. — Obrigada por pegar meu skate.

— Disponha, Fernanda — respondeu a professora, e enfiou o objeto embaixo do braço, deixando claro que não o devolveria tão cedo. — Se quiser reavê-lo, você pode falar com a Ciça mais tarde.

Nanda bufou. Estava prestes a dar uma resposta desaforada que lhe renderia uma advertência quando eu me adiantei na direção da professora.

— Bom dia, Ângela! — Eu sorri de forma angelical. — Como foi seu fim de semana?

Eu era uma das melhores alunas de literatura da nossa turma, então Ângela gostava de mim. Eu não entendia como as pessoas podiam ir mal em uma matéria que consistia em ler histórias e escrever sobre elas. Às vezes, nem parecia que era estudo, de tão divertido.

— Muitas provas para corrigir — falou Ângela, ainda brava.

Pelo menos minha tática tinha dado certo, pois a professora ignorou a presença de Nanda e passou a caminhar ao meu lado na direção da sala.

— Aliás, eu preciso falar com você — disse ela, parando no meio do corredor. Em seguida, voltou-se para Nanda, que nos acompanhava a uma distância segura. — Com vocês duas.

Nanda e eu nos entreolhamos, estranhando aquela conversa. Ângela ajeitou o skate embaixo do braço. Na outra mão, carregava sua bolsa enorme e uma pasta com várias provas corrigidas. Era engraçado ver uma das professoras mais sisudas do ensino médio carregando um skate, mas nenhum aluno que passava pelo corredor ousou fazer qualquer piada.

— Fiquei sabendo do sucesso dos seus filmes, Marília — comentou ela. Senti um orgulho familiar inflamar meu peito. — Eu acho que esse formato que você criou vai ajudar na minha aula também, já que, se depender dos hábitos de leitura de vocês, ninguém aprende nada.

Ângela lançou um olhar acusatório para Nanda, que se encolheu contra a parede. Tive vontade de abraçá-la, mas mantive a pose altiva diante da professora, como se participasse de uma reunião de negócios.

— Fico lisonjeada — falei. — Eu tô superansiosa pra fazer um trabalho da sua matéria em vídeo. Vai ser como uma adaptação da literatura pro cinema.

Ângela assentiu.

— Só que eu não quero que você faça apenas o trabalho do seu grupo, Marília — disse a professora. — Quero que faça o de todo mundo, dos dois primeiros anos.

Meu ânimo murchou igual uma bexiga furada. Mais uma vez, a escola queria que eu carregasse as notas de todo mundo nas costas, só que agora em uma escala impossível.

— Mas, professora... — comecei. — É muita gente.

— Veja bem, eu não quero que você escreva os roteiros e filme para seus colegas — explicou ela. — Quero que os ensine a fazer isso. Dessa forma, o conhecimento vai ser passado adiante, e você não vai ficar sobrecarregada.

Ergui uma sobrancelha. Eu nunca tinha pensado naquela possibilidade. Gostar de cinema era uma coisa tão particular que eu acharia surpreendente conhecer outros alunos que estivessem dispostos a filmar algo do zero. Mas, se fosse uma imposição da professora, eles não teriam escolha. E quem sabe depois disso eu teria ajuda nos meus filmes?

— Mas e as câmeras? — perguntei. — Nem todo mundo tem uma em casa.

— Pode deixar que eu resolvo — declarou ela com firmeza. — Enquanto isso, quero que você me passe alguns horários disponíveis para ensinar aos seus colegas sobre como operar a câmera e editar o filme.

Ângela virou para Nanda, enfim reconhecendo sua presença no corredor vazio. As aulas já tinham começado e, exceto pela nossa sala, as portas estavam fechadas.

— Não pense que não percebi sua habilidade, Fernanda — disse Ângela, pegando Nanda de surpresa. — Atuar como você atua requer talento e estudo. Eu gostaria que você ensinasse a seus colegas como fazer esse tipo de interpretação.

Nanda piscou algumas vezes. Era a primeira vez que recebia um elogio da professora. Então, assentiu.

— Eu e Nanda vamos nos organizar e te passamos nossos horários livres — falei.

— Perfeito.

Ângela começava a se encaminhar para a sala quando tive uma ideia súbita. Antes que perdesse a coragem, falei:

— Professora, só mais uma coisa.

Ela se voltou para mim. Eu dei um passo adiante.

— A Nanda vai ter tanto trabalho pela frente... Vamos poupá-la de mais uma advertência? Só dessa vez?

Indiquei o skate com a cabeça. Ângela olhou para o objeto, depois voltou a me encarar, séria. Senti meu coração bater mais rápido. Se eu tivesse falado uma besteira, iríamos as duas para a coordenação.

— Só dessa vez — decretou Ângela, largando o skate em minhas mãos.

Assim que ela entrou na sala, Nanda me abraçou. Estávamos sozinhas no corredor — pelo menos por alguns instantes.

— Minha heroína — murmurou ela, com a cabeça afundada no meu pescoço.

Eu estava tão feliz que poderia sair voando a qualquer momento. Enlacei sua cintura com força, tirando os pés dela do chão. Nanda soltou um gritinho e depois começou a rir.

Quando a coloquei de volta no chão, nos olhamos com a mesma intensidade de antes do blecaute na Storm. Não poder beijá-la causava quase uma dor física. Nanda deve ter sentido a mesma coisa, pois se aproximou de mim em um movimento rápido e decidido.

Antes que ela pudesse me beijar, ouvimos o som de passos apressados subindo as escadas. Nos afastamos a tempo de ver Tânia e Tamara entrando no corredor, totalmente sem fôlego, e correndo na direção da sala.

— A Ângela também barrou vocês? — questionou Tamara ao nos ver paradas a alguns passos da porta.

— Só cinco minutos de atraso — resmungou Tânia. — Não é justo!

— Tá tudo bem — falei, tentando acalmar tanto as gêmeas quanto meu coração acelerado. — Alguma coisa me diz que ela tá de bom humor hoje.

Para desespero (ou alegria) das minhas amigas, Nanda nos acompanhou até o canto da quadra onde passávamos o intervalo, sob o pretexto de alinhar minha agenda com a dela para escolhermos os horários da atividade de literatura. Nossa caminhada até o topo da arquibancada foi marcada pelo nervosismo de todas as partes — Tânia e Tamara ainda meio sem jeito perto da Nanda, e eu e Nanda sem saber muito bem como lidar com o que estava rolando entre nós, ao mesmo tempo que tentávamos esconder aquilo das gêmeas.

Assim que sentamos, abrimos nossos lanches para ocuparmos a boca e não termos que conversar. Quando viu Luiz

Fernando entrar em campo, Tânia se ajeitou e virou de costas para a quadra. Nanda percebeu o movimento e engoliu um pedaço de maçã antes de falar:

— Faz muito bem de ignorar ele.

Tamara e eu concordamos.

— Ele... disse alguma coisa? — perguntou Tânia, tímida.

Nanda havia passado a primeira parte da manhã no seu lugar de sempre, sentada na carteira que ficava à frente de Luiz Fernando. Eu havia lançado alguns olhares — tá bom, *vários* olhares — na direção dela e percebi que ela estava dando um gelo no garoto. Luiz Fernando agia como se nada tivesse acontecido, parecendo não se importar com aquela indiferença.

— Animais não sabem falar, amiga — disse Nanda, séria.

O jeito como ela disse aquilo fez com que nossa nuvem de nervosismo se dissipasse. Logo, todas estávamos rindo. Até mesmo Tânia, que ainda estava chateada, pareceu mais tranquila.

— Eu não quis falar com ele hoje — continuou Nanda. — Tô com ódio daquele garoto.

— Sabe... — disse Tânia, um pouco insegura. — Eu sempre achei que você gostasse dele.

Nanda soltou uma risada pelo nariz.

— Isso é lenda urbana dessa escola — explicou. — A gente nunca foi nada além de amigo.

— Mas ele gosta de você — afirmou Tamara. — Ou pelo menos gostava.

Nanda deu de ombros e enfiou o resto da maçã na boca.

— Problema dele.

Eu e as gêmeas rimos mais uma vez. Meu coração se encheu de esperança com aquela cena: eu, minhas melhores amigas e a menina que eu gostava convivendo em paz e falando besteira no intervalo. Aquilo poderia dar certo. Não poderia?

— Que saco — disse Tânia, murchando no degrau da arquibancada. — Por que eu tenho que ter esse mau gosto pra homem? Eu deveria era virar lésbica.

Nanda e eu congelamos na mesma hora. Nos entreolhamos de súbito, como se tivéssemos sido pegas. Mas, para Tânia, era só uma piada. Ela deu risada, sem reparar na nossa reação.

— Credo, Tan — disse Tamara, empurrando a irmã. — Não fala isso nem de brincadeira.

E assim, a imagem de harmonia que eu havia construído na minha cabeça ruiu completamente.

> marilia coppola **diz:**
> oi, ta aí?

Eu me senti um pouco ridícula por ter esperado a tarde inteira até Nanda aparecer no MSN. Fingi que estava estudando sobre escolas literárias na internet, mas, na verdade, checava o MSN de cinco em cinco minutos, caso a janelinha informando que Nanda estava on-line não tivesse subido.

Depois do comentário de Tamara, eu e Nanda fizemos um acordo silencioso de nos manter afastadas na escola. Terminamos de escrever nossos horários livres compatíveis em um papel, que entreguei para Ângela na hora da saída, e nos despedimos com um aceno. Nada de abraços furtivos, olhares prolongados e quase-beijos no meio do corredor. Era melhor assim.

Porém, mesmo depois de ter passado a manhã inteira perto dela, eu ainda sentia sua falta. Era como se uma parte do mundo tivesse sido revelada e eu estivesse ávida para explorar junto com Nanda. Nenhum tempo que passávamos juntas parecia suficiente.

Pensei na possibilidade de chamá-la para um encontro, mas eu morria de medo da rejeição. Por mais que ela desse sinais de que sentia atração por mim, isso não significava que queria um relacionamento. Além disso, pra onde a gente iria? Eu ouvia histórias de colegas nossos que faziam encontros na praça de alimentação do shopping, mas achei essa opção casual demais. Não levaria Nanda em um lugar que eu frequentava o tempo todo! Ao mesmo tempo, os encontros que eu via em filmes e séries pareciam muito exagerados: parques de diversão, restaurantes chiques, piqueniques. Tudo isso exigia logística, dinheiro e, acima de tudo, poder ser vista em público com a pessoa que eu gostava. Ou seja, não eram uma opção pra mim.

Nanda finalmente ficou on-line, e tamborilei os dedos na escrivaninha enquanto ela digitava uma resposta.

> nandinha89 **diz:**
> *sim*

Franzi a testa. Todo aquele tempo digitando para mandar um mísero "sim"?

Ela deve ter apagado e escrito outra coisa. Várias vezes.

Aquele pensamento me deu confiança para continuar a conversa.

> marilia coppola **diz:**
> entreguei nossos horários pra Ângela na saída. ela vai organizar tudo com os grupos
>
> nandinha89 **diz:**
> *blz, obg*

Fria e seca, como costumava ser antes de a gente se aproximar.

Senti minha garganta fechar e minhas mãos ficaram geladas e pegajosas. Era assim que a gente se sentia quando tomava um fora?

> marilia coppola **diz:**
>   dnd

Eu queria falar com ela sobre o que Tamara tinha dito no intervalo. Sobre como seria nosso relacionamento de agora em diante, perguntar se alguém mais sabia que ela gostava de meninas — se é que havia outras meninas além de mim. Comecei a digitar. Quando vi que ela também escrevia, parei. Aí ela também parou. Suspirei.

O MSN não era o melhor lugar para ter aquela conversa. Era distante demais. Eu queria vê-la, ouvir sua voz, saber como estava se sentindo.

Num impulso de coragem, peguei minha agenda da escola e folheei as páginas até chegar na lista de telefones. No começo do nosso projeto de filmagem, eu tinha coletado os contatos dos populares, caso precisasse falar com eles sobre alguma mudança de última hora. Nunca havia usado nenhum daqueles números... Mas agora parecia a hora certa.

Sentei na cama e puxei o telefone da minha mesa de cabeceira, descansando o aparelho sobre o colo. Disquei o número da casa de Nanda e esperei.

Chamou duas, três vezes. Até que uma voz conhecida atendeu.

— Alô?

O timbre era quase idêntico ao de Nanda, mas, pelo tom animado e solícito, eu sabia que não era ela.

— Sofia? — perguntei.
— Isso. Quem fala?
— É a Marília.
— Oi, Marília! — Eu conseguia ver o sorriso dela em meio às palavras. — Peraí, vou chamar a Nanda.
— Obrigada.
Alguns segundos depois, Nanda atendeu.
— Marília? — Ela soava preocupada. — Tá tudo bem?
— Tudo — falei sem pensar. Em seguida, decidi ser mais sincera. — Quer dizer, mais ou menos.
Ouvi o som característico de roupa raspando contra o couro de uma poltrona ou sofá. Nanda se ajeitava, pronta para uma conversa mais longa. Fiz o mesmo na minha cama, encostando na cabeceira.
— O que aconteceu? — perguntou ela, baixinho, como se não quisesse ser ouvida por Sofia.
Me senti um pouco boba por ter ligado. Agora, além de atrapalhar o dia dela, ainda estava causando preocupação à toa.
— Olha, eu não queria que você ficasse chateada com o que as meninas falaram lá na quadra. Quer dizer, sei lá, nem sei se você é isso que elas falaram... Eu também não sei se sou. Mas sei que não foi legal, e elas não são assim, intolerantes.
— Calma, Marília — disse Nanda. — Tá tudo bem. Não foi culpa sua.
— Mas você ficou chateada?
— Fiquei. Você não?
Eu não sabia se "chateada" era o sentimento certo. Irritada, sim. Um pouco confusa, também. Era difícil me deixar ofender por uma palavra que eu ainda não atribuía à minha identidade. De qualquer forma, o que as gêmeas haviam falado doía, porque mostrava que tinham algum tipo de preconceito em relação a uma coisa que fazia parte de mim agora.

Inspirei com força e disse:

— Eu acho que elas só falaram aquilo porque não sabem que a gente...

As palavras se perderam na minha boca. Eu mesma não sabia definir o que a gente era.

— A gente o quê, Marília? — O tom de Nanda era divertido, leve. Bem diferente do meu.

— Você sabe.

— Eu sei, mas quero ouvir você falar.

— Nanda... — Fechei os olhos e encostei a cabeça na parede. — Para de me provocar. Isso é sério.

Ela riu.

— Eu gosto quando você fica sem graça por minha causa.

— Então deve gostar de mim o tempo todo.

— É verdade.

Levantei a cabeça rápido, como se tivesse levado um choque. Nanda ficou em silêncio do outro lado da linha.

— Quer dizer... — ela começou, meio hesitante. — Se você quiser continuar. Sei lá.

— Eu quero — respondi depressa, antes que minha coragem se esvaísse. — Foi por isso que te liguei. A gente acabou não conversando sobre o que rolou lá na festa.

Mais silêncio. Dessa vez, eu conseguia ouvir sons de passos e vozes abafadas do outro lado da linha. Nanda devia estar tampando o bocal do telefone com a mão enquanto conversava com alguém.

— Desculpa, mas não posso falar sobre isso agora — disse ela num tom grave. Em seguida, abaixou a voz. — Minha irmã tá aqui.

Suspirei, frustrada. Eu não tinha conseguido falar com ela no MSN, e agora o telefone também não era o bastante.

— Tudo bem — falei, desanimada. — Bom, essa semana

toda a gente tem o negócio da Ângela de tarde. A gente vai se ver bastante.

— Ainda bem. Eu nunca pensei que ia ficar tão animada pra fazer um trabalho de escola que nem é pra minha própria nota.

Eu ri e minhas bochechas coraram.

— A Ângela falou que a gente vai tirar dez se todo mundo entregar o trabalho direitinho. Não precisamos fazer nosso filme dessa vez.

— Ah, que pena... Eu tava doida pra interpretar a Capitu do *Dom Casmurro*.

O fato de Nanda conhecer não só o livro, mas também a personagem, me surpreendeu.

— Não sabia que você era leitora de clássicos nacionais.

— Não é porque eu vou mal na escola que não gosto de ler. — Dava pra ouvir o tom de desafio em sua voz. — Eu li várias peças na época do teatro. São parecidas com os livros antigos.

— Você nunca me disse isso...

— Você nunca perguntou.

— Se eu soubesse antes... — comecei, sem saber muito bem o que dizer em seguida.

Teria me aproximado mais cedo? Teria dado uma chance pra nossa amizade e, quem sabe, algo mais?

— O quê? — Nanda abaixou a voz, falando bem perto do bocal. — Teria me beijado antes?

Meu riso nervoso reverberou entre nós. Ainda bem que aquela conversa estava acontecendo por telefone, porque ao vivo eu estaria morrendo de vergonha.

— Que eu me lembre, foi *você* que me beijou.

— Também, né... — disse ela, se divertindo. — Se eu não tomasse a iniciativa, até hoje não teria rolado nada.

— Não é bem assim.

— É, sim. Você pode ser muito inteligente pra algumas coisas, mas é tão lerda pra outras...

Eu não tinha argumentos contra aquela acusação. Se Nanda não tivesse chegado em mim, eu nunca teria tido coragem de beijá-la.

Ouvi Nanda se endireitando mais uma vez em seu assento. Depois, ela perguntou:

— Mas e aí, o que você pensou pras adaptações?

Passamos o resto da noite discutindo livros clássicos, papéis inesquecíveis e formas de transmitir a essência daquelas histórias no audiovisual.

Só não foi a noite mais perfeita da minha vida porque não teve nenhum beijo.

— Quem aí já terminou de ler *Senhora*?

Dezenas de olhos me encaravam do outro lado do palco do auditório principal. No entanto, ninguém se manifestou.

— Quem aí pelo menos começou a ler?

Mais uma vez, fiquei sem resposta. Ao meu lado, Nanda suspirou. Agora ela sentia na pele como era trabalhar com um monte de gente que não estava nem aí para as matérias da escola.

A professora Ângela articulou um encontro entre nós duas e a turma do 1º B naquela tarde. Para termos mais espaço do que nas salas de aula, ela havia reservado o Salão Nobre, um auditório usado nos eventos cerimoniais do colégio — formaturas, comunicados da diretoria, missas de Páscoa e Natal, apresentações de teatro e festivais de talentos. Na maior parte do tempo, ele ficava vazio, sempre trancado e com uma aura de proibição pairando pelas imponentes portas duplas de madeira maciça.

Eu me sentia intimidada em cima do palco, mas pelo menos todo mundo estava lá em cima comigo. Era tão espaçoso que cabíamos com folga, além dos tripés e da câmera que Ângela havia alugado com algum orçamento que convenceu a diretora a liberar para seu projeto. Só uma das professoras mais antigas e respeitadas do ensino médio poderia conseguir tal feito.

Se havia sido difícil lidar com os populares da minha turma, eu nem conseguia imaginar o que estava por vir com aquela galera da outra sala. Nunca tive contato algum com eles — sabia quem era uma ou outra pessoa que havia mudado de turma entre a oitava série e o primeiro ano, mas nunca tinha conversado com nenhuma delas. Já Nanda parecia amiga de infância de todo mundo. Graças a ela, conseguimos manter a reunião organizada, sem a costumeira zoação que a ausência de um professor trazia.

— Pelo menos um resumo vocês vão ter que ler — disse Nanda, soando entediada. — A gente não vai entregar tudo de mão beijada. Vocês que vão escrever o roteiro.

Alguns murmúrios de reclamação ecoaram pelo salão.

— Vocês também vão operar a câmera e até podem editar, mas não é obrigatório — expliquei. — Se filmarem as cenas na ordem em que elas acontecem, podem só passar desse jeito mesmo.

— O que isso tem a ver com a matéria? — perguntou um garoto alto e forte que, sem dúvida, era o galãzinho da turma. — Ninguém aqui estuda cinema, não.

— Quem decidiu isso foi a professora — falei, tentando manter a confiança. — É uma forma diferente de trabalhar o conteúdo.

— Se você não tivesse começado com essa história de filme, a gente nem estaria aqui agora — resmungou ele.

Vários colegas emitiram sons de apoio e assentiram. Eles pareciam irritados comigo. Engoli em seco, sentindo aquele pânico familiar dominar meu corpo: queria encostar na parede e me fundir a ela, desaparecer completamente até que esquecessem que eu existia.

O leve toque da mão de Nanda no meu braço me ajudou a regular a respiração. Ela se adiantou, sem tirar os olhos do garoto, o maxilar tensionado por causa da raiva que sentia.

— Se não fosse por ela, você não ia ter nem chance de passar de ano — falou com firmeza. — Não só você, mas todos nós. Inclusive eu.

O garoto deu de ombros e reclamou baixo. Nem mesmo ele estava disposto a enfrentar Nanda. Era muito mais fácil atacar quem não revidaria.

— Mas, se não quiserem colaborar, não tem problema — continuou. — Tirar zero é sempre uma opção.

Os murmúrios foram cessando aos poucos. Eles continuavam infelizes, porém ao menos estavam dispostos a participar.

Antes que eu pudesse respirar aliviada, o idiota voltou a falar:

— Faço tudo que você mandar, Nandinha.

Gritinhos e assobios explodiram entre os alunos. Senti minha temperatura subir em uma mistura de vergonha, ódio e ciúme. Nanda mostrou o dedo do meio e revirou os olhos, voltando a se posicionar ao meu lado.

— Cala a boca, Gabriel.

Começamos a demonstração com uma cena do livro *Senhora*. Enquanto Nanda explicava para os atores formas de decorar as falas e declamá-las com naturalidade, eu ensinava alguns colegas a posicionar a câmera e mexer nos comandos básicos. Tirando uns comentários idiotas e umas piadinhas fora de hora, até que eles prestaram atenção. No final da explicação, todos conseguiam apertar *rec* e *stop* na hora certa, o que já era uma grande vitória.

— Vamos fazer uma valendo? — perguntou Nanda, com os olhos brilhantes de expectativa.

Eu adorava vê-la daquele jeito. Quando atuava, estava à vontade, segura de si e pronta para qualquer coisa. Agora que tinha se acostumado a fazer isso na frente de todo mundo, curtia cada instante do processo. Estar no set de filmagem com ela era minha atividade favorita no mundo.

— Vamos — concordei. — Quem vai atuar?

— Naty, você faz a Aurélia? — perguntou Nanda para uma menina loira que usava uma tiara rosa coberta de strass. Depois, virou para um garoto do grupo do Gabriel. — William, você pode ser o Fernando.

— Vai ter beijo? Só vou se tiver beijo — disse o garoto.

Num piscar de olhos, o palco se tornou uma algazarra. Eu cruzei os braços, esperando a zoeira terminar. Nanda bateu palmas até que eles voltassem a prestar atenção nela.

— É um livro de romance — explicou, como se falasse com crianças do ensino fundamental. — Tem algumas cenas de beijo, sim.

Gabriel gritava como se estivesse em um jogo de futebol, agarrado no pescoço de William. As meninas cochichavam entre si. A tal Naty aparentava estar ao mesmo tempo ansiosa e envergonhada para fazer uma cena romântica com seu colega.

— Não tem nada de mais, gente — disse Nanda. — É muito mais sobre o diálogo do que sobre o beijo em si. Marília, vem aqui.

Eu arregalei os olhos e fui tomada pelo pânico. Cena de beijo? Na frente de todo mundo?

— Eu não sou atriz — falei depressa.

— É só pra mostrar a marcação de cena — disse ela, paciente. — Depois eles que vão fazer.

Relutando um pouco, caminhei até onde Nanda estava. Olhei de relance para a câmera, que me encarava em cima do tripé meio torto de segunda mão. Eu nunca havia estado naquela posição. Meu lugar sempre tinha sido nos bastidores, longe dos holofotes.

Nanda estava tão concentrada em seu ofício que não notou meu nervosismo — ou, se notou, não disse nada a respeito. Ela me posicionou ao seu lado e, em seguida, gesticulou para que Naty e William assistissem pelo visor da câmera.

— Vou mostrar pra vocês como fazer sem ter que beijar de verdade — anunciou.

Apesar das brincadeiras de Gabriel, que não sabia mesmo a hora de parar, o palco ficou em silêncio. Todo mundo parecia interessado na lição de Nanda e na cena que estávamos prestes a fazer.

— A maioria das cenas entre Fernando e Aurélia são de conflito, de tensão. — Nanda começou a andar pelo palco, me rodeando enquanto falava. — É uma tensão romântica que culmina nos dois ficando juntos. Por isso é importante que sempre tenha movimento nessas cenas. Um está no centro da atenção do outro o tempo todo.

De repente, Nanda se aproximou de mim, falando muito perto do meu rosto. Eu tive que me segurar para não dar um passo para trás.

— Tem essas aproximações, essa coisa de falar em cima. Os diálogos ficam mais intensos desse jeito.

Aquela dinâmica me lembrava como a gente agia no começo do ano. O jeito como meu coração disparava na presença dela não tinha mudado em nada.

— E aí, no final, a entrega.

Nanda me virou de costas para a câmera e colocou a mão no meu rosto. A outra enlaçou meu pescoço. Ela se aproximou devagar, angulando sua cabeça como se fosse me beijar.

Seu rosto estava neutro, como se ela não estivesse ali. Aquela era uma personagem que estava interpretando. Mas, quando nossos olhos se encontraram, eu a vi.

Sua expressão se suavizou e ela sorriu de leve. Me perguntei se os dedos que estavam em meu pescoço podiam sentir meus batimentos frenéticos. Por um instante, eu achei que ela ia me beijar de verdade... Até que se afastou.

— Viram? — Nanda falou para Naty e William, como se nada tivesse acontecido.

— Pareceu que vocês se beijaram de verdade — comentou ele, ainda meio hipnotizado. — Só dava pra ver a cabeça dela e uma parte da sua.

— É a magia do cinema — disse Nanda, lançando uma piscadinha na minha direção.

Depois da demonstração de Nanda, tentei ao máximo ficar longe do centro das atenções. Eu morria de medo de que a vermelhidão do meu rosto ou meu nervosismo entregassem meus verdadeiros sentimentos por Nanda na frente de todo mundo. Se soubessem que a proximidade dela me afetava daquela maneira, eu estaria perdida.

No entanto, ninguém comentou nada. Nos ocupamos pelo resto da tarde com a cena de William e Naty, que precisaram de sete takes para acertar o posicionamento no palco. Isso porque eles ainda não tinham precisado decorar nenhuma fala... Pelo menos meu trabalho estava feito. Dali em diante, o resultado seria responsabilidade deles.

No final da tarde, quando todos pegaram as mochilas e se encaminharam para a saída do auditório, havia certo entrosamento no ar. O clima era muito diferente de quando começamos o exercício. Alguns colegas até me agradeceram e se despediram com educação, enfim reconhecendo a minha existência. Eu me sentia leve e satisfeita quando as portas se fecharam, e esboçava um sorrisinho no rosto enquanto desmontava os tripés.

— Foi legal, né? — perguntou Nanda quando subiu de volta ao palco. — Melhor do que o esperado.

— Graças a você — falei. — Arrasou na aula de atuação.

Nanda balançou a cabeça, tímida. Ela ficava diferente quando estava longe dos colegas, dos amigos dela. Muito mais sincera e humilde, apesar de ter feito um excelente trabalho.

— Tudo isso começou por sua causa, Má.

Parei meus movimentos quando a ouvi me chamar pelo apelido. Só Tânia e Tamara me chamavam assim. Eu gostei de como aquela sílaba combinava com o timbre dela.

— Desculpa se foi muito... Aquela coisa da cena de beijo — disse Nanda. — Eu só não queria ter que fazer com um dos meninos porque eles zoam muito.

Guardei um tripé dentro da caixa e virei para ela. Nanda parecia preocupada, mantendo uma distância segura entre nós. Eu me aproximei.

— Eu confesso que fiquei meio tensa — falei, rindo de nervoso. — Fiquei com medo de te beijar na frente de toda aquela galera.

A expressão de Nanda se suavizou. Dessa vez, ela que deu um passo à frente.

— Você queria?

Aquela pergunta era tão absurda que só me restou dar risada. Nanda encolheu os ombros, como se esperasse algum tipo de rejeição. Me apressei para segurar sua mão antes que ela pudesse interpretar mal a minha reação.

— Nanda... Eu só penso nisso desde domingo à noite.

Ela acariciou minha mão e olhou ao redor, checando se não tinha nenhum retardatário no auditório. Então, mesmo estando sozinhas naquele espaço imenso, me puxou para as coxias, onde teríamos um pouco mais de proteção caso alguém aparecesse. E, sem dizer mais nada, me beijou.

> marilia coppola **diz:**
> oi, td bem?
>
> nandinha89 **diz:**
> *sim e vc?*
>
> marilia coppola **diz:**
> bem tbm
>
> eu queria te perguntar uma coisa
>
> nandinha89 **diz:**
> *deixa eu te falar...*
>
> *a gente mandou ao mesmo tempo heueheuehe*
>
> marilia coppola **diz:**
> pode ir primeiro
>
> nandinha89 **diz:**
> *naum, vai vc*
>
> marilia coppola **diz:**
> não era nada, depois eu falo
>
> nandinha89 **diz:**
> *nerd & misteriosa~*
>
> marilia coppola **diz:**
> q nada. meu maior segredo vc já sabe
>
> nandinha89 **diz:**
> *hummmmmm*
>
> *entaum. era sobre esse assunto mesmo q eu queria falar*
>
> *vc quer ir ver um filme amanhã depois da aula?*
>
> marilia coppola **diz:**
> o q isso tem a ver com nosso assunto?

> nandinha89 **diz:**
> ...
>
> marilia coppola **diz:**
> ah peraí
> vc ta me chamando pra sair
> entendi agora, desculpa
>
> nandinha89 **diz:**
> *heueauahduwiehdjasnsdchuisdhvisd*
> *tem como vc ser MAIS nerd, marilia?*
>
> marilia coppola **diz:**
> eu me esforço todo dia
>
> nandinha89 **diz:**
> *eu acho fofo*
>
> marilia coppola **diz:**
> me manda o horário da sessão :)

Meu coração quase saiu pela boca nos cinco minutos que fiquei esperando por Nanda na frente do cinema. A gente tinha combinado de se encontrar direto no shopping, pra que ninguém nos visse saindo juntas da escola, evitando ter que dar explicações para nossas amigas.

Diferente da outra vez que tínhamos vindo ao cinema, agora era pra valer: eu estava em um encontro romântico, que nem as pessoas faziam nos filmes.

— Tem algum desses que você não viu ainda? — perguntou ela enquanto analisávamos os cartazes.

— Não tenho tido tempo de vir ao cinema — respondi. — Com todos os finais de semana de filmagem e edição.

— Que irônico. Agora que você faz filmes, não tem mais tempo de ir ao cinema.

Eu dei risada. Era verdade.

— Que tal um romance? — falei.

Nanda me olhou com um sorrisinho no canto da boca.

— Eu deveria ter desconfiado que você era fã de comédia romântica — disse ela.

— Você tem cara de quem curte aqueles filmes de terror bem pesados. Desses que o pessoal fica gritando no cinema.

— É verdade. — Ela riu. — Mas hoje eu não tenho preferência. Vim mais pela companhia do que pelo filme.

Nanda seguiu para o caixa. Enquanto eu tentava recuperar minhas funções cognitivas, ela comprou nossos ingressos para um filme qualquer, perguntando casualmente para o funcionário da bilheteria qual sessão estava mais vazia.

No caminho para a sala, parou na bomboniere e comprou uma pipoca grande e dois refrigerantes. Dessa vez, não me perguntou se eu queria. Apenas me entregou um dos copos e seguimos para a sala. Pela primeira vez, não senti que precisava fazer todo um protesto em prol da sétima arte. Eu estava indo ao cinema como os outros adolescentes da minha idade: para beijar, e não para ver o filme.

Entrei na sala seguindo os passos de Nanda. Suspirei de leve quando ela passou reto pela minha fileira favorita e seguiu até as últimas poltronas no topo da sala. Eu nunca entendi por que alguém pagaria um ingresso pra ver a tela tão pequenininha, mas decidi deixá-la ditar o tom do encontro.

— Eu sei que não é a fileira maravilhosa e perfeita que você ama — disse ela —, mas essa daqui tem mais privacidade.

Além de nós duas, só tinha mais um grupo de idosos nas fileiras da frente. Quando as luzes apagaram, lembrei do nosso beijo na Storm.

Quando virei para ela, vi seu perfil iluminado pela projeção. Nanda estava linda. Os olhos azuis refletiam as imagens como se fossem um espelho.

Para meu desespero, ela me pegou a encarando. E riu.

— O filme é lá na tela — falou em tom de brincadeira.
— Desculpa — respondi depressa.

Então, Nanda colocou a mão sobre a minha para me acalmar. A dela estava um pouco engordurada por causa da manteiga da pipoca, mas não me importei.

— Eu tô zoando — disse ela. — Eu também gosto de te olhar.

Engoli em seco e apertei de leve sua mão.

— Aliás, não te falei no domingo... — continuou ela. — Mas você tava muito gata com aquela camisa.

— Sério? — perguntei, incrédula.

Nanda assentiu.

— Você também — confessei. — Gostei da gravata.

Ela levantou o braço da poltrona que nos separava e encostou seu corpo no meu.

— Tudo bem a gente ficar assim? — perguntou.

— Tudo ótimo.

Melhor impossível.

Eu queria socar meu próprio rosto por estar sendo tão dura e esquisita. Eu não conseguia flertar de volta com a mesma naturalidade. Parecia que, a qualquer momento, Luiz Fernando e seus amigos entrariam na sala anunciando a maior pegadinha do ano: a garota mais bonita da sala saindo em um encontro com a nerd esquisita. Em que mundo isso seria possível?

— Sabe de uma coisa... — começou ela. — Esse escuro me lembra o blecaute da balada.

— Ah, é? — falei, já entendendo aonde ela queria chegar.

Nanda se adiantou e pressionou os lábios contra os meus. Correspondi ao beijo da melhor forma que pude, mesmo com o balde de pipoca entre nós, tomando cuidado para não derrubar nada. Conforme ela acariciava meu antebraço e ia aprofundando o beijo, a missão de segurar nosso lanche ficava cada vez mais difícil... E eu acabei derrubando metade da pipoca no chão.

Nanda se afastou com o barulho, rindo. Seus olhos brilhavam ainda mais, como se tivesse aprontado alguma coisa. Em seguida, ela aninhou a cabeça no meu ombro, pegou um punhado de pipoca e desviou a atenção para a tela.

O filme não era uma obra-prima. Era uma comédia romântica adolescente chamada *Show de vizinha*. A melhor coisa era a tal da vizinha, interpretada pela Elisha Cuthbert, atriz que eu achava lindíssima desde que tinha assistido a série *24 Horas*.

— Ela é muito gata, né? — resolvi falar para quebrar o silêncio.

Pela primeira vez, senti que podia fazer esse tipo de comentário abertamente, uma vez que Nanda já sabia que eu gostava de meninas.

— Muito — concordou. — E a história lembra a nossa, né? A bonitona com o nerd.

Eu dei risada.

— Convencida você, hein? — brinquei.

— São apenas fatos. — Ela então se aproximou do meu ouvido e abaixou o tom. — Mas você é bem mais linda que esse cara do filme.

Quando virei para encará-la, Nanda estava a centímetros de mim. Dessa vez, não me preocupei com balde de pipoca. Me joguei em cima dela e comecei um beijo mais profundo, quente, diferente dos anteriores. Nanda respondeu com entusiasmo, passando as mãos pela minha cintura e me trazendo mais para perto. Quando percebi, ela estava no meu colo, e a gente protagonizava a maior pegação no fundo do cinema.

O som de um copo cheio de Coca-Cola caindo no chão me despertou do transe. Me desvencilhei dela, relutante, e vi a meleca se espalhando pelo piso. Nós duas começamos a rir sem parar.

— Shhhhhh! — fez uma das senhoras lá na frente.

Nanda saiu de cima de mim e voltou a sentar na própria cadeira. Olhei para a tela e não entendi nada da história — por quanto tempo a gente tinha ficado se beijando?

Nanda pegou de novo minha mão e se aconchegou ao meu lado. E percebi que eu não estava nem aí pro filme — tinha coisas mais importantes pra prestar atenção na vida real.

Depois da sessão, fomos à praça de alimentação comer um hambúrguer. Quando Nanda e eu pedimos o mesmo lanche sem querer, tive certeza de que minha vida tinha virado uma comédia romântica.

Sentamos em uma mesa afastada das outras. O shopping ainda estava vazio, porém em breve começaria a encher quando as pessoas saíssem do trabalho. Sabíamos que a privacidade do cinema não seria possível ali fora, mas tentamos estender o clima de romance o máximo possível.

— Posso te fazer uma pergunta? — falei entre mordidas.

Nanda fez que sim com a cabeça enquanto mastigava.

Eu demorei mais que o necessário para engolir o pedaço de hambúrguer, aproveitando para tomar coragem. Já fazia algum tempo que tinha curiosidade sobre alguns assuntos, tanto sobre mim como sobre ela. Aquela era a oportunidade perfeita para tirar um pouco desse peso do meu peito e compartilhar com Nanda.

— Você... sempre gostou de meninas?

Nanda não pareceu incomodada com a pergunta. Ela deu de ombros e mergulhou uma batatinha na poça de ketchup em sua bandeja.

— Eu sei que nunca gostei de menino nenhum.

Aquela informação me pegou de surpresa. Nanda passou a adolescência inteira sendo cobiçada por garotos da nossa turma e até mais velhos. É claro que eu sabia que ela gostava de meninas, mas não fazia ideia de que não curtia meninos. Na nossa escola, Nanda era vista como pegadora, assim como as outras populares.

— Eu também não — confessei.

Ela assentiu. Trocamos um olhar de cumplicidade que acalentou meu coração.

Um segurança passou perto da nossa mesa e eu tirei rápido a mão que estava sobre a dela. Me senti meio idiota por fazer isso, mas foi um reflexo.

— Desculpa, eu...

— Tá tudo bem — falou Nanda. — Eu sei como é.

— Você já ficou com outras garotas?

Ela terminou de mastigar uma batatinha, como se aquele não fosse um assunto megatabu. Eu estava tão nervosa que nem conseguia comer.

— Já.

Franzi a testa. Me senti uma idiota por ter ciúmes do passado, ainda mais porque nessa época eu odiava Nanda com todas as minhas forças. Mas a curiosidade venceu e continuei meu interrogatório:

— Alguém da escola?

— Não, credo — disse ela, rindo. — Lá só tem gente chata.

— Ei! — Joguei uma batatinha nela.

— Você também era chata, Marília — replicou Nanda em tom de brincadeira.

— Quem foi a menina, então? — perguntei. — Ou *as meninas*.

— Você acha que eu sou a maior pegadora, né?

Ela riu. Eu acompanhei a risada, sentindo minhas bochechas queimarem.

— Também, né... — falei, hesitante. — Você é muito linda.

Dessa vez foi Nanda que corou. Ela sorriu, tímida.

— Foi uma garota só — continuou. — Em uma festa no ano passado. Era o aniversário de um garoto da 8ª B, e essa menina era amiga de infância dele, de outra escola.

Eu assenti. Ao mesmo tempo que queria saber todos os detalhes sobre essa relação, estava insegura demais para explorar o passado de Nanda. E se essa menina fosse linda, magra, dentro de todos os padrões? E se ela voltasse e pedisse pra ficar com Nanda de novo?

Antes que pudesse entrar em uma espiral de ansiedade, direcionei minhas dúvidas para outra questão latente.

— Você acha que é... lésbica? — falei a última palavra num sussurro. E olhei ao redor para checar se ninguém tinha escutado.

— Acho que sim — afirmou ela. — Você não é?

— É só que essa palavra é tão... pesada — falei. — Sei lá, parece uma ofensa.

Nanda franziu a testa.

— É só uma palavra. — Ela deu de ombros. — Não tem nada de mais.

— Tem mais alguém que sabe sobre você?

Nanda se encolheu na cadeira, pensativa.

— As pessoas são umas idiotas. Eu prefiro ser discreta, pelo menos enquanto a escola inteira vigia tudo que eu faço.

Por mais que Nanda fosse parte do grupo dos populares, não sei se continuariam sendo seus amigos se ela se assumisse na escola. Podia ser que ela virasse alvo de bullying do dia para a noite. Talvez até se tornasse uma excluída como eu, Tânia e Tamara.

— Mas tem uma pessoa que sabe — continuou Nanda. — A Jéssica.

— A Jéssica Lorena?! — exclamei, surpresa.

— Eu acho engraçado como vocês sempre falam o nome composto dela — disse Nanda, rindo. — Do Luiz Fernando também. Fica parecendo que são personagens de novela mexicana.

Eu estava tão chocada que nem ri da piada dela.

— Como que a Jéssica Lorena sabe de você?

— Ela me viu com a menina que eu ficava — explicou Nanda. — Depois daquela festa, a gente ainda se encontrou algumas vezes. Em um desses eventos, a Jéssica viu a gente se beijando.

— E aí?

— Ela ameaçou contar pra escola inteira.

Segurei a respiração, como se assistisse a cena mais tensa de um filme de terror.

— Mas no fim ela só queria me chantagear mesmo — continuou Nanda.

— O que ela pediu?

— Ela queria ser incluída no meu grupo. — Nanda deu de ombros. — Só isso.

Fazia tanto tempo que eu via Jéssica Lorena com Nanda, Milena e os meninos que não lembrava da época em que eles não andavam juntos. Para mim, todos os populares faziam parte da mesma gangue desde que eu entrei na escola.

— Vocês não queriam ser amigos dela?

— Todo mundo acha ela uma chata — disse Nanda. — Desde que ela entrou na escola, no começo do ano passado. Ficava forçando a barra pra andar com a gente. Ela achava que ia ser popular, sei lá.

— Bom, isso ela conseguiu.

Nanda assentiu enquanto comia mais uma batata frita.

Lembrei de quando as luzes acenderam na Storm e Jéssica Lorena perguntou para Nanda sobre o gloss que tinha desaparecido dos seus lábios.

— Você acha que ela desconfia da gente? — perguntei, tensa.

Nanda se inclinou na minha direção, olhando nos meus olhos. Ela tentava me passar confiança, apesar das palavras difíceis que se seguiram.

— Acho que sim.

Senti falta de ar. Nem minhas amigas mais próximas sabiam que eu era lésbica. A perspectiva de Jéssica Lorena saber um segredo tão íntimo meu era devastadora.

— Fica tranquila — disse Nanda. — Eu não vou deixar ela falar nada que você não queira.

— Você não entende. Essas meninas vivem procurando motivo pra fazer bullying comigo.

— Eu também tenho medo. Mas a gente vai dar um jeito. Juntas.

Os olhos azuis de Nanda me passaram uma calma que eu não estava esperando. Por um instante, todos os pensamentos catastróficos cessaram e sobrou só o que era real: eu e ela na praça de alimentação do shopping, curtindo um encontro romântico e esperando pra ver o que se desenvolveria entre nós.

11

*Sou a solução dos seus problemas...
ou simplesmente o começo deles*

Nem nos meus roteiros mais ousados eu poderia imaginar que minha vida teria mudado completamente em menos de um semestre. Todo dia, logo depois de acordar, eu passava alguns minutos a mais na cama para recapitular o que estava acontecendo:

- Eu tinha sido convidada para a festa de quinze anos mais importante do ano;
- Estava fazendo os filmes que sempre quis, com um elenco que eu podia escolher; e
- Estava ficando com a garota mais linda e popular do 1º ano.

Pensar nesse último item resultava em um sorriso bobo e um frio na barriga constante. No começo do ano, era um martírio sair da cama e enfrentar o chuveiro logo cedo; agora eu acordava até mesmo antes do despertador tocar. Estava, de certa forma, vivendo a vida perfeita.

Então por que ficava nervosa toda vez que conversava com meus pais ou com Tânia e Tamara sobre Nanda?

— Quando que a gente vai conhecer esses seus novos amigos? — perguntou meu pai enquanto a gente terminava o café da manhã.

Meus pais assistiam todas as minhas produções antes de serem apresentadas para a turma. De tanto ver Nanda, Luiz Fernando e companhia na tela, meu pai tinha até decorado o nome deles.

— Eles não são meus amigos — falei. — Quer dizer, uma delas é.

— A menina com quem você foi pro Guarujá? — perguntou minha mãe.

— Isso. A Nanda.

Me concentrei ao máximo nas torradas que estavam no meu prato, para evitar que meu rosto corasse à simples menção do nome dela. Meu pai até poderia ignorar minha reação, mas eu sabia que minha mãe repararia caso eu soltasse algum detalhe suspeito sobre minha amizade com Nanda.

— Ela é ótima atriz — disse meu pai, descansando a xícara de café sobre o pires. — Gostei muito do gás que ela interpretou no último filme. Um barato aquele Hélio.

— Por que ela sempre faz papéis masculinos? — perguntou minha mãe.

Mastiguei mais vezes do que o necessário, tentando ganhar tempo. Lembrei de como Nanda agia com naturalidade sobre essas coisas. Era só eu não entrar em pânico que ninguém ia desconfiar.

— Ela diz que são mais interessantes, ainda mais nos trabalhos de história — respondi. — Além disso, você já viu os meninos da minha sala?

Eu dei risada e minha mãe acompanhou. Meu pai assentiu.

— Nessa idade eu também não servia pra nada — comentou ele. — Mas daqui uns anos eles melhoram, eu prometo.

Meu pai me deu uma piscadinha cúmplice enquanto esticava o braço para pegar mais suco de laranja. Larguei o resto da torrada no prato, perdendo o apetite. Meus pais não forçavam a barra em relação à minha vida amorosa — ou a ausência dela —, porém eu sabia que todo pai e toda mãe tinha uma expectativa sobre isso. Esperavam que seus filhos conhecessem alguém, se apaixonassem, namorassem e um dia casassem e tivessem os próprios filhos.

Eu não sabia se queria tudo isso, nem se poderia querer. Depois de uma pesquisa rápida na internet, descobri que o casamento entre pessoas do mesmo sexo só era legalizado em dois países da Europa, algumas províncias do Canadá e um estado dos Estados Unidos. No Brasil, não havia nenhum sinal de que seria permitido tão cedo. Ter filhos, então, era uma possibilidade ainda mais distante. Eu não fazia ideia de como duas mulheres ou dois homens conseguiriam fazer isso por vias biológicas, e o processo de adoção só podia envolver um dos integrantes do casal.

— Você podia chamar a Nanda pra passar uma tarde aqui — sugeriu minha mãe. — Talvez jantar com a gente.

Levantei na mesma hora. Por um instante, achei que ela tinha lido meus pensamentos. Meus pais me olharam, confusos. Peguei meu prato de cima da mesa e comecei a caminhar até a cozinha.

— Beleza, vou falar com ela.

Nanda disse que ninguém desconfiaria de nada se a gente fingisse ser apenas amigas. A paranoia sobre o que os outros pensavam de nós estava dentro da minha cabeça — a grande maioria das pessoas nem desconfia que duas garotas próximas possam ser mais do que colegas ou melhores amigas. Talvez fosse melhor introduzir logo Nanda no convívio da minha família para que meus pais se acostumassem com ela. Assim, teríamos mais um lugar para passar tempo juntas longe da escola.

A mentira ia criando raízes dentro de mim. Aos poucos, ela ia crescendo, como se fosse me sufocar a qualquer momento. Eu estava escondendo uma verdade crucial das pessoas que mais amava no mundo. No entanto, a mera possibilidade de perder o amor dos meus pais ou das minhas amigas me fazia enterrar aquele segredo ainda mais fundo.

Enquanto lavava meu prato, pensei em como aquela situação era injusta. Levar uma namorada em casa para apresentar aos pais era a coisa mais normal do mundo, todo mundo da minha idade fazia isso. Imaginei Nanda ficando vermelha diante das perguntas da minha mãe, mas se saindo bem nas respostas com todo seu carisma e jogo de cintura. Meu pai faria algumas piadas ruins para amenizar o clima. Em seguida, todos jantaríamos juntos e, ao fim da noite, estaríamos acostumados àquela realidade. Depois que ela fosse embora, meu pai diria que gostou dela, e minha mãe faria um discurso sobre sexo seguro que me deixaria com vontade de cavar um buraco no chão e me esconder. Mas até isso eu queria.

Eu queria viver o que todo mundo vivia. Não queria mais ser diferente.

Ao longo do mês de maio, uma parte importante da minha rotina mudou: eu não passava mais o intervalo inteiro com Tânia e Tamara. Agora, a convite de Nanda, me dividia entre os dois lados da quadra: o cantinho isolado das minhas amigas e o degrau dos populares, sempre cheio e barulhento.

Tanto eu quanto Nanda convidamos as gêmeas para enfim unir os grupos, mas Tânia ainda preferia evitar Luiz Fernando, e Tamara não ia com a cara de Jéssica Lorena. No começo, me senti um pouco culpada por deixá-las sozinhas, porém eu queria aproveitar cada segundo ao lado de Nanda, mesmo que não pudesse segurar sua mão ou abraçá-la em público.

O mais estranho de tudo é que comecei a rever algumas opiniões que tinha sobre aquela galera. Apesar do visual emo e da frieza nas interações, Milena era a mais generosa deles. Era comum que trouxesse um lanche caseiro feito pelo pai, um fera da cozinha, e compartilhasse com todo mundo.

— Prova, é uma delícia — disse ela no primeiro dia em que me juntei ao grupo no intervalo.

— Confia — incentivou Nanda. — O tio Jorge cozinha como ninguém.

Peguei um enroladinho de salsicha e tive que me segurar para não comer mais dez. A massa derretia na boca, e até a salsicha, que parecia simples, tinha um sabor diferente. Nanda sorriu e trocou um olhar com Milena.

— Caramba, o que ele coloca nisso aqui? — perguntei.

— Cocaína, claro — disse Milena, séria.

Nanda gargalhou. A amiga continuou séria, como se não tivesse feito uma piada, e comeu o resto do lanche em silêncio. Eu começava a me sentir mais leve.

— Ou, suas amigas não querem vir aqui? — perguntou Pedro Henrique enquanto pegava alguns enroladinhos com as mãos enormes.

Pedro era outro membro do grupo que tinha me surpreendido. Ele estava cada vez mais distante de Luiz Fernando e Lucas, mais focado nos trabalhos e nas notas. Ele andava até falando que queria fazer medicina.

Nanda e eu trocamos um olhar. Ninguém mais sabia sobre o episódio entre Tânia e Luiz Fernando, nem mesmo os amigos mais próximos dele.

— Elas têm os assuntos delas — improvisei. — Alguma coisa sobre o projeto do laboratório de química.

— Pô, elas são firmeza — falou ele. — Bem que podiam colar aqui um dia desses.

Eu adoraria que minhas amigas tivessem escutado o elogio, ainda mais vindo de um dos meninos que elas achavam bonitos.

— É... — respondi sem muito ânimo. — Bem que elas podiam mesmo.

Ergui o pescoço para procurá-las do outro lado da arquibancada, onde estavam empertigadas no último andar, nosso lugar de sempre. Comiam seus lanches em silêncio, Tânia folheando uma *Capricho* e Tamara assistindo o futebol dos meninos. Nenhuma das duas parecia sentir minha falta, tampouco olhava para o canto onde eu estava.

Senti alguém colocar a mão no meu ombro. Quando virei, Nanda me encarava, seus olhos azuis tomados de preocupação.

— Tá tudo bem entre vocês? — perguntou baixinho.

— Tá sim — respondi. Em seguida, dei de ombros. — Quer dizer, sei lá. Eu acho que é só uma fase estranha.

Nanda se aproximou um pouco mais do meu ouvido, de forma que só eu pudesse ouvir o que ela ia dizer. Senti um arrepio e tentei me recompor, já que estávamos na frente da escola inteira.

— Elas sabem da gente? — perguntou.

Olhei para ela, horrorizada.

— Claro que não! E nem vão saber.

Nanda se afastou, franzindo a testa. Ela cruzou os braços, como se tentasse se defender.

— Tá bom, nossa — murmurou. — Não tá mais aqui quem falou.

Uma pontada de culpa percorreu meu corpo — um sentimento frequente nas últimas semanas. Não queria que Nanda se sentisse rejeitada, mas também não estava pronta para expor minha vida para todo mundo.

— É complicado — continuei, tentando soar menos agressiva. — Eu não sei se elas entenderiam.

Nanda assentiu, mas não voltou a me encarar. Seus olhos ficaram fixos no jogo que acontecia na quadra, mesmo eu sabendo que ela não estava prestando atenção.

— Você nunca vai saber se não contar.

— Pros seus amigos você contou, por acaso? — perguntei.

Nanda voltou a me olhar, incrédula.

— Eu nunca ia fazer isso sem falar com você primeiro.

Observei os amigos dela ao nosso redor. Milena conversava com Pedro Henrique sobre a receita dos salgadinhos enquanto Jéssica Lorena tentava a todo custo chamar a atenção de Lucas, que corria pela quadra, em plena partida. Luiz Fernando, que havia sido expulso do jogo, berrava com os colegas como fosse um técnico no estádio do Morumbi.

Aproveitei que todos estavam distraídos para segurar a mão da Nanda, que estava apoiada no degrau da arquibancada.

— Desculpa — falei baixinho. — Eu só tô nervosa. Nunca fiz isso antes.

Ela apertou minha mão de volta.

— Eu também não. Mas falei que a gente ia resolver isso juntas, lembra?

Eu assenti. Saber que Nanda estaria do meu lado em qualquer situação aliava a ansiedade causada pelos cenários catastróficos que eu criava na minha cabeça.

— Você pensa em contar pra alguém? — perguntei.

— Bom, uma pessoa do meu grupo já sabe. — Nanda indicou Jéssica Lorena com a cabeça. — Se todo mundo ficar sabendo, pelo menos eu não vou ser mais obrigada a andar com ela.

Ela deu uma risadinha. Seria mesmo maravilhoso não ter que conviver com aquela chata.

— A Milena é supertranquila — continuou. — O Pedro anda mais maduro, mais cabeça aberta, e o Lucas ia fazer uns comentários idiotas até todo mundo parar de rir. Já o Luiz Fernando...

— Ia chorar no quarto dele ouvindo CPM22.

Nós duas caímos na gargalhada. O clima melhorou na mesma hora. Nesses momentos, era como se só eu e Nanda existíssemos no mundo — um mundo que não tinha problema nenhum com o fato de que a gente gostava uma da outra.

Naquela tarde, eu e Nanda visitamos os sets de filmagem dos colegas do 1º B. Depois do estranhamento inicial que eles tiveram com aquele formato, começaram a se soltar e entregaram ótimas performances. Ninguém chegava aos pés de Nanda na atuação, porém eles compensavam no entusiasmo.

— Pô, Marília, curti muito essa frase que você sugeriu pro roteiro — disse Gabriel, o rei dos populares do 1º B, no intervalo da gravação. Ele leu uma das páginas: — "A vida é uma lousa, em que o destino, para escrever um novo caso, precisa de apagar o caso escrito." Bonito isso.

— Obrigada — falei. — Mas quem escreveu essa frase foi o Machado de Assis.

— Sério? Da hora, não sabia — respondeu ele.

Meu peito se encheu de orgulho. Não só eles estavam executando os filmes com dedicação como também estavam aprendendo. Meu projeto começava a fazer a diferença em níveis que eu jamais pensei que alcançaria.

Nanda fez um sinal de "joinha" e me mandou um beijo de longe quando checou que ninguém estava olhando. Eu corei e abaixei a cabeça. Até poderia me acostumar a sentar com os populares no intervalo, mas jamais me acostumaria a ser o alvo da afeição daquela garota.

Avistei duas figuras conhecidas caminhando ao fundo, fora do set de filmagem: Tânia e Tamara, carregando seus fichários e suas mochilas pesadas rumo à porta de saída. Estranhei que estivessem na escola tão tarde. Então, decidi aproveitar aquele momento para conversar com elas a sós, coisa que não fazíamos havia dias.

Verifiquei que Nanda estava tomando conta do set e corri até as gêmeas, alcançando-as antes que pudessem cruzar o portão.

— Oi, Tan, Tam — falei, tentando recuperar o fôlego. — Tudo bem? O que vocês tão fazendo aqui a essa hora?

Tânia e Tamara se entreolharam. Em seguida, Tânia abaixou a cabeça, evitando me encarar, mas Tamara sustentou meu olhar com um ar de desafio.

— Você não é a única que tem projetos secretos, Marília.

O tom seco dela me pegou desprevenida. Notei que Tamara olhava para o set atrás de mim com uma sobrancelha erguida.

— Foi a Ângela que pediu — expliquei. — A gente só tá ajudando o pessoal a filmar os trabalhos deles.

— Quando foi que você e a Nanda viraram "a gente"? — indagou Tamara.

Meu coração disparou de medo. Será que elas haviam descoberto a verdade e por isso estavam agindo daquela forma? Só podia ser.

Mas eu não me entregaria tão fácil.

— Não entendi a pergunta — falei com a voz trêmula.

Tamara puxou o ar para falar, mas Tânia se adiantou:

— "A gente" sempre fomos nós, Marília. Eu, você e a Tam.

Apesar do tom magoado dela, senti alívio. Pelo menos não estava me acusando de ter algo a mais com Nanda.

— E continua sendo — afirmei.

— Não é o que parece — disse Tamara. — Agora você só anda com ela.

— Isso não é verdade. Eu convidei vocês pra ficarem com a gente todos esses dias...

— E esse trabalho de literatura? — perguntou Tânia. — Era pra gente estar orientando os grupos com você, Marília!

Eu franzi a testa. Aos poucos, o medo e a culpa davam lugar a uma leve irritação diante daquela acusação infundada.

— Vocês sempre reclamaram de participar dos meus filmes — falei.

— A gente te ajudou desde o começo — rebateu Tamara. — Só que agora que você tem a Nanda, não precisa mais de nós.

Balancei a cabeça em negativa.

— Nada a ver.

— Você não parou pra pensar o que isso significaria pra gente? — indagou Tânia. — Estar junto com o pessoal do 1º B? Conhecer o Gabriel?

Eu soltei uma risada. Não era possível. Elas *ainda* queriam usar meus filmes para se aproximar dos populares, mesmo depois do que tinha acontecido com Luiz Fernando.

Tânia e Tamara não acharam graça. Muito pelo contrário, ficaram ainda mais sérias.

— Gente, nada disso foi escolha minha — expliquei. — Foi a Ângela que decidiu que eu e a Nanda orientaríamos os grupos. Vocês sabem como ela é.

A menção à professora desarmou as meninas.

Aproveitei a abertura para tentar conquistá-las de volta.

— Vamos lá no shopping na sexta? — perguntei. — Olhar os vestidos pra festa da Nanda.

Se eu odiava comprar roupas comuns, imagina vestidos de festa. Mas eu sabia que Tânia e Tamara adorariam aquele programa. As duas se entreolharam mais uma vez e suavizaram a expressão.

— Sexta a gente não pode — disse Tamara. — Vamos viajar pra praia e voltamos só no domingo.

— Quinta, no fim da tarde — sugeriu Tânia para a irmã.
— Depois da nossa aula de inglês?

Tamara assentiu. Em seguida, as duas me olharam, esperando uma resposta.

— Combinado — falei.

— Mas você vai ter que experimentar os que a gente escolher — decretou Tânia.

Eu engoli em seco e assenti, aceitando minha sentença.

Nanda e eu estabelecemos uma rotina perigosa.

Para estender ao máximo nosso tempo juntas sem chamar muita atenção, começamos a chegar mais cedo na escola. Coisa de dez, quinze minutos, mas que pra gente fazia toda a diferença. Confesso que achava romântico o esforço que Nanda fazia para acordar ainda mais cedo do que o necessário só para me ver. Nos encontrávamos na escadinha que ficava logo depois dos portões de entrada e lá passávamos um tempo conversando. Quando estava quase na hora da primeira aula, caminhávamos juntas até o corredor da nossa sala e nos separávamos quando víamos algum conhecido. Não sei se isso era o suficiente para despistar qualquer suspeita, mas, pelo menos nas primeiras semanas, ninguém comentou nada sobre nossa proximidade.

Além disso, a gente sempre arranjava uma desculpa para ficar até mais tarde na escola. Ou era alguma lição de casa que eu ia ajudá-la a fazer, ou o ensaio de uma cena difícil do nosso próximo filme. O que a gente fazia, na verdade, era ficar procurando lugares escondidos para se beijar. O prédio ficava quase vazio conforme a tarde passava, e, aos poucos, conseguimos encontrar alguns banheiros estratégicos ou salas que ninguém usava.

Aqueles encontros secretos vinham carregados de adrenalina. Eu sentia medo, muito medo de ser descoberta, mas ficar com Nanda era viciante. Agora eu entendia por que os apaixonados faziam tantas besteiras nos filmes. Se eu estivesse em sã consciência, jamais correria esses riscos — na escola, ainda por cima! Imagina se uma freira flagrasse a gente?

— E você acha que elas fazem o que no convento? — brincou Nanda quando falei sobre meu receio.

Dei um tapinha nela, horrorizada.

— Não fala isso! — exclamei. — Vai que Deus escuta e decide punir a gente.

— Quando foi que você virou carola desse jeito? — Ela riu.

— Beijando você que não foi — respondi.

— Acho que vou ter que te beijar mais um pouco, só pra ter certeza.

E assim eu me perdia nos lábios dela de novo, testando novos lugares onde colocar minhas mãos e novas sensações quando ela encostava os lábios no meu pescoço.

Em uma tarde fria, depois de terminar todos os trabalhos e tarefas de casa, tomei coragem para convidar Nanda para conhecer meus pais.

— Tô ansiosa pra conhecer minha sogra — disse ela enquanto subíamos no elevador do meu prédio.

— Shhhh! Fala baixo.

— Melhor você se ajeitar, então — comentou ela, em tom brincalhão. — Pra não parecer que ficou a tarde inteira dando uns amassos comigo.

Virei para o espelho do elevador em pânico, tentando ajeitar meu cabelo e minha camiseta ao mesmo tempo. Nanda riu e me puxou para fora quando chegamos ao meu andar.

— Eu tô brincando — disse ela, mais séria, segurando minhas mãos. — Eles não vão descobrir nada só olhando pra gente, Má.

— Tem certeza?

Meu coração batia rápido e minhas mãos suavam. Se tinha uma pessoa no mundo que me conhecia melhor do que ninguém, era minha mãe. Eu tinha medo de que ela conseguisse ler na minha testa que eu estava apaixonada por Nanda.

— Absoluta — garantiu ela.

Nanda apertou minhas mãos e, em seguida, as soltou. Deu um passo para o lado e indicou a porta para que eu a abrisse.

Entramos na minha casa meio afastadas, reforçando com nossa linguagem corporal a farsa de que éramos apenas amigas. Tentei agir com Nanda da mesma forma que agia todos os dias com Tânia e Tamara.

— Oi, filha — disse minha mãe, erguendo os olhos dos documentos que lia na mesa de jantar. — Ah, a famosa Nanda! Entra, querida, por favor. Não repara na bagunça.

Nanda se adiantou e abriu um sorriso. Eu sabia que ela ganharia a confiança dos meus pais antes do jantar estar na mesa.

— Muito prazer, Cíntia — disse Nanda. — Obrigada pelo convite. E que apartamento lindo! Adorei a decoração.

Eu tive que me segurar para não rir. Nanda soava como uma personagem de novela. Já minha mãe não achou graça nenhuma, muito pelo contrário: estava maravilhada com os modos da minha nova amiga. Comparada com Tânia e Tamara, que eram mais reservadas, Nanda parecia recém-saída de uma aula de etiqueta.

— Que gentil — respondeu minha mãe, toda sorridente. — Fica à vontade, tá bem? O jantar deve sair daqui a uma hora. Até lá o Renato já chegou.

Enquanto ela tirava suas coisas de trabalho de cima da mesa, eu e Nanda fomos para meu quarto. Assim que entramos, encostei a porta para garantir um pouco de privacidade. Aquilo era normal — toda vez que minhas amigas vinham, a gente ficava de porta fechada. Nanda caminhou devagar pelo cômodo, observando todos os detalhes da decoração. Meu quarto era pequeno e bem mais bagunçado que o resto da casa, composto por cama, armário e escrivaninha, onde ficava meu computador. Na parede havia três prateleiras cheias de livros e DVDs.

Nanda sentou na cadeira de rodinhas e observou meu computador.

— Então é aqui que a magia acontece — falou.

Eu revirei os olhos e sentei na cama de frente para ela. Nanda mexeu o mouse e a tela se iluminou. Meu perfil do Orkut estava aberto no navegador.

Ela mordeu o lábio inferior, curiosa.

— Deixa eu ver seus depoimentos não aceitos? — perguntou.

Coloquei a mão sobre a dela no mouse, impedindo que rolasse a página.

— De jeito nenhum — falei.

Não tinha nada de mais ali, mas decidi entrar no jogo para provocá-la. E também não era nem um pouco ruim ficar tão perto dela.

— Deixa eu pelo menos ver quantos corações você me deu.

— Para, Nanda!

Tivemos uma briguinha rápida pelo mouse e ela acabou vencendo. Clicou na página de amigos e o nome dela apareceu no topo. Os três corações de "sexy" estavam lá, como se pulsassem em neon. Eu senti meu rosto queimar.

— Ei — disse ela, franzindo a testa. — Você só me deu duas carinhas de confiável? E *um* gelinho de legal?

— Isso foi há um tempão — expliquei.

— Você nunca atualizou?

Nanda fez um biquinho e tive que me segurar para não a beijar. Era fofo como se importava com algo tão besta quanto uma simples avaliação de Orkut. Me aproximei mais uma vez e tirei o mouse de suas mãos. Cliquei nos cubos de gelo e carinhas restantes para que ela tivesse a nota máxima em tudo.

— Pronto — falei. — Satisfeita?

— Só se for de coração.

Ela me olhou, séria, sem aquele tom de brincadeira que usava em nossas provocações. Abaixei um pouco para ficar no mesmo nível que ela. Estava pronta para dar qualquer coisa que Nanda me pedisse, mesmo que precisasse me expor. Eu nunca mais queria vê-la com aquela expressão.

— Não tem coraçãozinho suficiente nesse site pra marcar o quanto eu gosto de você — falei.

A hesitação nos olhos de Nanda derreteu, dando lugar a uma alegria contagiante. Ela sorriu e se adiantou, envolvendo meu pescoço com os braços. A gente já tinha se abraçado dezenas de vezes, mas, naquele momento, eu senti uma coisa diferente. Como uma promessa.

Nanda se afastou um pouquinho, o bastante para que nossas testas pudessem se tocar. Eu fechei os olhos, esperando seu beijo, quando a porta do quarto abriu.

— Oi, meninas — disse meu pai, animado, sem perceber que quase matou a gente do coração.

Eu me joguei no chão tão rápido que parecia ter sido acertada por um raio. Nanda ficou paralisada, sem saber o que fazer. Meu pai olhou de uma para outra, confuso.

— O que você tá fazendo aí no chão, filha?

Levantei depressa, tentando controlar minha respiração, e olhei para Nanda em busca de socorro.

— Meu brinco caiu — disse ela. — A Marília tava me ajudando a procurar.

Para meu alívio, meu pai pareceu ter comprado a desculpa, pois não disse mais nada sobre o assunto.

— Você que é a famosa Nanda, né? Adorei seu Pedro Álvares Cabral. Aliás, vocês viram esse evento que vai ter lá na Augusta? — Ele me entregou o caderno de cultura do jornal que lia todos os dias. — É uma conversa com mulheres do cinema nacional. Achei a cara de vocês.

Meu pai me ajudou a folhear o caderno até chegar na matéria sobre o evento. Nanda esticou o pescoço para enxergar por cima do meu ombro, mantendo uma distância razoável entre nós.

Arregalei os olhos quando li a manchete: "Diretoras e roteiristas brasileiras se encontram para falar sobre mulheres no cinema". Logo abaixo, havia a foto de divulgação de algumas delas. Eram mulheres mais velhas, elegantes, com cara de que já tinham passado por muita coisa na vida. Por um momento, minha mente voou para um futuro não muito distante, onde eu estaria ali, ao lado delas.

— Quando vai ser? — perguntei, procurando a informação entre as letrinhas miúdas.

— Hoje — falou meu pai. — Achei que a Nanda tava aqui pra isso.

Eu e Nanda nos entreolhamos, depois nos voltamos para ele.

— A gente nem tava sabendo — respondi.

— Começa às sete — disse Nanda. — Ainda dá tempo.

— Será? — Olhei o relógio que ficava na tela do computador. Eram cinco e meia da tarde.

Morar na zona sul tinha suas vantagens: segurança, tranquilidade, boas escolas... Porém também alguns problemas. O maior deles era a distância de tudo. Não havia muitas linhas de ônibus e o metrô ainda não tinha chegado ali. Tudo precisava ser feito de carro — e, ainda assim, demorava. Ir da minha casa até a região da avenida Paulista na hora do rush era uma missão impossível.

— Se a gente for de metrô, dá — disse Nanda, como se lesse meus pensamentos.

— Eu levo vocês até a estação — ofereceu meu pai.

Em menos de dez minutos, eu e Nanda estávamos enfiadas no banco de trás do carro dos meus pais enquanto eles nos conduziam até a estação Santa Cruz, a mais próxima da nossa casa. Ainda assim, demoraria mais de meia hora para chegar por causa do trânsito. Minha mãe tinha sido pega de surpresa pela mudança de programação e decidiu acompanhar meu pai para nos passar algumas recomendações.

— Dez horas, Marília — repetiu ela pela milésima vez. — Em ponto! Vou te esperar na frente da estação.

— Mãe, eu não sei que horas acaba a palestra — falei. — Talvez eu chegue um pouco mais tarde...

— Não quero saber — insistiu ela. — Não tem condições de vocês duas ficarem sozinhas no centro da cidade assim, no meio da noite.

— É tranquilo, tia — comentou Nanda, num tom que devia usar para apaziguar pais de amigas havia anos. — Esse cinema é bem na frente do metrô, superseguro.

Minha mãe pareceu se acalmar um pouco quando Nanda intercedeu por nós. Ela não queria fazer cena na frente de uma visita.

— Não é que eu não confie em você, Nanda — disse ela. — É que a Marília não tá acostumada com essas coisas. Ela nunca andou de metrô.

Nanda me olhou com a testa franzida.

— É sério?

— Mãe...

Afundei no assento do carro, morrendo de vergonha. Eu sabia que ser constrangida na frente da pessoa que eu gostava era parte do pacote de apresentá-la para os pais, mas nunca pensei que chegaria nesse nível.

— O metrô é longe de casa — expliquei. — E eu não conheço nada do centro.

Nanda deu risada. Não aquele riso de escárnio ao qual eu estava acostumada desde a sétima série, quando ela e os amigos tiravam sarro de mim, mas uma gargalhada confortável, como se nossa intimidade fosse aos poucos se expandindo para todas as áreas de nossas vidas.

— Pode deixar que eu cuido dela, Cíntia — disse Nanda, dando alguns tapinhas na minha perna.

Assim que chegamos à estação de metrô lotada, nos misturamos aos transeuntes que desciam as escadas rumo à plataforma. Nanda desbravava aquele lugar como se conhecesse cada atalho. Só que, lá embaixo, quando vi a fila para comprar os bilhetes, desanimei.

— Não vai dar tempo — falei, puxando a mão dela para que parasse. — Olha essa fila!

Nanda tirou a carteira do bolso e, em seguida, mostrou um cartãozinho que eu nunca tinha visto antes.

— Chama Bilhete Único. Lançou esse mês — explicou ela, orgulhosa. — Vem, eu passo pra você.

Nanda se adiantou até a catraca e passou seu cartão mágico duas vezes seguidas, uma para mim e outra para ela. Na plataforma, nos misturamos à multidão que aguardava o metrô da linha azul sentido Tucuruvi. A vantagem de estarmos no meio de tanta gente é que podíamos andar de mãos dadas sem ninguém achar estranho, sob o pretexto de não nos perdermos uma da outra.

Apesar de ter passado a viagem inteira espremida em vagões lotados, tanto da linha azul quanto da linha verde, fiquei surpresa com a rapidez do metrô. Nanda estava certa — em menos de trinta minutos, descemos na estação Consolação.

Toda a minha urgência de chegar no horário desapareceu quando pisei na avenida Paulista. A noite tinha acabado de cair e as luzes estavam todas acesas: prédios, postes, anúncios, pontos de ônibus, faróis de carro. Minha impressão era de que nem em um dia inteiro passeando pelo meu bairro eu conseguiria ver tanta gente quanto vi naquele cruzamento entre Paulista e Augusta.

— É linda, né? — Nanda falou pertinho do meu ouvido. — Eu amo essa cidade.

Assenti, encantada demais para dizer qualquer coisa. Já tinha passado por aquela região pra ir ao médico ou a algum almoço de família, mas sempre acompanhada dos meus pais. Estar ali sem nenhum adulto responsável me dava uma sensação de liberdade, e não o medo que achei que sentiria.

Descemos dois quarteirões da rua Augusta para chegar ao cinema onde aconteceria o evento — um lugar pequeno, um pouco precário, com alguns sinais aparentes de abandono. Não me importei: achei o espaço charmoso e intimista, bem diferente dos cinemas de shopping que eu costumava frequentar. Os pôsteres nas paredes da bilheteria eram desconhecidos até mesmo para mim, que me considerava uma entusiasta da sétima arte.

Entramos de fininho na sala um, onde aconteceria o debate. A mediadora já estava apresentando as participantes, e Nanda e eu encontramos dois lugares livres na terceira fileira, bem na frente delas. Vê-las de perto não diminuiu meu encantamento: pareciam deusas que desceram do Monte Olimpo para agraciar nós, mortais, com um pouco de sabedoria. Uma delas, uma mulher com cerca de cinquenta anos, vestia um conjunto de blazer e calça de alfaiataria e tinha o cabelo curto como o de Cássia Eller. Era a primeira vez que eu via ao vivo uma pessoa como ela.

Fiquei hipnotizada por quase uma hora inteira, tentando absorver cada palavra das palestrantes. Elas compartilharam experiências vividas em sets de filmagem e falaram sobre machismo na profissão. Mulheres diretoras eram uma raridade não só no cinema nacional, mas no mundo inteiro, e elas estavam lutando para mudar aquela realidade. As maiores críticas eram sobre a representação das mulheres nos filmes: costumavam ser estereotipadas e sexualizadas, um resultado da visão masculina predominante.

— Existem muitas experiências femininas no mundo — disse a mulher de cabelo curto. — Eu, por exemplo, tenho uma parceira. A gente não se vê nos filmes que os homens fazem.

Nanda e eu nos olhamos na mesma hora, como se nos perguntássemos "você ouviu o que ela disse?".

A mulher continuou:

— Lá nos Estados Unidos acabaram de lançar uma série... Como chama mesmo, amor?

Ela direcionou a pergunta para uma mulher sentada na primeira fileira, de cabelo comprido e roupas despojadas, como se estivesse em casa. Eu não consegui ouvir a resposta, mas a palestrante repetiu o nome da série no microfone.

— *The L Word* — falou. — Fizeram uma série só sobre mulheres lésbicas. E adivinha quem criou, quem escreveu? Uma lésbica. Aqui no Brasil não consigo nem imaginar a gente fazendo isso. Tem muitas barreiras ainda...

A mediadora direcionou a pergunta seguinte para outra participante, mas meus olhos seguiram grudados naquela mulher. Tentei absorver tudo sobre ela: seus trejeitos, seu porte, como sentava, o corte de cabelo, os acessórios que usava e o caimento do seu blazer. Tentei observar também a parceira dela, que assistia a palestra com o ar confortável de quem pertencia àquele lugar. Ela vestia calça de moletom e uma camiseta larga estampada. E estava rodeada por outras mulheres com vários cortes de cabelo, roupas e tipos físicos. Mapeei todas elas, procurando alguma coisa em comum. Será que eram todas lésbicas?

Quando a palestra chegou ao fim, deixamos a sala de cinema sem falar nada. Minha cabeça fervilhava com novas informações — não só sobre a profissão de cineasta, mas sobre as possibilidades que a vida reservava.

O ar frio da rua Augusta me trouxe de volta do torpor, como se eu despertasse de um sonho.

— E aí, gostou? — perguntou Nanda.

Deixei que a pergunta assentasse, sem pressa de respondê-la. Olhei ao redor, absorvendo cada detalhe: as pessoas que passavam pela calçada, cada uma com um penteado diferente, as mulheres da primeira fileira saindo do cinema de mãos dadas, os pôsteres dos filmes na parede, as luzes dos carros, a fina garoa que ameaçava virar chuva a qualquer momento. Pela primeira vez na vida, fui tomada por uma sensação de pertencimento. Naquela rua, em meio àquelas pessoas, eu não era estranha.

— É impressionante como as coisas são diferentes longe da escola — falei.

Parada na frente de um cinema da rua Augusta, depois de assistir a uma palestra sobre mulheres no cinema, meus problemas escolares pareciam insignificantes. O que era uma briga entre populares e nerds diante do que aquelas diretoras enfrentavam todos os dias nos sets de filmagem? Se fosse possível, eu avançaria no tempo e me formaria no dia seguinte.

Nanda também parecia contemplar a realidade ao nosso redor. Um sorriso lento foi se formando em seus lábios.

— Eu queria morar aqui — disse ela, indicando os prédios a nossa volta. — Imagina como deve ser?

— Bem diferente do nosso bairro.

São Paulo era uma capital tão grande que os bairros podiam ser universos bem diferentes. Para pessoas como eu, que ainda eram jovens demais para circular por onde queriam, havia muitas limitações. Viver confinada à própria vizinhança era como morar em uma cidadezinha de interior.

Nanda segurou minha mão e apertou de leve, ainda sorrindo.

— Aquelas mulheres, Marília... A gente vai ser que nem elas um dia.

Assim, caminhamos de mãos dadas pela principal avenida da cidade, sem medo do que poderiam pensar de nós — pelo menos até o fim da noite.

Eu me esforcei ao máximo para preservar a sensação mágica do passeio, mas, conforme o carro da minha mãe se aproximava do meu prédio, eu ia voltando para a realidade. Eu não era uma diretora bem-sucedida que podia falar abertamente sobre ter uma parceira na frente de um cinema lotado. Era uma adolescente que vivia em segredo e que poderia perder tudo caso descobrissem quem eu era de verdade.

Nanda aproveitou a carona até meu prédio porque seria mais fácil ir embora de lá. Ela morava até que perto de mim, e não demoraria para que sua irmã fosse buscá-la. Então, minha mãe se despediu dela e subiu, exausta, enquanto eu fiquei com Nanda no térreo para esperar sua carona chegar.

As áreas comuns estavam vazias por conta do horário. Nos acomodamos nos balanços do parquinho, observando os carros que passavam atrás das grades do prédio.

— Seus pais são muito legais — comentou Nanda.

— Acho que você é minha amiga que eles mais gostaram até hoje.

Trocamos um olhar cúmplice quando eu disse a palavra *amiga*.

— Não deixa a Tânia e a Tamara saberem disso — disse ela.

— Às vezes é tão estranho não contar nada pra elas — falei, tirando um peso de dentro do peito. — Faz anos que as duas falam sobre pessoas que tão a fim. Eu nunca participei de nada disso. E agora que tenho alguém, não posso falar nada.

Nanda assentiu em silêncio. Não existia resposta certa para aquele questionamento. Eu sabia que ela também vivia uma situação parecida, ainda que estivesse mais preparada para se mostrar como era ao mundo. Por mais que Nanda tivesse mais a perder em relação ao seu status social na escola, ela era muito mais segura de si do que eu.

Nanda segurou minha mão, acariciando de leve.

— Eu queria te fazer um pedido — falou. — Não é pra você se sentir pressionada nem nada. Mas eu tenho pensado nisso há um tempo e acho que vou explodir se não falar.

Mil pensamentos diferentes invadiram meu cérebro, mas um deles se sobressaiu: *ela vai me pedir em namoro*.

E eu ia dizer *sim*.

Não adiantava mais tentar adiar ou diminuir o que eu sentia por ela. Eu estava apaixonada. Talvez até amasse Nanda. O que faltava era só um empurrãozinho, um último pedido para que eu me jogasse de cabeça nesse relacionamento.

Nanda também parecia nervosa. Ela se endireitou no balanço, ajeitou o cabelo e limpou a garganta.

— Você quer ser meu par na valsa da minha festa?

Pisquei algumas vezes, incrédula. Nanda ficou me olhando na maior expectativa, sua perna sacudindo de ansiedade diante do meu silêncio.

— Como assim? — perguntei. — Tipo... ser o príncipe da festa?

Eu nunca tinha ido a uma festa de quinze anos naquele estilo, mas sabia que existia essa figura do príncipe. Costumava ser um menino da turma, ou até mesmo um ator contratado quando a família tinha muito dinheiro. No ano anterior, uma menina do primeiro ano dançou com o Erik Marmo na festa dela e esse foi o assunto da escola durante o semestre inteiro.

Só que eu nunca tinha ouvido falar de uma festa de quinze anos em que uma *princesa* tirasse a aniversariante pra dançar.

— Tipo isso — falou Nanda. Mesmo sob a luz fraca dos postes de luz, eu podia ver seu rosto corando.

Ela não disse mais nada, me oferecendo espaço para pensar.

Abri e fechei a boca algumas vezes, mas não consegui dizer uma palavra. É claro que eu queria viver esse conto de fadas — dançar com a menina que eu gostava na festa de quinze anos dela parecia o final de um filme da *Sessão da Tarde*. Me chamando para ser seu par, Nanda demonstrava estar disposta a mostrar nosso relacionamento para a escola, os amigos, e até mesmo para sua família. Pelo pouco que eu sabia sobre sua mãe e o apreço dela por aparências, tinha a impressão de que aquela decisão não havia sido fácil.

Esse pensamento me fez tremer como se uma brisa gelada tivesse passado entre nós. Nanda era muito mais corajosa que eu. A simples imagem de nós duas dançando na frente dos amigos populares dela me fez desistir daquele sonho antes mesmo que pudesse tomar forma.

Uma buzina chamou nossa atenção. O carro de Sofia estava estacionado na frente do prédio. Nanda levantou rápido do balanço.

— Eu não deveria ter falado nada — disse ela, nervosa.
— Nanda, eu...

— Tudo bem — ela me interrompeu. — Não precisa responder agora. Eu sei que é uma ideia maluca.

Nanda deu um sorriso forçado e eu senti meu coração se partir. Como eu queria ser capaz de dar o que ela queria! Mais ainda: eu queria ter a força para enfrentar meus medos e parar de viver em função do que os outros pensariam de mim. Mas não era capaz. Não ainda.

— Te vejo amanhã — falou ela.

E desapareceu pelo portão do prédio sem que eu pudesse dizer mais nada.

No dia seguinte, meu pai me levou ao colégio porque minha mãe tinha uma reunião logo cedo. Ele percebeu que eu estava diferente — nas últimas manhãs, sempre saía de casa com um sorrisão no rosto, pensando em encontrar Nanda e passar a manhã inteira com ela. Agora, só de lembrar da conversa da noite anterior eu já ficava sem coragem de enfrentar o dia.

Qualquer possibilidade de resposta me deixava em pânico. Se falasse sim, eu teria que enfrentar meus maiores medos e me revelar para toda a escola. Se falasse não, ia magoar Nanda e dar um passo para trás na nossa relação.

— Você tá quieta — disse meu pai enquanto fazia a curva que dava na rua da escola. — Aconteceu alguma coisa?

— Nada — falei. — Só tô pensando nas provas.

— Tá tudo bem com a Nanda? — perguntou ele. — Você voltou com uma cara estranha depois que ela foi embora.

Refleti por alguns instantes, ganhando tempo conforme ele se aproximava do portão de entrada.

— Ela me pediu uma coisa que eu não sei se posso fazer — expliquei da forma mais vaga possível, na esperança de que meu pai pudesse compartilhar comigo um pouco da sua sabedoria.

— Se ela for mesmo sua amiga e se importar com você, vai entender e respeitar seus limites.

Fiquei pensando se dava para substituir *amiga* por *ficante* nesse caso. O que ele disse fazia sentido. Nanda falou no começo do nosso relacionamento que estaria do meu lado e enfrentaríamos qualquer coisa juntas. Fiquei mais confiante de que ela respeitaria minha decisão de não me expor.

— Valeu, pai — falei ao abrir a porta para sair do carro.

— Boa sorte!

Ainda perdida nos meus pensamentos e no que falaria para Nanda, caminhei até a entrada e percebi que ela não me esperava na nossa escadinha, como de costume. Engoli em seco e segui para a sala de aula.

O lugar ainda estava vazio por causa do horário. Olhei para o canto onde Nanda sentava e só vi Milena por lá, absorta em alguma lição de casa atrasada. Segui então para meu lugar, e só então percebi que Tânia e Tamara já estavam sentadas em suas carteiras.

— Bom dia — falei.

Elas não responderam. Tânia arrumava suas canetas coloridas como se aquela fosse sua prioridade número um, e Tamara estava de braços cruzados olhando para o quadro negro limpo, ignorando minha presença.

— Oi? — repeti mais alto. — Aconteceu alguma coisa?

Tamara bufou, o que me fez entender que alguma coisa, de fato, tinha acontecido.

— Vai se fazer de desentendida, Marília? — questionou ela.

— Não tô entendendo nada — falei.

— A gente ficou te esperando lá no shopping feito duas idiotas — disse Tânia.

Fechei os olhos e suspirei, sentindo uma onda de culpa me atingir em cheio. Agora eu lembrava: a gente tinha combinado de ir ao shopping ontem à noite para escolher vestidos para a festa da Nanda. Entre beijos roubados e a visita dela à minha casa, eu havia esquecido completamente.

— Por que vocês não me ligaram? — perguntei.

— Por que você não foi? — rebateu Tamara.

— Eu... — procurei uma forma de responder sem ofendê-las, mas não sabia o que dizer. — Eu esqueci.

As gêmeas se entreolharam. Em seguida, me fitaram com raiva.

— Claro — disse Tânia. — Agora você só tem tempo pras suas novas amigas.

— A gente ligou lá na sua casa — falou Tamara. — Seu pai disse que a Nanda tava lá com você.

Lembrei do instante em que meu pai tinha entrado no meu quarto, logo depois de quase ter visto eu e Nanda nos beijando. Fiquei tão nervosa com tudo que estava acontecendo e o evento na Augusta que mal ouvi quando ele me deu o recado.

— Desculpa mesmo — falei. — A gente pode ir hoje depois da aula...

— Pra quê, Marília? — indagou Tânia, chamando a atenção dos colegas que começavam a ocupar seus lugares. — Você não tá nem aí pra gente agora que tem amigas populares.

— Quem vai querer andar com as gêmeas nerds quando pode dar rolê com a Nanda? — disse Tamara.

— Eu já disse que uma coisa não exclui a outra. Eu posso ser amiga de vocês todas ao mesmo tempo.

— Pode — respondeu Tânia —, mas não tá sendo.

Senti as palavras dela me atingirem como um tapa. Eu sabia que andava meio ausente da vida das minhas amigas. E não tinha como explicar aquilo sem me expor, sem falar que estava ocupada demais vivendo meu primeiro amor e tentando entender minha orientação sexual, ao mesmo tempo que precisava equilibrar os trabalhos da escola, as expectativas de Nanda e o segredo que escondia dos meus pais.

— Vocês têm razão — concedi. — Eu dei uma sumida mesmo. Desculpa. Eu sinto falta de vocês.

— Ai, Marília, até parece — disse Tânia, revirando os olhos.

— Você é uma sonsa, isso sim. — O veneno nas palavras de Tamara me assustou. Ela continuou: — Você sempre disse que não ligava pra popularidade. E no fim foi só ficar amiguinha deles pra virar as costas pra gente.

— Eu não virei as costas pra vocês!

— Então explica o que você tá fazendo — disse Tânia. — Explica o motivo do seu sumiço, de você passar os intervalos com a Nanda e sumir todo dia de tarde. Por que você não fala mais com a gente no msn, não chama mais pro cinema? Tem outra explicação?

Rangi meus dentes com força. Eu queria contar toda a verdade, mas não podia — não naquele momento, não ali na frente da sala inteira. Conseguia sentir os olhares curiosos de nossos colegas querendo ouvir o que eu ia responder.

— Não — falei, derrotada. — Não tem outra explicação.

Por mais que elas já esperassem aquela resposta, Tânia e Tamara ficam abaladas quando ouviram com todas as letras que eu preferia meus novos amigos. Tamara juntou suas coisas de forma brusca e caminhou para as carteiras livres do fundão, o mais longe possível de mim. Tânia me lançou um último olhar irritado e seguiu a irmã, sentando ao lado dela.

Eu fiquei sozinha no meu lugar de sempre, longe dos populares, e agora distante também das minhas melhores amigas.

12

se vc obedece todas as regras, acaba perdendo a diversão!

Eu estava acostumada a não ter muitos amigos, mas ser excluída até mesmo pelas garotas mais excluídas da turma era um novo nível de solidão. Sabia também que a culpa era minha por não ter contado a verdade para as gêmeas, mas isso não fazia com que a distância doesse menos. Teria que dar tempo ao tempo e esperar que elas encontrassem uma forma de me perdoar. Enquanto isso, eu tinha outro assunto urgente para resolver.

Interceptei Nanda na porta da sala assim que o sinal anunciou o intervalo.

— Eu preciso falar com você — sussurrei. — Só nós duas.

Ela deve ter notado a urgência no meu tom de voz, pois não questionou e nem tentou escapar. Apenas avisou Milena que encontraria o grupo mais tarde e sentou de volta em seu lugar de sempre.

Tânia e Tamara fizeram questão de virar o rosto quando passaram por mim. Tânia até soltou um riso de deboche quando viu que eu passaria o intervalo com Nanda, como se aquela ação confirmasse tudo que elas pensavam sobre mim.

— Tá tudo bem entre vocês? — perguntou Nanda quando as gêmeas passaram por nós.

Fechei a porta para ganhar alguma privacidade, voltando a olhar para Nanda em seguida.

— Mais ou menos — falei, sentando na carteira livre de frente para ela. — As meninas tão bravas comigo por passar tanto tempo com você.

Nanda não disse nada. Não fez nenhum comentário engraçadinho, como de costume. Ela parecia nervosa por estar sozinha comigo. Era estranho ver uma pessoa tão confiante agindo daquela forma, tudo porque eu não tinha respondido seu convite para dançar na festa.

— Eu queria pedir desculpas pelo jeito que a nossa conversa terminou ontem — continuei. — Não tive tempo de te explicar o que eu tava pensando.

— Tá tudo bem — falou ela, forçando um sorriso. — Eu viajei. Não deveria ter te convidado pra ser meu par na valsa. Nada a ver.

Me esforcei para mentalizar que Nanda só estava se defendendo, tentando se proteger do que estava por vir. Tentando fazer a mesma coisa que eu: não se sentir vulnerável o tempo todo.

— Queria muito aceitar — falei. — Mas não posso.

Eu não tinha como explicar. Nanda já sabia qual era o problema. Ser diferente dos outros, aparecer demais, abrir precedente para ser ridicularizada e até hostilizada. Eu não estava pronta.

— Eu sei — disse ela. — Foi uma ideia besta. Não custa nada sonhar, né?

Ela deu de ombros e abriu um sorriso triste. Meu coração se contraiu. Assim como eu, Nanda também sonhava com a possibilidade de duas garotas dançarem juntas em uma festa de quinze anos sem isso ser um escândalo. Não era porque ela tinha me convidado que essa realidade passaria a existir. Talvez só a nossa força de vontade não fosse o bastante para mudar o mundo.

A cumplicidade daquele momento me fez sentir uma vontade louca de estar mais perto dela. Ignorei o fato de estarmos em um lugar público e me aproximei, ajoelhando diante de Nanda. Segurei suas mãos e olhei em seus olhos.

— Não é por falta de vontade, Nanda. O que eu mais queria era dançar com você. Andar com você de mãos dadas, ir ao cinema junto sem ter medo de alguém ver, te beijar no meio da escola, contar pras minhas amigas sobre a gente.

Respirei fundo, pronta para despejar sobre ela a maior verdade que eu já havia sentido.

— Eu tô apaixonada por você.

Nanda arfou e arregalou os olhos. Apertei as mãos dela com mais força, como se pedisse para que não me soltasse. Até alguns meses antes, eu não conseguia nem imaginar o que era gostar de alguém, quanto mais estar apaixonada. Mas, mesmo sem saber exatamente o que era o amor ou como ele funcionava, eu tinha certeza de que a amava. E isso era o bastante.

Reparei que pequenas lágrimas se formaram no canto dos olhos dela, deixando-os ainda mais azuis. Nanda soltou uma das mãos para fazer um carinho no meu rosto. Então, me puxou para perto e me beijou — um beijo suave, diferente de todos os outros que já tínhamos trocado, repleto de sentimentos e promessas de futuro.

Ela não tinha dito nada de volta, mas, às vezes, a gente nem precisa dizer. Eu sabia que se sentia da mesma forma.

Nos separamos devagar e ficamos nos olhando por alguns segundos, presas naquela redoma de felicidade e paixão. Naquele momento, era como se ninguém pudesse nos atingir.

Só desviei os olhos dela quando ouvi um barulho no corredor. Virei para a porta, mas ela permanecia fechada. A pequena janela de vidro no canto superior revelava o corredor vazio.

Nanda virou meu rosto de volta para ela e disse:
— A gente pode esquecer que o convite aconteceu?
— Nanda...
— É sério. Eu não quero mudar isso que a gente tem. Só de ter você comigo lá na festa já vai ser perfeito. E depois a gente pode dançar quando ninguém tiver olhando.
Eu sorri, me sentindo segura de novo.

Seis dias. Esse foi o maior período que eu já tinha passado sem falar com Tânia e Tamara desde que ficamos amigas. Era superesquisito chegar na sala de aula e não sentar ao lado delas, não contar as novidades, não escutar Tânia comentando sobre o último episódio da sua série favorita ou Tamara reclamando que o Evanescence nunca fazia show no Brasil.
Mas eu não sabia como resolver o problema da distância entre nós. Para que a gente pudesse fazer as pazes, eu teria que explicar o que estava acontecendo entre Nanda e eu, fato que por si só talvez iniciasse outra briga maior ainda. Enquanto não decidia o que fazer, me mantinha afastada, passando os intervalos com Nanda e os amigos dela.
Depois de mais de um mês frequentando os mesmos lugares que eles, já estava começando a me habituar aos assuntos que antes achava fúteis e irritantes. E os gritos dos meninos durante o futebol não me incomodavam mais como antigamente.
De vez em quando, porém, alguma coisa que eles diziam me trazia de volta à realidade.
— Olha lá — disse Lucas, apontando para Marcela do 1º B. — A Buldogue cortou o cabelo.
Era assim que a chamavam. Não era um segredo — eles faziam questão de falar isso na cara dela.

— Tá parecendo ainda mais uma rolha de poço — respondeu Luiz Fernando, fazendo os meninos rirem.

Se eles iam fazer bullying, poderiam pelo menos se esforçar para serem originais. Ou engraçados.

Nanda olhou para mim, apreensiva. Em seguida, deu um tapa na cabeça de Luiz Fernando, que parou de rir e virou para ela.

— Ou! Doeu — resmungou ele.

— Pra você parar de ser ridículo — respondeu ela.

— Não sabia que você era amiga da Buldogue — replicou Luiz Fernando.

— Pelo visto a Nanda tem um fraco por nerds — disse Jéssica Lorena, lançando um olhar de pena na minha direção.

Eu me encolhi no canto da arquibancada, tentando sumir dali. Onde eu estava com a cabeça quando achei que poderia fazer parte daquele grupo? Estar entre os populares era estar em evidência, e estar em evidência era a chave para sofrer bullying.

Nanda, por sua vez, não pretendia deixar que eu me afastasse. Ela fazia um esforço louvável para tentar me integrar com seus amigos, incluindo me chamar para as festinhas que eles organizavam.

Foi assim que, na noite do sábado seguinte, fui parar na casa de Milena. Assim que passei pela cozinha e vi as pessoas reunidas no quintal, imaginei o que Tânia e Tamara diriam se estivessem ali. Além de Luiz Fernando, Milena, Pedro Henrique, Lucas e Jéssica Lorena, havia mais umas dez pessoas, entre colegas da nossa sala e do outro 1º ano — reconheci Gabriel, William e Naty do trabalho de literatura.

Não tive tempo de procurar mais rostos conhecidos porque fui atingida por uma visão de tirar o fôlego: Nanda estava no centro da roda, com um violão no colo, tocando e cantando um rock que eu não conhecia.

Quando eu achava que não tinha como me apaixonar ainda mais, ela ia lá e fazia isso.

— Marília!

Nanda parou de tocar assim que me viu. Tentei ignorar todos os olhares que me acompanharam conforme eu me aproximei da rodinha.

— Que bom que você veio — falou ela com doçura, abrindo aquele sorriso que reservava apenas para mim.

Por mais que eu soubesse que ninguém desconfiaria de um mero sorriso, senti meu coração bater cada vez mais rápido. Eu odiava ser o centro das atenções, ainda mais quando não tinha minhas amigas do meu lado. Todos os meus instintos gritavam que algo de ruim estava prestes a acontecer.

— Quer uma ice? — Milena estendeu uma garrafinha de Smirnoff Ice na minha direção.

Eu não costumava beber — além de uma ou outra taça de champanhe nos eventos da família, não tinha muitas oportunidades para consumir álcool. Sabia que os populares já bebiam com frequência, inclusive ficando bêbados em festas que eram comentadas na escola inteira.

Decidi aceitar só para ter o que fazer com as mãos e, quem sabe, me integrar melhor com o grupo.

— Valeu.

Abri a garrafa e sentei em um espaço livre da rodinha. Nanda dedilhava o violão enquanto ouvia Gabriel contar uma história sem graça.

— Agora cala a boca que eu vou tocar mais uma — anunciou ela, levantando a voz para que a ouvissem em meio às conversas paralelas.

Alguns meninos fizeram provocações e soltaram gritinhos, mas Nanda estava decidida. Sua versão cantora era parecida com sua versão atriz: totalmente imersa no que fazia.

Eu me ajeitei de forma casual, tentando disfarçar o quanto queria vê-la tocar e cantar uma música inteira.

Nossos olhares se encontraram e ela sorriu para mim. Antes mesmo que tocasse o primeiro acorde, eu já sabia qual seria a canção.

"Things I'll Never Say." A *nossa* música.

Nanda tinha uma voz suave e afinada. Não era uma cantora profissional, mas sabia o que estava fazendo. Os acordes ressoavam de forma harmoniosa conforme ela ganhava confiança e acertava o ritmo da música. Algumas pessoas cantaram junto quando ela chegou no refrão.

Eu não. Apenas observei, tentando captar aquele momento como se meus olhos fossem lentes da minha câmera. Nanda fazia de tudo para disfarçar que aquilo era uma serenata para mim, mas eu sabia. E isso era o suficiente.

Assim que ela terminou de tocar, algumas pessoas aplaudiram. Outras pediram músicas diferentes. Nanda entregou o violão para Gabriel, que esmurrou o instrumento em uma tentativa meio patética de tocar Iron Maiden.

Aproveitei a confusão de vozes para levantar e convidar Nanda para entrar na casa comigo. Atravessamos um corredor estreito até chegarmos à cozinha por onde eu havia entrado. O cômodo estava vazio. A não ser pelas vozes que vinham do jardim, não conseguíamos ouvir mais nada. Era como se enfim estivéssemos a sós.

Ignorei todos os alertas do meu cérebro e me deixei guiar pelo coração. Enlacei a cintura de Nanda e a beijei com vontade, pressionando seu corpo contra a bancada. Ela respondeu com o mesmo entusiasmo, puxando meu cabelo de leve quando aprofundamos o beijo.

— Tem alguma coisa que você não sabe fazer? — perguntei enquanto tentava recuperar o fôlego.

Nanda fingiu pensar por um instante.
— Fórmula de Bhaskara — respondeu.
Rimos baixinho, tentando não chamar atenção.
— Gostou da serenata? — perguntou Nanda.
Eu sorri, apaixonada.
— Nunca pensei que alguém faria uma serenata pra mim.
Ela acariciou meu rosto.
— Você merece.
— Você também — falei com sinceridade. — Mas, se eu cantasse, você ia parar de gostar de mim na mesma hora.
Nanda riu.
— Impossível.
Então me puxou mais para perto, como se nenhuma proximidade fosse o bastante para nós duas, e me beijou.
Deixei que a sensação da boca dela na minha acalmasse a ansiedade. Eu já tinha visto tantos casais da nossa idade se beijando em lugares impróprios, buscando um segundo de privacidade... Por que a gente era diferente?
O som de passos se aproximando me trouxe de volta para a realidade. Me afastei de Nanda a tempo de ver alguém entrando na cozinha.
Era Jéssica Lorena.
Meu coração parou. Será que ela tinha visto alguma coisa? Nanda entrou no modo casual que sempre assumia nesse tipo de situação. Foi até a geladeira e pegou uma bebida para si.
Jéssica, por sua vez, parecia desconfiada. Eu podia sentir a pergunta querendo sair de sua boca, mas o olhar de desafio de Nanda fez com que ela desistisse de falar qualquer coisa. A garota então pegou uma bebida e saiu da cozinha em silêncio.
Nanda segurou meu braço para que eu a encarasse, tentando me acalmar.
— Vai ficar tudo bem. Confia em mim?

Assenti. A essa altura, se tivesse a opção de dar mil carinhas de confiável para Nanda no Orkut, eu daria.

Ela apertou meu braço uma última vez e se afastou, voltando para o jardim, onde a festa estava só começando.

Não demorou muito para que os primeiros sinais do álcool se manifestassem nos presentes. Milena ria de tudo que Pedro Henrique falava. Lucas e Jéssica Lorena davam uns amassos no cantinho dos fundos da casa. Nanda falava alto e estava mais ácida do que de costume, zoando seus amigos sem parar, e Luiz Fernando, muito mais irritante. Ele tinha sentado ao lado de Nanda e ficava tocando no braço dela, abraçando, fazendo comentários engraçadinhos para chamar sua atenção.

Eu observava a cena do outro lado da roda, sem poder fazer nada. Já sabia que Luiz Fernando era apaixonado por Nanda, mas ter que vê-lo em ação tentando conquistá-la era tortura. Nanda tentava mantê-lo afastado e de vez em quando me lançava um olhar de desculpas, mas ele sempre voltava pro mesmo lugar, invadindo o espaço dela.

As outras meninas acompanhavam aquela dança esquisita e cochichavam, certamente se perguntando por que Nanda não queria beijar o galãzinho da turma. Qualquer uma delas daria tudo para estar no seu lugar. Eu torcia para que alguma de fato conseguisse.

Em dado momento, Jéssica Lorena ressurgiu das sombras, seguida por Lucas, todo satisfeito, e anunciou:

— Vamos jogar verdade ou desafio!

Minhas sobrancelhas se ergueram em surpresa. Isso acontecia na vida real? Para mim, verdade ou desafio era coisa de filme americano.

Mesmo sem nenhuma experiência no jogo, meu conhecimento cinematográfico dizia que nada de bom acontecia quando a garrafa girava. Mas todos se animaram com a sugestão e começaram a procurar lugares para sentar. Eu tentei ficar perto de Nanda, mas as pessoas foram se enfiando entre nós e acabamos de lados opostos da rodinha.

Uma garota do 1º B foi a primeira a girar a garrafa. O bocal parou apontado para Luiz Fernando. Antes mesmo que ela pudesse abrir a boca, alguns gritinhos e assobios ecoaram pelo jardim. Eu não entendi nada.

— Verdade ou desafio? — perguntou a menina. Pelo seu tom doce e o jeito como jogou o cabelo para trás, percebi que se tratava de uma das fãs do Luiz Fernando.

— Vou começar de leve — respondeu ele. — Verdade.

Algumas pessoas protestaram. Os desafios pelo visto eram a parte que todo mundo mais gostava.

— É verdade que você tá solteiro? — ela quis saber, olhando de soslaio para Nanda.

Mais gritinhos e assobios. Luiz Fernando riu, fingindo constrangimento, e também lançou um olhar para Nanda. Ela fingia não notar seu envolvimento na pergunta, ainda que todos os olhares estivessem nela.

— Sim — declarou ele. — Mas não por vontade própria.

Uma chuva de assobios e gritos dominou o ambiente. A menina que fez a pergunta ficou meio decepcionada e cochichou algo com as amigas. Para encerrar a algazarra, Nanda se adiantou e girou a garrafa no centro da roda.

— Ei, não é sua vez — disse Lucas.

— Vocês tavam ocupados demais gritando feito umas hienas no cio — replicou ela.

A garrafa dessa vez apontou para Pedro Henrique.

— Verdade ou desafio? — perguntou Nanda.

— Desafio!

Aplausos e assobios. Era repetitivo, mas eles não paravam. Pedro sabia que estava dando o que todo mundo queria, por isso pediu mais gritos, mais aplausos. Fiquei estupefata de ver o quanto os garotos gostavam de aparecer, mesmo que o motivo fosse algo tão besta.

— Eu te desafio a... — Nanda analisou a roda. O brilho travesso que eu sabia identificar nos seus olhos reapareceu, e ela abriu um sorrisinho. — ... beijar o Lucas.

Algumas pessoas riram, mas a maioria ficou horrorizada. Luiz Fernando começou a zoar os amigos falando que fariam um belo casal. Nanda me olhou em meio à algazarra, como se me dissesse alguma coisa. Talvez ela estivesse tentando testar o terreno.

— Sai fora — disse Lucas.

— Prefiro lamber o lixo! — exclamou Pedro Henrique.

— Se não cumprir o desafio, vai ter que pagar prenda — disse Nanda.

— Qualquer coisa é melhor do que beijar esse cara — resmungou Lucas.

— Mas se fosse o Luiz Fernando aposto que você beijava, né? — brincou Nanda.

O pessoal adorou a piada. Lucas ficou meio sem graça, afinal era a sombra do melhor amigo.

— O Luiz tem um bafo melhorzinho — brincou ele, fazendo careta.

Pedro Henrique deu um tapão no amigo e se voltou para Nanda.

— Vai, fala logo o que eu tenho que fazer.

— Tira a calça — disse Nanda.

Todos os olhares se voltaram pra ela. Pedro Henrique ficou boquiaberto.

— É sua prenda — continuou ela. — Vai ter que ficar de cueca até o final do jogo.

Relutante, Pedro Henrique levantou e começou a afrouxar

o cinto. Algumas meninas aplaudiram e assobiaram enquanto ele tirava a calça, sentando de volta no chão frio só de cueca.

Mais algumas rodadas se passaram da mesma forma: os mais tímidos pediam verdade e os mais ousados queriam um desafio. As perguntas eram variações do mesmo tema: namoro, paixão, pegação, beijos e virgindade. No fim das contas, aquelas pessoas não eram tão diferentes de Tânia e Tamara. A diferença é que as gêmeas só imaginavam todas aquelas coisas, enquanto aquela galera de fato vivia.

Fiquei tão distraída pelos segredos sendo revelados que nem percebi quando a garrafa apontou na minha direção. E, para meu desespero, a pessoa que tinha girado era Jéssica Lorena. Ela abriu um sorriso lento, como se tivesse capturado uma presa.

Olhei rápido para Nanda e percebi que ela também assistia Jéssica Lorena, apreensiva.

— Finalmente a gente vai poder conhecer mais sobre a misteriosa Marília — disse Jéssica. — Verdade ou desafio?

Eu hesitei, procurando uma forma de sair daquela situação. Se pedisse verdade, Jéssica com certeza arranjaria uma forma de me expor. Mas, se pedisse desafio, ela poderia me mandar beijar Nanda — ou, pior, um dos meninos.

— Verdade — respondi depressa.

Jéssica ficou satisfeita com minha escolha. Ela fingiu pensar por alguns instantes, criando suspense. Todo mundo a observava, esperando sua grande pergunta.

— É verdade que você já beijou alguém dessa roda?

As palmas e os assobios surgiram como em todas as rodadas, porém dessa vez eu não conseguia ouvir nada. Estava ocupada demais tentando acalmar as batidas frenéticas do meu coração. Dei uma olhadinha para Nanda, temendo ser muito óbvia com essa reação, mas sem conseguir evitar buscar sua ajuda.

Nanda me observava com os olhos arregalados, esperando minha resposta. Nem mesmo ela sabia o que fazer.

— Não — respondi com convicção.

Os convidados ficaram decepcionados. O sorriso de Jéssica murchou.

— Tem certeza? — insistiu ela.

Cochichos se espalharam ao nosso redor. Todo mundo queria saber qual era a fofoca que Jéssica sabia para insistir na pergunta.

— Absoluta — falei.

— Até uns meses atrás ela nem andava com a gente — disse Nanda. — Quem ela ia beijar?

Os meninos riram. Para eles, a possibilidade de alguém querer me beijar era nula. Da minha parte, a recíproca era verdadeira. Jéssica Lorena se aquietou depois que Nanda a colocou contra a parede, até porque ela já tinha gastado sua pergunta.

O jogo continuou, mas meu coração não parou de bater rápido. Eu estava tensa, sem conseguir prestar atenção em nada, temendo a próxima vez que aquela garrafa iria parar em mim. Não sei se fiquei nervosa ou aliviada quando foi a vez de Nanda responder.

Gabriel, do 1º B, a estudou com atenção. Eu me encolhi, já imaginando que tipo desafio ele pediria a ela, mas Nanda parecia confiante. Ela sustentava o olhar curioso do colega com o queixo erguido, ainda que eu soubesse que estava nervosa.

— Verdade ou desafio, Nandinha?

— Verdade — falou ela. — E se me chamar assim de novo, não vou precisar de um desafio pra te dar um soco na cara.

Assobios e gritinhos percorreram a roda. Fiquei um pouco mais aliviada. Nanda parecia no controle da situação... Até que Gabriel lançou uma pergunta pela qual ninguém estava esperando:

— Você já beijou uma menina?

Foi sutil, mas eu notei quando Gabriel me olhou de soslaio. Lembrei da demonstração que eu e Nanda fizemos para a turma dele no auditório, quando ela mostrou como fazer a cena de beijo me usando de cobaia. Comecei a suar frio, ainda que ninguém mais estivesse olhando para mim. Todas as atenções estavam em cima de Nanda. Ela vacilou por um instante, parecendo nervosa, até que ergueu o queixo e respondeu em alto e bom som:

— Já.

No meio de toda aquela confusão de gritos, palmas e comentários, ela ergueu a voz ainda mais:

— A sua mãe.

Luiz Fernando caiu na gargalhada. Lucas e Pedro acompanharam. Por mais que ela tivesse desviado a atenção de sua resposta, a declaração ficou dúbia. Jéssica Lorena sorria triunfante, louca para fazer mais perguntas.

Alguns minutos depois, aconteceu de novo. A garrafa apontou na minha direção.

Dessa vez Lucas foi o responsável pela pergunta. Ele deu uma enrolada porque não sabia o que me perguntar, até que Jéssica Lorena sussurrou alguma coisa em seu ouvido. Eu prendi a respiração e logo veio a bomba:

— Você prefere beijar o Luiz Fernando... — gritinhos e bagunça — ou a Nanda?

Silêncio. Algumas garotas deram risada, como se aquela fosse a resposta mais óbvia do mundo. Mais uma vez, eu travei.

Luiz Fernando. Responde logo! Ninguém precisa saber que é mentira!

Acontece que passei tanto tempo odiando o garoto com todas as minhas forças que eu não conseguia falar que queria beijá-lo nem para salvar minha própria pele.

Omitir minha atração por garotas era uma coisa. Mentir sobre querer beijar garotos era outra. Desde que tinha começado a me relacionar com Nanda, alguma coisa havia mudado dentro de mim, e agora eu não conseguia mais voltar atrás. Eu até podia me esconder, mas não dava mais para fingir ser outra coisa quando os holofotes estivessem apontados na minha direção.

— Gente, ela tá hesitando — disse Jessica Lorena, maldosa.

— Você curte meninas, é? — perguntou uma garota do outro lado da roda.

— Mas também, quem não quer beijar a Nanda? — disse Gabriel.

— Aquela cena de beijo tinha um fundo de verdade? — perguntou Naty.

— Que cena de beijo? — perguntou uma menina da nossa turma.

De repente, a roda explodiu em fofocas e suposições sobre Nanda e eu. Não conseguia mais escutar nada em meio àquela cacofonia. Senti minha respiração ficar mais pesada, difícil, e achei que começaria a chorar a qualquer momento. Meu rosto queimava, minha cabeça doía, meu pulmão gritava por ar. Eu precisava sair dali. Precisava me esconder.

De repente, Nanda ficou em pé, chamando a atenção de todo mundo.

— Ela não precisa escolher porque nenhum de nós dois tá disponível.

E então ajoelhou na frente de Luiz Fernando e o beijou.

13

o que os outros pensam? eu jogo fora

> nandinha89 **diz:**
> *tá aí?*
> nandinha89 **diz:**
> *a gnt precisa conversar*
> nandinha89 **diz:**
> *fala cmg pfv :(*

Depois do beijo cinematográfico que Nanda deu em Luiz Fernando em meio a gritos e aplausos de nossos colegas, eu me sentia mais invisível do que meu status do MSN.

A formação de um dos casais mais esperados da turma interrompeu o jogo e se tornou o assunto principal da festa. Eu aproveitei a confusão para sair do quintal o mais rápido possível. Não sei se Nanda tentou vir atrás de mim — não olhei para trás quando abri a porta da casa de Milena e desapareci pela rua à procura de um táxi.

Minha mãe teria me matado se soubesse que eu estava andando sozinha pela cidade à noite, então inventei que peguei carona com Nanda para evitar dar maiores explicações. Assim que entrei no meu quarto, desabei na cama e chorei agarrada ao meu travesseiro.

Parte de mim tentava racionalizar que Nanda tinha feito aquilo para desviar a atenção da pergunta de Jéssica Lorena e das insinuações dos nossos colegas. No entanto, a imagem de seus lábios encontrando os de Luiz Fernando se repetia sem parar na minha mente, acompanhada pelos aplausos da galera. A reação tinha sido digna de final de Copa do Mundo, como se aquele beijo fosse o acontecimento mais esperado do ano. Um par romântico de novela que enfim ficava junto depois de meses de percalços.

Não tinha espaço naquela narrativa pra mim.

Quando liguei o computador e vi as mensagens de Nanda no MSN, não consegui responder. Fiquei invisível para que ela não soubesse que eu estava on-line.

Eu não estava pronta para ter aquela conversa. Sabia o que ela diria: que fez aquilo para me proteger. Eu não podia culpá-la. Mas também não conseguia parar de me perguntar quantas vezes mais ela ia precisar beijar o Luiz Fernando para fingir que a gente não tinha um relacionamento. Por quanto tempo? Quantos comentários positivos sobre os dois juntos seriam necessários para que Nanda cedesse à pressão e começasse a namorar o cara mais popular da escola, mesmo que de mentira?

Sua outra opção era ficar com a nerd que ninguém gostava — que ninguém *via*.

Passei o cursor do mouse pelo contato de Tânia, que estava on-line. Mais do que nunca, eu morria de vontade de contar tudo para minhas amigas. Era só clicar, digitar uma frase, e parte desse peso sairia de cima dos meus ombros...

> marilia coppola **diz:**
> preciso contar uma coisa pra vcs

Apaguei a mensagem antes de apertar "enviar" e voltei para minha cama.

Voltar para a escola foi ainda pior que o dia da festa. A repercussão do que havia acontecido era sufocante. Em qualquer corredor, sala de aula ou degrau da arquibancada, o assunto era o mesmo: o casal favorito do ensino médio estava mesmo junto.

Escutei uma garota da minha turma conversando com uma colega no corredor.

— O Luiz Fernando vai ser o príncipe da festa dela! Superfofo!

Apertei o fichário contra o peito e dei um empurrão na menina para conseguir passar. Ela me olhou de cima a baixo, como se fosse uma tremenda ousadia alguém como eu sequer encostar nela.

— Só podia ser uma gorda que nem você pra ocupar todo esse espaço — disse a garota, com desdém.

— Pelo menos eu posso emagrecer. Pra curar essa sua burrice, só nascendo de novo mesmo.

A menina abriu a boca, indignada, mas não dei a chance de continuar a briga. Apenas entrei na sala e sentei no meu canto, flanqueado por carteiras vazias que ninguém quis ocupar.

Olhei para trás e vi Tânia e Tamara cochichando alguma coisa. Com certeza já tinham ouvido a fofoca. Tânia parecia chateada com o suposto namoro de Luiz Fernando, e Tamara me olhava de soslaio. Ela disse algo que fez a irmã segurar seu braço, a impedindo de vir na minha direção.

— Oi — disse Nanda, me assustando com sua presença repentina.

Parecia exausta, como se tivesse passado a noite em claro.

— Eu tentei falar com você no MSN — acrescentou.

— Eu não entrei ontem — respondi, tentando soar casual. Abri meu fichário e comecei a virar as páginas como se estivesse muito ocupada.

— Quase liguei na sua casa — continuou ela. — Mas fiquei com medo de você não gostar, caso seus pais atendessem.

Nanda então virou para o canto onde estavam as gêmeas. Assim que foram pegas em flagrante espiando nossa conversa, elas desviaram o olhar, fingindo fazer qualquer outra coisa.

Nanda limpou a garganta e falou um pouco mais alto, como se quisesse que Tânia e Tamara nos ouvissem:

— A gente precisa falar sobre aquele trabalho de geografia. A cena da tensão entre as placas tectônicas não tá muito bem resolvida.

Eu logo captei o significado por trás de sua frase. Fechei as argolas do fichário com força e olhei para ela.

— Se uma das placas desse algum sinal do que pretendia fazer, talvez o terremoto pudesse ter sido evitado — falei.

— Esse é o problema dos desastres naturais — continuou Nanda. — Eles acontecem do nada. Por isso são desastres.

Percebi que Tânia e Tamara acompanhavam nossa conversa, curiosas. Eu sabia que nosso assunto não fazia nenhum sentido, mas continuei mesmo assim.

— Com toda tecnologia que existe hoje em dia, não é possível que não dê pra saber antes — repliquei, decidida. — Um mínimo alerta pode evitar *muitos* problemas.

Nanda não se deu por vencida.

— Outra coisa que pode ajudar é uma conversa depois do desastre. Pra evitar que aconteça de novo... Você não acha?

Sustentei o olhar dela em silêncio. Eu vi que as gêmeas cochichavam, criando teorias do que estava acontecendo entre nós duas. Me senti exposta. Não queria mais ter aquela conversa, não ali na frente da sala toda.

— Tudo bem — falei. — Vamos conversar sobre a cena no intervalo.

Tive que aguentar três aulas repletas de conversas paralelas sobre Nanda e Luiz Fernando. As histórias que corriam pelos grupos eram as mais variadas: que os dois estavam namorando escondido desde o começo do ano, que os dois tinham se beijado no quarto dos pais da Milena, e até mesmo que Nanda estaria grávida de um cara do terceiro ano e que Luiz Fernando ia assumir o bebê.

Assim que o sinal anunciou o início do intervalo, caminhei apressada até os corredores desertos dos laboratórios. Marcamos nosso encontro no banheiro mais vazio da escola, onde talvez tivéssemos alguma privacidade.

Nanda chegou alguns minutos depois de mim, toda esbaforida, e fechou a porta.

— Desculpa a demora — disse ela. — Precisei inventar mil desculpas pra despistar as meninas.

— As meninas ou seu novo namorado? — falei, ríspida, já me sentindo um lixo por entrar na pilha dos fofoqueiros da escola.

Nanda também pareceu decepcionada. Ela franziu a testa e se aproximou.

— Não acredito que você tá levando a sério essa história.

Eu bufei, irritada.

— O que você achou que ia acontecer? Você beijou o cara na frente da escola inteira!

— Não era a escola inteira! — Ela respirou fundo, tentando se acalmar, e recomeçou. — Você tem razão de ficar chateada. Eu também estaria, no seu lugar.

— Por que você fez aquilo? — perguntei em um tom mais triste do que gostaria de transparecer.

— Eu prometi que ia te proteger. Que não ia deixar ninguém descobrir sobre a gente.

— Existem mil formas de fazer isso — falei, magoada.

— Beijar o Luiz Fernando foi a primeira que apareceu na sua cabeça?

— Era uma emergência — disse Nanda, nervosa. — Eu tive que pensar rápido. Ou você preferia ter respondido a pergunta da Jéssica?

— Pelo menos teria sido minha escolha, não sua.

Nanda colocou as mãos na cintura, irritada.

— Eu não te entendo, Marília. Primeiro você diz que não quer que ninguém descubra nada, depois fica brava porque eu te protegi. Acha que eu *gostei* de beijar o Luiz Fernando? Eu nem gosto de meninos!

— Como você acha que eu me senti vendo a minha namorada beijar outra pessoa?

Me arrependi das palavras assim que elas saíram da minha boca.

— Eu... — comecei, sem saber muito bem o que dizer. — Esquece. Eu sei que a gente não é nada.

— Mas podia ser — sussurrou ela.

Nanda se aproximou com cuidado, como se eu fosse um animal acuado.

— Se você deixasse, a gente poderia ser o casal de que todo mundo tá falando — disse ela.

O pedido que eu tanto queria ouvir me atingiu como um golpe no peito.

— Como assim, "se eu deixasse"?

Nanda ficou na defensiva.

— Você entendeu o que eu quis dizer.

— Entendi, sim — falei com uma coragem que eu nem sabia que tinha. — Você tá me acusando de não querer contar pra uma escola que me odeia que eu namoro uma garota.

— Falando assim é fácil, né, Marília — disse ela, com raiva. — Fica parecendo que eu sou uma grande vilã só por querer namorar em público igual todo mundo.

— Você não entende... Nunca entendeu — falei.

A constatação me atingiu com força.

Onde eu estava com a cabeça quando fui me relacionar com Nanda?

— Você não faz ideia do que é ser odiada só por existir — continuei. — Ser ridicularizada por falar sobre uma coisa que você gosta. Ser xingada todos os dias por causa da sua aparência, sua personalidade, seus amigos. Você não sabe o que é acordar de manhã e não querer sair da cama só por saber o que vai enfrentar na escola.

Nanda ficou em silêncio, me ouvindo com atenção. Ela nunca tinha me visto falar daquele jeito. Acho que ninguém tinha.

— Então, Fernanda, não vem me pedir pra enfrentar o mundo junto com você, porque a gente não é igual — completei. — As pessoas não veem a gente da mesma forma. Pra mim o que tá em jogo é poder terminar o ensino médio em paz. Pra você é o quê? Alguns convites pra festas?

Nanda balançou a cabeça e me olhou com raiva.

— Só você sofre — disse ela de forma sarcástica. — Só você sabe como é *horrível* a experiência de estar no ensino médio! Eu também sou diferente dos outros, Marília. Posso não ter a mesma história que você, mas também me sinto deslocada o tempo todo. Eu só me esforço mais que você pra tentar fazer parte.

— Parabéns — falei de forma ríspida. — Quer um prêmio? Ah, é, você já ganhou. Já é a pessoa mais popular da turma.

— Para de falar em popularidade! — exclamou ela. — Isso é uma coisa que você e suas amigas inventaram.

— Se isso fosse verdade, a gente seria amiga desde a sétima série.

— Você nunca tentou se aproximar.

— Porque vocês nunca deixaram! — Minha voz tremia conforme as lágrimas escorriam pelas minhas bochechas. — Tudo aquilo que vocês falavam da gente... Foram anos de bullying, de humilhação!

— E você acha que o que vocês falavam não machucava? Todas as vezes que chamaram a gente de burro, de incapaz, de ignorante?

— A gente tava só se defendendo!

Nanda suspirou, exasperada.

— E quem começou? Você lembra?

Como um projecionista que busca um rolo de filme em meio a milhares de celuloides idênticos, eu procurei a lembrança do dia em que tudo havia começado. Fragmentos de memórias inundaram minha mente como uma montagem: o dia em que Nanda chegou na escola, as risadas de escárnio de Jéssica Lorena, eu e as gêmeas criticando uma nota baixa delas, os meninos xingando a gente no intervalo, os professores apartando alguma briga. Eram lembranças de vários anos diferentes, despejadas na tela de projeção da minha cabeça sem nenhuma ordem ou sentido.

Vasculhei todos os cantos da memória, mas não encontrei a cena crucial do início daquela história. Estava perdida para sempre, como um filme impossível de ser restaurado.

— Não lembra, né? — disse Nanda. — Eu também não.

Ela se aproximou, pisando em ovos. Comecei a dar um passo para trás por reflexo, mas me freei antes que pudesse me afastar mais. Aquela Nanda não era mais uma ameaça para mim. Eu não precisava me proteger.

— Uma pessoa falou *uma* coisa que algum de nós não gostou e isso virou uma briga entre dois grupos durante anos — continuou ela. — É uma bola de neve que precisa parar de crescer.

Nanda tentou segurar minhas mãos, mas desistiu no último segundo. O clima entre nós era pesado — parecia que havia uma barreira nos separando fisicamente.

— Se todo mundo souber que a gente tá junta, essas brigas podem terminar de uma vez por todas — falou. — E a gente pode viver livre de segredos.

Quando Nanda me encarou com os olhos cheios de esperança, eu me permiti acreditar, mesmo que só por um instante. Seria perfeito, não seria? Andar de mãos dadas com ela pelo pátio, roubar beijos na arquibancada, trocar bilhetes durante a aula sem medo de serem interceptados porque todo mundo já saberia sobre nós. Dançar juntas na festa de quinze anos dela. E, quem sabe um dia, fazer filmes de romance em que duas meninas se beijam no final.

Um soluço escapou dos meus lábios e novas lágrimas ameaçaram cair. Era cruel demais me permitir pensar naquelas possibilidades. Quanto menos eu me iludisse, menos sofreria ao ter que voltar para a vida real e lidar com o que estava na minha frente: um mundo intolerante, conservador, despreparado para acolher pessoas como Nanda e eu.

— Eu queria viver nesse mundo que você idealiza, Nanda — falei, derrotada. — Mas a gente sabe que a realidade é bem diferente.

O maxilar de Nanda tremeu. Ela se adiantou, tentando pegar minhas mãos, mas eu me afastei.

— Não fala isso, Má... — Meu coração apertou diante da súplica dela. — Ainda tem esperança pra nós duas.

— Não é justo com nenhuma de nós continuar se iludindo.

A dureza do meu tom de voz me surpreendeu. Naquele momento, eu sentia o último fio de inocência se desfazer dentro de mim. E, junto com ele, também se esvaía a esperança de que a gente pudesse mesmo viver um romance naquela escola.

— Melhor a gente parar antes de se machucar de verdade — concluí.

A expressão triste de Nanda foi substituída pelo mais puro ódio. Nem mesmo na época em que éramos rivais eu a tinha visto daquele jeito. Um arrepio percorreu minha coluna quando ela me encarou de forma gélida e distante.

— Fale por você, Marília.

Assim que Nanda saiu do banheiro, senti as lágrimas inundarem meu rosto. Sentei no chão e deixei o choro me levar para longe dali.

O sinal tocou ao longe, anunciando o fim do intervalo. De dentro daquele banheiro isolado, eu só conseguia ouvir sons difusos de passos, risadas e conversas esparsas cada vez mais afastadas. Em questão de minutos, o silêncio se abateu sobre o ambiente.

Eu não conseguia me mexer. Estava sentada no chão, encostada na parede entre as duas pias. O incômodo causado pelo azulejo gelado contra minhas costas já tinha se tornado imperceptível. Minhas pernas estavam adormecidas. Tudo que eu queria era que meus pensamentos também estivessem.

Desejei ser invisível durante todo o meu tempo na escola. Naquele dia, sentada no chão de um banheiro deserto, tive a certeza de que jamais seria vista de novo. Se eu não podia — não conseguia — ser quem realmente era, talvez fosse melhor sumir de vez.

A porta rangeu de forma irritante, denunciando todos os seus anos de ferrugem e falta de manutenção. Sequei depressa as lágrimas, horrorizada com a perspectiva de alguém me ver naquele estado.

— Marília?
Tamara estava ali, na minha frente, parecendo mais uma alucinação do que uma pessoa de verdade.
— O que aconteceu? — perguntou Tânia, entrando logo atrás da irmã.
Abri a boca, mas não consegui falar. Minha garganta queimava com tudo que eu queria colocar pra fora. Não aguentava mais mentir — nem omitir. Tânia e Tamara sentaram ao meu lado com olhares idênticos de preocupação. Quando uma delas segurou minha mão, desabei outra vez.
Outra mão afagou minhas costas enquanto eu chorava. Nenhuma das duas disse nada. Elas deixaram que eu vivesse aquele momento no silêncio que só as amizades íntimas compartilham.
Quando senti que os soluços estavam mais controlados, tentei respirar fundo para me acalmar. Aos poucos, o choro foi parando. Ergui os olhos embaçados para encarar minhas amigas.
Eu não sabia nem por onde começar.
— Obrigada por não terem me abandonado — falei antes de puxar as duas para um abraço coletivo.
Tânia e Tamara me abraçaram de volta.
— Nunca, Marília — disse Tamara. — Mesmo você fazendo merda, a gente ainda é amiga.
— E a gente sabe que alguma coisa em você tá estranha — comentou Tânia. — Você não é assim.
Eu me afastei e encarei minha amiga, tentando entender o significado por trás daquelas palavras. Aquilo soava como uma acusação. Eu era exatamente "assim". Talvez a Marília que elas tinham conhecido não fosse mais a Marília que eu era naquele momento.
E isso era culpa minha. Eu precisava contar tudo para as duas.
— Foi por isso que a gente decidiu te seguir — disse Tamara.

Meu coração disparou. Se elas escutaram minha conversa com a Nanda...

— A gente achou estranho que você e a Nanda vieram conversar nesse banheiro escondido — continuou ela, desconfiada.

— Não deu pra ouvir nada ali do corredor — completou Tânia. — Mas a gente viu a hora em que Nanda saiu. Ela parecia brava.

As duas me encararam em silêncio. A pergunta que elas não conseguiam fazer pairava no ar, assim como a verdade que eu não conseguia confessar. De certa forma, eu sabia que elas já tinham entendido tudo. Não era difícil ligar os pontos.

Mesmo assim, eu devia isso a elas. Ou melhor, devia a mim mesma. Eu queria ser a Marília de verdade para minhas amigas.

— A Nanda e eu... — comecei, hesitante. Em seguida, criei coragem para falar o que estava entalado na minha garganta havia semanas. — A gente tava junta.

Tamara nem piscava. Tânia parecia uma estátua. Ninguém respirava.

— Como ficantes — concluí.

Tamara franziu a testa, como se estivesse resolvendo uma questão difícil de matemática, enquanto Tânia abria e fechava a boca sem emitir som algum. Eu sabia que as duas faziam um esforço colossal para não se entreolharem e terem aquela conversa telepática de gêmeas antes de me falarem alguma coisa.

— Você... — começou Tamara, tentando articular seus pensamentos. — Você é lésbica?

Eu assenti. Para minha surpresa, Tânia começou a rir. Eu e Tamara a olhamos como se ela tivesse perdido o juízo.

— Faz todo o sentido — disse ela. — Você nunca gostou de nenhum cara, não queria perder o BV... E na Storm não quis beijar ninguém.

— Eu beijei uma pessoa na Storm — falei.

As duas arregalaram os olhos de forma idêntica.

— Meus Deus, quem? — exclamou Tânia.

Tamara deu um tapinha no braço da irmã, como se aquela pergunta fosse muito besta.

— A Nanda — respondi.

Meus ombros começavam a relaxar. Era como se a geleira sobre eles fosse derretendo, derretendo, derretendo... Escorrendo pelo chão, fervendo, e então sublimando em uma névoa que se dissipava pelo banheiro.

Minhas amigas sabiam. Elas sabiam que eu tinha beijado Nanda, que a gente tinha se relacionado por um tempo, e ainda estavam ali.

— A gente perdeu o BV todo mundo ao mesmo tempo e você não falou nada? — Tânia parecia mais ofendida por causa dessa omissão do que por causa da minha história com Nanda.

— Mas aí não conta — disse Tamara.

— Como assim? — perguntou a irmã.

— Perder BV com mulher é fácil. — Ela riu.

Eu franzi a testa. A tensão voltou a dominar o ambiente. A temperatura dos azulejos atrás de mim parecia ter caído dez graus, contrastando com o suor que descia pelas minhas costas.

— Por que você não contou pra gente? — perguntou Tânia, ignorando o comentário da irmã. — Faz tempo que você sabe que é...

Ver minha amiga engasgar diante da palavra "lésbica" fez meu estômago revirar. Era aquele constrangimento que eu queria evitar quando guardei meu segredo por tanto tempo. Se elas não conseguiam nem falar o que eu era, como me aceitariam?

Respirei fundo para acalmar meus nervos. As duas tinham acabado de descobrir que a melhor amiga delas era lésbica. Eu precisava deixar que processassem a informação.

— Não — respondi. — Eu só descobri mesmo quando comecei a ficar com a Nanda.

— Você nunca sentiu nada por nenhuma outra garota? — indagou Tamara. — Nem pela gente?

Ela apontou para si mesma e, em seguida, indicou a irmã. Tânia desviou o olhar, constrangida.

— Eu nunca senti nada por vocês além de amizade — falei com a voz trêmula.

As duas se entreolharam, começando mais uma sessão de telepatia de gêmeas. Encolhi os ombros, esperando o pior.

— A gente continua sendo amiga, Marília — disse Tânia. — Isso não muda nada.

— Muda algumas coisas — acrescentou Tamara, de forma hesitante.

— Agora não, Tam — repreendeu Tânia.

De todos os cenários que tinham passado pela minha cabeça, eu nunca teria imaginado que minhas amigas agiriam daquela forma. Esperava gritos, xingamentos e até a rejeição das duas, mas não imaginei que teriam ressalvas com a minha amizade só por causa da minha orientação sexual.

Tamara não voltou a falar. Apenas cruzou os braços, como se não quisesse estar ali, e deixou que a irmã conduzisse a conversa.

— Agora eu quero saber a história completa — disse Tânia. — Como foi que você e a Nanda foram de rivais para casal secreto?

Limpei a garganta, tomei fôlego e contei para minhas melhores amigas como me apaixonei pela garota mais popular da escola.

14

*não me convença com grandes palavras...
me surpreenda com pequenas atitudes!!!*

Depois de passar quase quarenta minutos explicando como minha rivalidade com Nanda tinha virado um romance, era como se eu revivesse tudo aquilo desde o começo. Dessa forma, o término pareceu uma lembrança distante, ainda que fosse o acontecimento mais recente, como um sonho que a gente não lembra direito depois de acordar.

Só levantamos do chão do banheiro quando o sinal tocou de novo. Eu já tinha perdido uma aula inteira naquele dia, não podia me dar ao luxo de perder outra. Subimos as escadas correndo até nossa sala e conseguimos passar pela porta segundos antes que Dênis a fechasse na nossa cara.

Sentei no meu lugar e observei minhas amigas puxando as coisas delas para as carteiras ao meu redor. Tudo voltava ao normal. Meu coração estava quase recuperado da corrida quando meus olhos cruzaram com os de Nanda, que me observava do outro lado da sala.

Ainda havia um rastro de maquiagem borrada pelas lágrimas. O azul dos seus olhos estava frio, implacável, como uma manhã de inverno. O momento durou apenas alguns segundos. Logo Dênis começou a aula e Nanda se virou na direção da lousa, anotando tudo como se fosse a aluna dedicada que nós duas sabíamos que ela não era.

* * *

Tudo que eu queria era ir para casa, deitar embaixo das cobertas e chorar enquanto assistia qualquer comédia romântica passando na *Sessão da Tarde*, mas é claro que o Dênis tinha outros planos.

— Marília, Nanda, posso falar com vocês rapidinho? — pediu ele no final da aula. — Tânia e Tamara podem ficar também.

Nanda hesitou, parada na frente da porta com a mochila nas costas, pronta para ir embora. Pelo visto tinha planos parecidos com os meus. Por um instante, achei que ela cometeria um ato de rebeldia e deixaria o professor falando sozinho, mas não era mais a mesma Nanda do começo do ano. Resignada, se aproximou da mesa de Dênis, evitando qualquer contato visual comigo ou com minhas amigas.

— Sexta é o último dia de trabalho da Ciça antes da licença-maternidade — disse ele. — O que vocês acham de fazer um vídeo de despedida pra ela?

Naquela manhã, nem mesmo uma proposta para participar do novo filme da Sofia Coppola me animaria. Eu assenti sem muito entusiasmo.

— Nada muito trabalhoso — continuou Dênis, sentindo o desânimo do grupo. — É só gravar alguns depoimentos de alunos e professores e exibir pra ela no Salão Nobre.

Um projeto como aquele tomaria boa parte do meu tempo livre — ou seja, era perfeito. Qualquer coisa seria melhor do que ficar pensando em Nanda ou na reação de Tamara à minha saída do armário.

— Claro — falei. — Vamos fazer sim.

— Vocês podem usar as câmeras que a Ângela alugou — sugeriu Dênis. — Se cada uma filmar os depoimentos separadamente, vocês terminam mais rápido. E aí a Marília edita tudo e bota uma música bonita. Eu tava aqui pensando em uma do Van Halen...

— Tá bom, professor. — Nanda cortou o discurso de Dênis de forma rude, chegando no limite da sua paciência naquela manhã. — Posso ir?

Ele não estranhou o comportamento dela. Imaginei que ouvisse coisas até piores de alunos mais velhos e desaforados. Dênis assentiu e sorriu para todas nós.

— Podem sim, meninas. E muito obrigado! Vou reservar o salão pro último período da sexta-feira.

Antes mesmo que nosso professor pudesse terminar a frase, Nanda já tinha desaparecido.

Passei o resto do dia organizando o projeto de despedida da Ciça, ainda que não fosse um filme que precisasse de tanto preparo quanto os anteriores. Não teria roteiro, atuação ou efeitos especiais, mas cumpriria uma função crucial: impedir que minha cabeça pensasse no meu coração partido.

Entrei no MSN no fim da noite para enviar às gêmeas a lista de pessoas que deveriam entrevistar ao longo da semana. Pensei em mandar a de Nanda por lá também, mas alguma coisa no ato de conversar pelo MSN remetia ao nosso passado. Além disso, ela não estava on-line. Se tivesse me bloqueado, como imaginei que faria, eu nunca mais veria o ícone ao lado do *nickname* dela ficar verdinho.

Será que ela me excluiu do Orkut?, pensei. Tinha como fazer isso? Eu nunca havia excluído ninguém. Resisti à tentação de abrir a página, que já não acessava fazia alguns dias, e fui para a cama sem jantar. Inventei para meus pais que tinha comido um lanche grande no fim da tarde e estava sem fome, mas a verdade é que não queria sentar com eles à mesa. Os dois sempre perguntavam sobre meu dia e, se eu começasse a relembrar tudo que tinha acontecido, com certeza ia chorar na frente deles.

Não troquei nenhuma palavra com Nanda a semana inteira. Toda vez que precisávamos resolver alguma coisa sobre o projeto da Ciça, Tânia ou Milena intercediam por nós. A melhor amiga de Nanda não deixava que suas emoções transparecessem, mas eu poderia jurar que ela sabia de alguma coisa sobre a gente. O jeito que se colocava ao lado de Nanda quando eu estava por perto indicava que queria protegê-la.

No dia da despedida de Ciça, todo o ensino médio se reuniu no Salão Nobre para assistir a homenagem. Depois de algumas palavras da diretora, uma freira sisuda que ninguém nunca via, o vídeo foi projetado no telão que ficava em cima do palco.

Enquanto Ciça se debulhava em lágrimas e as pessoas aplaudiam cada depoimento, deixei que as lembranças de tempos mais tranquilos me invadissem. Na última vez que estive naquele lugar, minha vida era muito diferente. A sensação das mãos de Nanda me puxando para a coxia e seus lábios quentes encontrando os meus fez meu coração disparar.

Procurei por ela entre os espectadores e a encontrei do outro lado do auditório. Seu olhar estava perdido, observando alguma coisa além da tela. Será que também viu a coxia e lembrou do nosso beijo? Milena comentou alguma coisa em seu ouvido e Nanda voltou a prestar atenção no filme, abrindo um sorriso triste para a amiga.

No fim do evento, todo mundo fez uma fila para abraçar Ciça. Como eu tinha ficado responsável por desmontar o data show e guardar o DVD player de volta na sala de equipamentos, acabei ficando por último.

Ciça abriu um sorrisão quando me viu e me puxou para um abraço.

— Marília, querida — falou, emocionada. — Que coisa mais linda. Não tenho nem palavras pra te agradecer!

— Imagina. Você merece.

— Deve ter dado um trabalhão... E você cheia de coisa pra entregar nesse fim de semestre!

— Eu tive ajuda de um monte de gente. Tânia, Tamara, Milena, Nanda...

O sorriso de Ciça aumentou ainda mais.

— Eu sabia que vocês iam se dar bem. Pressentimento de grávida.

Ela acariciou a barrigona de quase nove meses, que parecia ainda maior diante do porte pequenininho dela. Não quis contrariá-la, ainda mais sabendo que, de certa forma, Ciça estava certa. Decidi mudar de assunto e perguntei:

— Já sabe o nome do bebê?

— Tamires — falou ela, confiante. — E a próxima vai ser Antônia.

Eu dei risada.

— Já sabe até que vai ter mais uma?

— Sempre foi meu sonho ter duas meninas.

— Espero que se realize — falei com honestidade. — E tomara que você volte logo pra me ajudar a convencer esses professores a fazer meus filmes.

— Pelo visto não vai ser difícil. — Ela riu. — Só ouvi elogios.

A diretora se aproximou para falar com Ciça e eu aproveitei a deixa para me despedir. Saí do Salão Nobre com o peito mais leve, me sentindo um pouco menos triste do que nos últimos dias. Por um momento, acreditei que a dor que eu sentia poderia passar depois de um tempo...

Até que dei de cara com Jéssica Lorena.

Ela estava sozinha no corredor, o que era raro, e sustentava um ar de superioridade ainda mais irritante que de costume.

— Eu tenho um recado da Nanda — disse ela, sem fazer cerimônia.

Toda a cor se esvaiu das minhas bochechas. No meio de tudo que tinha acontecido nos últimos dias, eu havia esquecido de que aquela garota talvez soubesse sobre Nanda e eu. Não fazia ideia do que Jéssica pretendia fazer com a informação, mas certeza que não seria nada de positivo.

— Você está oficialmente desconvidada da festa dela. Você e aquelas suas amigas esquisitas.

Ela não esperou minha resposta, até porque aquilo nem era uma pergunta. Só deu as costas e saiu toda feliz, como se destruir meu coração fosse a razão de sua existência.

Naquela tarde, loguei e desloguei do MSN umas cinco vezes para que Nanda reparasse que eu estava ali. Era uma técnica que as gêmeas tinham me ensinado, para subir várias janelinhas com meu nome no canto da tela de todos os contatos e chamar atenção. No meu caso, não funcionou. Nanda estava on-line, o que era estranho para o horário, mas me ignorava. Pelo menos ela não tinha me bloqueado.

Digitei algumas mensagens para ela, porém apaguei todas antes de mandar. O recado de Jéssica Lorena deixava bem claro como Nanda se sentia em relação a mim naquele momento. O que eu poderia falar para minha ex-ficante depois de ser desconvidada para sua festa de aniversário?

No fundo, eu sabia que a culpa era minha. Se tivesse dito "sim" para o pedido de Nanda, estaria tirando minhas medidas para o traje de príncipe da festa dela.

Era como se o mundo estivesse se reorganizando e colocando tudo em seu devido lugar: eu, Tânia e Tamara excluídas dos grandes eventos da escola e Nanda com seus amigos populares curtindo a maior festa do ano.

Como se ouvisse meus pensamentos, Tânia me enviou pelo MSN o link para a foto mais recente de Luiz Fernando no Fotolog. Era uma imagem dele em um alfaiate fazendo a prova de uma roupa ridícula que simulava um uniforme da marinha: jaqueta com ombreiras e botões dourados, calça branca com listras laterais e um cinto branco.

A legenda não deixava dúvidas sobre o que estava acontecendo: *o SaPoH vIRoU PrInCiPe ;P.*

Meu coração congelou. A foto já tinha mais de dez comentários, o que era muito para os padrões do Fotolog, ainda mais tendo sido postada uma hora antes. Lucas e Pedro Henrique zoavam o amigo como de costume. Jéssica Lorena disse: *"finalmente a Nanda abriu os olhos pro príncipe da vida delah~".*

Luiz Fernando seria o príncipe da festa da Nanda no meu lugar.

Claro, pensei. Era a escolha mais provável. Como já dizia Avril Lavigne: "Ele era um garoto, ela era uma garota, tem como ser mais óbvio?". Aquele era o casal que todo mundo esperava. A dupla de contos de fadas que a escola queria ver dançando na festa.

Fechei o navegador e me afastei da escrivaninha como se o computador estivesse pegando fogo. Não queria chorar de novo. Estava cansada de me sentir daquela forma.

Eu tinha que me despedir de Nanda. Fazer meu coração entender de uma vez por todas o que meu cérebro já sabia: eu e ela nunca ficaríamos juntas.

Abri o software de edição de vídeo e a pasta onde ficava tudo que eu tinha gravado para os trabalhos de escola. Mordi o lábio inferior quando puxei para a timeline de edição a música "Velha infância", dos Tribalistas. Era a escolha mais clichê e cafona que eu poderia fazer, mas aquele era um vídeo de despedida.

Fui selecionando trechos das cenas de Nanda que eu mais gostava: sua chegada à praia como Pedro Álvares Cabral; uma risada genuína durante um erro de gravação; um take em que ela olhava para a câmera com intensidade, como se me enxergasse através da lente; uma cena dela como Hélio no trabalho de química; um take em que chorava de verdade, como a excelente atriz que era; uma sequência engraçada de luta entre ela e Milena que acabou dando errado.

Aos poucos, o clipe ia tomando forma, com todas as versões de Nanda que eu tinha conhecido até ali. Ela era muito mais que a garota popular e rebelde que transparecia ser na escola. Nos meses em que convivemos, descobri uma menina sensível, inteligente, talentosa e corajosa. Tudo isso porque eu tinha me permitido chegar perto dela e baixar a guarda para conhecê-la de verdade.

A porta do meu quarto se abriu, mas eu estava tão concentrada na edição que nem reparei. Os fones de ouvido me impediram de escutar os passos que se aproximavam. Quase tive um ataque do coração quando senti alguém encostar no meu ombro.

— Ai, que susto! — falei, tirando os fones e levando a mão ao peito.

Minha mãe deu risada diante da minha surpresa.

— Eu te chamei várias vezes, mas você não ouviu — disse ela. — O jantar tá pronto.

— Eu tô quase terminando aqui. — Indiquei a tela do computador com a cabeça.

Minha mãe observou meu trabalho, curiosa. Só então percebi que havia dois closes de Nanda abertos no monitor, além de várias miniaturas da cara dela espalhadas pela timeline de edição.

Minha mãe franziu a testa.

— Sobre o que é esse trabalho? — perguntou.

Tentei pensar em uma desculpa, mas meu cérebro estava cansado demais para elaborar qualquer coisa que fizesse sentido.

— Não é trabalho — respondi. — É um presente pra Nanda. Pro aniversário dela.

Minha mãe assentiu, sem tirar os olhos da tela.

— Tá chegando a festa, né?

Quando fui convidada para o aniversário, meus pais ficaram muito felizes pela minha amizade com a Nanda estar indo tão bem. Me ver participar de um evento que envolvia todos os meus colegas de turma era uma verdadeira vitória para eles. Parecia que eu enfim encontraria uma forma de me integrar com o resto da escola.

— É, mas... — Tentei me frear, mas não consegui. Já estava no meio do caminho, agora era melhor falar tudo de uma vez. — Eu não vou mais.

Minha mãe estranhou a resposta.

— Por quê?

— Ela me desconvidou.

— Existe isso?

— Pelo visto sim.

Minha mãe notou que eu estava chateada e colocou a mão mais uma vez no meu ombro. Lançou outro olhar para a tela, estudando aquelas imagens, e se virou para mim com uma expressão compreensiva.

— Na sua idade é normal ter essas brigas de amiga, mas depois passa.

— Não foi uma briga de amiga.

Eu desviei o olhar, preparada para o pior. Não tinha assumido toda a verdade, mas ela havia ficado subentendida — o bastante para minha mãe inferir que Nanda e eu éramos mais que amigas, se quisesse. Dizem que mãe sempre sabe...

Mas, se ela soube, não disse nada a respeito.

— Vou torcer pra vocês se resolverem. Aquela menina se importa com você de verdade, Marília. Dava pra perceber.

Como eu poderia explicar para minha mãe que a errada na história era eu, que havia afastado a pessoa mais importante da minha vida? A única que tinha se importado em me conhecer de verdade?

Respirei aliviada quando percebi que ela não pediria mais informações. Minha mãe foi em direção à porta, dando o assunto por encerrado. Quando estava quase saindo, se virou de volta para mim e disse:

— Só não esquece que a vida é bem diferente de um filme, filha. Depois de gritar "corta" não tem como voltar a fita pra fazer de novo. Não tem roteiro, ensaio nem edição. A gente tem que aproveitar a chance de ir atrás do que quer.

Ela saiu do quarto e encostou a porta, me deixando perdida em um milhão de pensamentos.

Olhei mais uma vez para a imagem de Nanda pausada na tela. Até o dia em que nos beijamos pela primeira vez, parecia que minha vida era um ensaio que nunca terminava. Nunca chegava o dia da gravação. Nunca era o momento de estrear pra valer. Mas, quando começamos a nos relacionar, eu enfim entrei em cartaz. Era como se tivesse me preparado a vida inteira para aquele momento.

E, de repente, percebi que não dava mais para voltar aos bastidores. Eu enfim sabia quem era e estava pronta para ir atrás do meu close-up.

Tânia e Tamara mal tinham cruzado o portão da escola na manhã seguinte quando as interceptei no corredor. Não sei se foi a urgência na minha voz ou minha cara de maluca, mas elas me olharam assustadas enquanto eu anunciava meu mais novo plano:

— A gente vai invadir a festa da Nanda.

15

a princesinha q não nasceu para ficar no castelo

No fim das contas, ter visto tantos filmes em vez de ter vida social até que valeu a pena.

Meu plano para entrar na festa da Nanda era uma mistura de filme de assalto e comédia romântica. A parte do assalto seria usada para burlar a segurança, no estilo de *Onze homens e um segredo* (no caso, nós éramos *Três garotas e nenhum segredo*, agora que Tânia e Tamara sabiam de tudo). A comédia romântica entraria no final, quando eu faria um grande gesto para que ela me perdoasse.

Não foi fácil convencer minhas amigas a participar da aventura. Tamara andava mais distante do que nunca, e Tânia, que tinha sido receptiva em relação ao meu romance com Nanda, vivia colocando panos quentes no comportamento da irmã. No entanto, elas eram tudo que eu tinha. A perspectiva de participar da festa mais esperada do ano, ainda que como penetras, foi o único argumento capaz de fazê-las embarcar na minha maluquice.

Tânia e Tamara chegaram na minha casa algumas horas antes da festa para que a gente se arrumasse juntas. Deixei as gêmeas no meu quarto e fui me trocar no banheiro sem maiores explicações. Meus nervos já estavam agitados demais para ter que lidar com algum comentário infeliz de Tamara sobre tirar a roupa na minha frente.

Quando voltei para o quarto, Tamara estava sentada na minha cama, enquanto Tânia tentava reproduzir no cabelo dela um visual da *Capricho* aberta sobre o edredom.

A conversa entre as duas cessou no instante em que eu me aproximei. Dois pares de olhos idênticos me observavam pelo reflexo do espelho, até que Tânia se virou para me ver melhor.

— Nossa, Má — falou ela, perplexa. — Que look... diferente.

Passei a mão pela camisa azul-marinho que usava por dentro de uma calça de alfaiataria da mesma cor. Senti o suor escorrer pelas minhas costas, apesar do frio de junho, enquanto minhas melhores amigas escrutinavam meu visual.

A camisa era da minha mãe, uma peça que ela usava em eventos formais de trabalho. Ela também me ofereceu um conjunto de calça e blazer pretos, porém a calça era estreita demais para os meus quadris. Aceitei o blazer, que ficou pendurado em um cabide na porta do meu quarto, e encontrei uma calça do meu tamanho em uma loja de alfaiataria.

Quando vi meu reflexo no espelho de corpo inteiro do meu quarto, foi como se me enxergasse pela primeira vez. E, enfim, me achei bonita.

— Ai, Marília — disse Tamara, revirando os olhos. — Precisa mesmo disso?

— Disso o quê?

Ela gesticulou para o meu corpo em geral, indicando minhas roupas.

— Essa roupa masculina — falou em tom de desgosto.

Eu franzi a testa, dando uma voltinha para me ver melhor no espelho. Continuei achando tudo normal.

— Essa camisa é da minha mãe — expliquei. — E a calça também é feminina.

— Eu curti — disse Tânia.

Ela voltou a ajudar a irmã a arrumar o penteado, e Tamara pareceu se dar por vencida, mas não sem antes deixar bem clara sua opinião:

— Eu só acho que não é porque você é lésbica que precisa se vestir desse jeito.

Não é porque eu preciso, é porque eu quero.

A resposta estava na ponta da língua, mas a engoli como se fosse um remédio com gosto ruim. Não podia brigar com minha amiga naquele momento. Aquela conversa teria que ficar pra depois.

Duas horas mais tarde, nós estávamos prontas. Eu estava praticamente igual, só com o cabelo preso em um rabo de cavalo prático, mas as gêmeas pareciam prestes a desfilar na São Paulo Fashion Week. Para coroar os looks elegantes e os cabelos estilosos, elas colocaram pares de sapatos de salto que as deixaram alguns centímetros mais altas que eu.

— Tão prontas? — perguntou meu pai depois de bater na porta do meu quarto.

— Sim — falei.

Abri a porta para que ele entrasse e, em seguida, conferi mais uma vez a bolsa com meus equipamentos de filmagem em cima da escrivaninha.

— Vocês precisam de alguma coisa? — perguntou ele.

Meu pai andava muito mais presente e prestativo desde que eu e minha mãe tivemos a conversa sobre Nanda alguns dias antes. Eu não sabia ao certo se ela havia comentado alguma coisa com ele, mas conhecia os dois o bastante para saber que conversavam sobre tudo — ainda mais quando o assunto era a filha deles.

— Só dos coletes — falei.

Meu pai sorriu e revelou três coletes pretos com a palavra "Produção" impressa em amarelo nas costas.

Quando contei para minha família que tinha sido reconvidada para a festa de Nanda, minha mãe ficou desconfiada e quis saber mais detalhes. Eu inventei que tinha me oferecido para filmar o evento como pedido de desculpas, já com meu plano de invasão todo arquitetado. Meu pai se empolgou com meu primeiro trabalho profissional de cinegrafista e se ofereceu para fazer os coletes. Mesmo sem saber, ele tinha criado o disfarce perfeito pra gente entrar na festa de penetra.

Senti meu coração disparar quando o carro dos meus pais encostou na frente de uma mansão rodeada por colunas altas e flores naturais. Nem mesmo em casamentos eu tinha visto algo tão opulento. Nanda não estava brincando quando falou que sua mãe levava festas de quinze anos muito a sério.

— Boa sorte — disse meu pai, me dando um "joinha" quando eu saí do carro.

— Marília — chamou minha mãe. — Qualquer coisa liga pra gente, tá? Vou passar a noite do lado do telefone.

Fiquei com uma sensação muito forte de que eles não só sabiam sobre meu plano, como já tinham entendido exatamente o que eu ia fazer ali. Meu coração se encheu de esperança. Pela primeira vez, não fiquei com vergonha de receber o amor dos meus pais na frente dos meus colegas e de alguns adolescentes desconhecidos que formavam uma fila na frente da entrada.

— Obrigada — falei. — Amo vocês.

Minha mãe estava à beira das lágrimas. Meu pai acenou, animado.

— A gente também te ama, filha. Boa festa!

As gêmeas me puxaram na direção da fila e o carro partiu. Elas pareciam aliviadas.

— Nossa, que mico — disse Tamara.

Em outros tempos, eu concordaria. Mas, naquela noite, sabia que sentir vergonha não era uma opção.

— Vamos esperar a fila diminuir um pouco — sugeri para as duas. — Só pra ninguém reconhecer a gente.

Esperamos a alguns metros da entrada, escondendo o rosto cada vez que um colega passava. Alguns meses antes, ninguém me reconheceria, mas agora as pessoas sabiam quem eu era por causa dos filmes. Aos poucos, o fluxo foi diminuindo; o volume da música lá dentro aumentava, indicando que a festa estava chegando no auge.

Quando não havia mais ninguém na fila, decidimos tentar entrar.

Ajeitei a bolsa da câmera no ombro. Atrás de mim, Tânia carregava um pequeno refletor que eu tinha comprado para gravar cenas noturnas e Tamara vinha com o tripé em mãos. Aquele era todo o meu equipamento — estava longe de ser profissional, mas, com a ajuda dos nossos coletes e um pouco de sorte, a gente talvez conseguisse entrar.

— Boa noite — falei ao me aproximar da recepcionista.

Era uma mulher de uns trinta anos, usando um vestido de festa já amassado e um fone preto no ouvido, conectado a um rádio de comunicação que ela carregava numa mão. Na outra, segurava uma prancheta. Ela parecia exausta e nem um pouco a fim de estar ali.

— Nome, por favor — falou sem nem erguer os olhos da lista.

Estiquei minha coluna para parecer ainda mais alta (e, portanto, mais velha), limpei a garganta e disse:

— Nós somos da equipe de filmagem.

A mulher enfim ergueu a cabeça. Ela franziu a testa ao se deparar com três adolescentes carregando equipamentos de gravação amadores. Tânia mexeu no colete para que ela reparasse no item mais profissional do nosso disfarce e Tamara apontou para o tripé como se ele explicasse tudo.

— A equipe de filmagem chegou duas horas antes da festa começar — disse a funcionária.

Eu já imaginava que a família de Nanda teria contratado uma equipe profissional. Fui para o plano B, tentando não perder a confiança.

— A gente não é a equipe oficial — expliquei, como se fosse a coisa mais óbvia do mundo. — Nem poderia. Olha nossa idade!

Dei uma risada nervosa. A mulher nos observou com tédio, se perguntando por que estávamos ocupando o tempo precioso dela.

— Nós fomos chamadas pela mãe da aniversariante pra fazer uma filmagem mais intimista — continuei. — Se misturar com a galera da idade dela, sabe? É uma surpresa.

A recepcionista suspirou e enfim folheou a lista em sua prancheta.

— Se a mãe dela contratou vocês, o nome das três vai estar aqui.

— A Nanda tem acesso a essa lista o tempo todo — argumentei. — Acho que ninguém ia querer que ela desconfiasse.

— Vocês conhecem a aniversariante? — perguntou ela.

— N-não... — gaguejei, nervosa. — Quer dizer, mais ou menos. A gente estuda na mesma escola.

A mulher notou meu nervosismo e ficou ainda mais desconfiada.

— Vocês tão tentando entrar de penetra?

— Claro que não — disse Tânia.

— Imagina — falou Tamara.

— Por que a gente faria isso? — perguntei, inocente.

— Porque vocês são da turma dela e não foram convidadas — disse a mulher, como se aquilo acontecesse o tempo todo. — Olha, meninas, eu não posso deixar entrar ninguém que não tá na lista. Se foram mesmo contratadas pelos organizadores da festa, preciso que eles venham aqui liberar vocês.

— Mas como que eu vou chamar alguém que tá lá dentro se não posso entrar? — perguntei.

A funcionária deu de ombros.

Ela deu a conversa por encerrada e voltou a mexer nos papéis da prancheta. Fiquei desolada. Tânia e Tamara me observavam como se esperassem que eu tivesse um plano C na manga, mas a verdade era que esses planos só davam certo nos filmes. Como eu pude ser tão inocente de achar que conseguiria burlar a segurança com aquela história boba de equipe de filmagem?

— Fui eu que chamei elas — disse alguém que vinha do lado de dentro da mansão.

Sofia, a irmã mais velha de Nanda, caminhou cheia de confiança até a recepcionista. Ela usava um vestido creme que provavelmente só ficaria bem nela ou em Nanda, deixando todos os outros reles mortais parecendo um sofá ambulante. Naquele momento, Sofia poderia estar vestindo um saco de lixo que eu ficaria feliz em vê-la.

— Oi, Marília — disse ela ao me ver. — Você tá atrasada.

Pisquei algumas vezes, tentando lembrar se tinha mesmo marcado algo com ela, até perceber que a irmã de Nanda estava tentando me ajudar.

— Desculpa, eu... — falei, tentando improvisar. — Tive um problema com o equipamento.

— Foi você que contratou elas? — perguntou a funcionária.

— Foi sim. — Sofia deu risada, usando todas as habilidades sociais que eu não tinha para reverter a situação — Ai, desculpa, esqueci de colocar o nome delas na lista.

— O ideal seria que sua mãe autorizasse a entrada...

— É verdade — continuou Sofia. — Mas ela tá superocupada lá dentro. Melhor a gente não atrapalhar, né?

Então sorriu de forma angelical. Até eu acreditei nas palavras dela. A mulher então assentiu, sem escolha.

— Tudo bem. Podem entrar.

Tânia e Tamara soltaram gritinhos empolgados. Eu e Sofia olhamos para elas pedindo silêncio. Só depois de cruzar o hall de entrada que conseguimos comemorar de verdade.

— Meu Deus, você foi incrível — falei depois de abraçar Sofia. — Como sabia que a gente tava tentando entrar?

— Eu tava indo pro camarim da aniversariante. — Ela apontou para uma escada de mármore à direita da entrada. — Fica lá em cima. Aí eu vi você e estranhei.

Sofia se aproximou, abaixando o tom.

— Primeiro a Nanda disse que não tinha te convidado, depois falou que mudou de ideia. Então, do nada, disse que você não vinha mais. Eu não entendi nada.

— É complicado — falei.

Eu sentia que podia confiar em Sofia, mas achei melhor não desenvolver o assunto. Não pretendia contar para a irmã de Nanda algo que ela mesma ainda não tinha falado.

— Será que a gente pode ir pra pista? — perguntou Tamara. — Eu amo essa música!

— Vão indo que eu já encontro vocês — falei.

As duas se embrenharam na pista de dança que se estendia por todo o cômodo adjacente ao hall de entrada. Aproveitei que estava sozinha com Sofia para dar andamento à missão.

— Você pode pedir pra passarem esse vídeo logo antes

da valsa? — Tirei um pen drive do bolso interno do blazer e entreguei para ela. — É um presente meu pra Nanda.

Sofia observou o pen drive e, aos poucos, um sorriso se formou em seu rosto.

— Vocês são muito fofas.

Fiquei vermelha como um pimentão. Talvez Sofia soubesse de muito mais do que eu imaginava.

— A Nanda mudou depois que vocês ficaram próximas — comentou ela. — Pra melhor.

Sofia piscou de forma cúmplice e se afastou rumo à cabine do DJ. O apoio dela, mesmo que subentendido, me deu forças para continuar o que tinha ido fazer ali.

Foi difícil abrir caminho pelo mar de adolescentes pulando e cantando alto, ainda mais depois que o DJ começou a tocar "Sorte grande", da Ivete Sangalo. Imaginei o que Nanda estaria pensando agora — ela odiava axé. Além de ter sido obrigada a fazer uma festa que não queria, ainda precisava engolir uma playlist que não tinha nada a ver com ela. Dançar com um garoto seria apenas a cereja do bolo de desgraças que a mãe dela decidiu servir naquela noite.

A pista de dança me lembrava a Storm, só que com uma energia dez vezes mais intensa, porque todo mundo ali já se conhecia. Encontrei Tânia e Tamara no canto próximo à entrada, envolvidas em outra discussão.

— ... então vai e aproveita, Tamara — ouvi Tânia dizer quando me aproximei. — Faz o que você quiser.

Tamara revirou os olhos para a irmã e se afastou, me ignorando completamente. Tânia forçou um sorriso quando me viu, tentando amenizar o clima.

— E aí? — ela falou alto para ser ouvida. — Qual é o próximo passo do plano?

— Vamos até lá — apontei para o outro lado da pista de dança, onde havia um telão enorme exibindo uma foto de Nanda e a frase "15 anos da Nanda" em uma fonte bem cafona.

Tânia me deu a mão para atravessarmos a multidão juntas. Meu peito se aqueceu com a sensação de segurança que aquele pequeno gesto transmitia. Eu sabia que ela havia batido de frente com a própria irmã para ficar do meu lado. Não queria que as duas brigassem, mas tampouco podia controlar como se sentiam em relação a mim. Naquele momento, eu estava grata por pelo menos uma das minhas amigas ter me aceitado como eu era.

Atravessamos o salão pelas beiradas, evitando as aglomerações de colegas da nossa turma para não sermos reconhecidas. Ficamos com as costas próximas à parede, escondidas atrás dos equipamentos de filmagem enquanto estudávamos o espaço. O caminho até o telão era mais complexo do que eu imaginava: entre garçons passando com taças e canapés e pessoas dançando de forma estabanada, demoramos um tempão para chegar só até metade do salão. Encontrei uma brecha perto da mesa de som, mas desisti de seguir por lá quando avistei Jéssica Lorena conversando com Lucas. Se ela me visse, com certeza me expulsaria antes que eu pudesse falar com Nanda.

Quando escaneei a pista de dança à procura de outro espaço para passar, vi Nanda pela primeira vez naquela noite.

Ela estava deslumbrante.

Seu vestido era feito sob medida e tinha o ar cerimonial exigido pelo evento (e pela mãe dela), mas, ainda assim, refletia seu estilo rebelde. Era preto como quase todas as roupas que ela tinha, com detalhes em roxo e rosa. Seu cabelo estava preso em um rabo de cavalo elaborado e os fios haviam sido divididos na raiz em forma de raio. Ela usava a costumeira maquiagem pesada nos olhos, além de sombra escura e um batom roxo, como os detalhes da roupa.

— Baba menos e anda mais — disse Tânia no meu ouvido.

Continuei nosso caminho pela beirada da pista. Agora estávamos perto do telão, só que na ponta oposta, e não no meio do salão, onde Nanda assistiria o vídeo. No entanto, não tive tempo de chegar mais perto, pois as luzes se apagaram e o DJ falou da cabine de som:

— Agora vamos prestigiar o vídeo que os pais da Nanda prepararam de presente pra ela!

Sofia apareceu instantes depois do anúncio, arrastando sua irmã para o centro da pista de dança. Nanda parecia envergonhada, imaginando se tratar de mais uma surpresa cafona que a mãe havia planejado. Ela não teve tempo de ver a irmã se afastando de fininho para controlar os ânimos de uma mulher loira e elegante que caminhava com passos de chumbo na direção da cabine do DJ.

Aquela só podia ser a mãe da Nanda.

— Calma — disse Tânia no meu ouvido. — Vai dar certo. A Sofia vai lidar com ela.

A conversa entre Sofia e sua mãe ficava cada vez mais intensa, a julgar pelo jeito como gesticulavam. Mas, para meu alívio, as luzes enfim se apagaram e os primeiros acordes da música ressoaram pelas caixas de som ao longo do salão.

Você é assim
Um sonho pra mim
E quando eu não te vejo
Eu penso em você
Desde o amanhecer
Até quando eu me deito

As imagens de Nanda surgiram na tela sobrepostas pela música que traduzia meu sentimento por ela. Lembrei do primeiro filme que tinha feito na escola, ainda em março, quando eu e minhas amigas esquecemos de observar a árvore do trabalho de biologia. Eu havia escolhido aquela mesma música para apelar pro lado sentimental do professor.

Golpe baixo... Tribalistas é foda, ela me disse naquele dia. Eu só esperava que a mesma estratégia me ajudasse hoje.

Enquanto todos assistiam o filme no telão, eu acompanhava as reações de Nanda: primeiro, a surpresa, seguida pela confusão e, enfim, o reconhecimento. Ela abriu um sorriso lento, carinhoso, provavelmente lembrando dos mesmos momentos que eu. Nanda sabia que eu era a autora do filme — era a única com acesso àquelas imagens. E que aquele presente era uma declaração de amor.

Meu plano era falar com ela assim que o filme terminasse. Eu pediria desculpas. Se ela me quisesse de volta, a gente poderia começar de novo. Aos poucos, quem sabe, eu teria coragem para viver ao seu lado sem me esconder.

Quando o clipe terminou, todos bateram palmas. Nanda secou uma lágrima e olhou ao redor do salão, procurando por alguém.

Procurando por mim.

— Vai, Marília — disse Tânia. — É o seu momento!

Comecei a abrir caminho por entre as pessoas, mas o filme tinha feito com que todo mundo se concentrasse naquele ponto do salão. Fiquei presa atrás de uma muralha formada por garotos do terceiro ano que não se mexeram nem quando dei uma cotovelada num deles.

— Gente, vamos abrir um espacinho na pista, por favor — uma voz feminina falou no lugar do DJ.

Eu olhei para a cabine e vi que a mãe de Nanda tinha conseguido tomar de volta o controle da festa. Sofia reclamava com o DJ, que não sabia o que fazer no meio daquele fogo cruzado, enquanto a mulher mais velha empunhava o microfone e empurrava o rapaz para longe da mesa de som.

— E sem mais surpresas por hoje — falou ela. — Agora é a hora da valsa da aniversariante!

As pessoas formaram um círculo para assistir à dança. Nanda se encolheu quando se viu no centro das atenções. Ali, sozinha no meio da pista, ela parecia muito mais nova, vulnerável e solitária. Tentei mais uma vez ultrapassar a barreira humana e chegar até ela, mas todo mundo queria assistir de camarote o grande evento da noite.

— O que você tá fazendo aqui?

Jéssica Lorena me olhou de cima a baixo com uma expressão de nojo e indignação. Tânia congelou atrás de mim, sem saber o que fazer.

— Tia Carla! — gritou Jéssica Lorena na direção da cabine de DJ.

Apesar das conversas entre os convidados, dava para ouvi-la por causa da ausência de música. A mãe de Nanda não demorou para encontrar quem estava chamando seu nome. Quando o olhar severo dela pousou sobre mim, senti meu coração gelar.

— Tia Carla, essas duas aqui entraram na festa de pene... AI!

Milena apareceu do nada e deu um encontrão tão forte em Jéssica Lorena que ela caiu no chão.

— Nossa, *Jé*, desculpa. Não tinha te visto — disse Milena de forma sarcástica.

Em vez de oferecer a mão para ajudar a suposta amiga a levantar, Milena deu as costas para ela e gritou na direção da cabine:

— Tá tudo certo, tia! Pode começar a valsa.

Carla não deu mais atenção para a confusão que acontecia na pista. Ela trocou algumas palavras tensas com o DJ e fez seu anúncio final no microfone:

— Infelizmente o pai da Fernanda não pôde estar aqui por questões de saúde, mas o tio dela fará as honras da primeira valsa e depois vamos seguir com a dança do príncipe.

Carla devolveu o microfone para o DJ e desceu da cabine sem olhar para Sofia. A música clássica começou a tocar e um homem de meia-idade tirou Nanda para dançar.

Enquanto isso, Milena escoltava Tânia e eu para longe de Jéssica Lorena.

— A Nanda tem esse jeito de durona, mas ela é super--romântica — disse ela quando chegamos do outro lado da pista. — Ela ficou acabada quando você terminou com ela, Marília. Eu acho bom que você esteja aqui pra resolver isso.

Nem tive tempo de me surpreender com o fato de que Milena sabia sobre Nanda e eu. Àquela altura, fazia sentido que nossas amigas mais próximas estivessem por dentro da situação. Eu não queria que Nanda sofresse em silêncio.

— Tudo que eu quero é ficar com ela — falei, decidida.

— Você tem certeza? — Milena me olhou com intensidade. Eu já estava acostumada com seu jeito sério, mas agora sua expressão dava até medo. — Se você machucar ela de novo...

— Ela não vai — disse Tânia.

Tânia e Milena trocaram um olhar que só poderia ser de algum tipo de cumplicidade de melhores amigas de um casal. Foi o bastante para que a garota emo ficasse mais tranquila.

— O que você quer fazer agora? — perguntou ela.

Virei para a valsa. Nanda parecia desconfortável, sendo levada de um lado para o outro da pista por um tio distante. Imaginei a dor que ela estava sentindo pela ausência do pai, talvez a única pessoa que tornasse aquele momento um pouco mais suportável.

A melhor coisa a fazer era esperar a valsa terminar para conversar com ela. Com a ajuda de Tânia, Milena e Sofia, talvez a gente conseguisse um momento a sós. Isso *se* a Nanda quisesse falar comigo.

— Tem um camarim da aniversariante aqui, não tem? — perguntei para Milena, que assentiu. — Depois da valsa, vocês conseguem pedir pra Nanda me encontrar lá?

— Tranquilo — disse Milena.

— Vou indo pro camarim, então. É melhor eu ficar escondida, antes que outro amigo dela me veja.

Me despedi de Tânia e Milena e comecei a desbravar o caminho de volta para o hall de entrada. Estava mais fácil caminhar para longe da pista do que tinha sido chegar no centro dela.

— O tio agora entrega a debutante ao príncipe que ela escolheu — disse o DJ.

Parei diante do arco que separava a pista do hall de entrada e virei para trás. Mesmo com toda aquela aglomeração, eu conseguia ver o topo das cabeças de Nanda e Luiz Fernando se movimentando no ritmo da valsa.

Meu coração se apertou ao vê-la dançando com aquele cara. Eu sabia que não tinha direito de achar ruim — havia sido uma escolha minha não aceitar o convite —, mas ela precisava *mesmo* escolher o Luiz Fernando para ser seu par?

Eu prometi que ia te proteger.

Uma coisa era certa: depois do beijo e da valsa de Nanda e Luiz Fernando, ninguém mais lembraria das insinuações sobre Nanda e eu. Ela tinha feito tudo aquilo para me proteger, como havia prometido. E eu tinha estragado tudo.

Nanda merecia coisa muito melhor.

Lembrei que ainda segurava minha câmera, tão aninhada na minha mão direita que já parecia uma extensão do meu corpo. Fui tomada por uma vontade avassaladora de filmar Nanda, de lembrar cada detalhe dela como se fosse nossa despedida.

Apertei o *rec* e fui me aproximando do centro da pista, tentando enquadrar apenas o rosto de Nanda. Aos poucos, ela ia ficando maior no visor. Seus movimentos eram envergonhados, contidos, enquanto Luiz Fernando tentava fazer gracinhas durante a dança ensaiada. Os dois formavam um casal perfeito — pareciam todos os finais de filmes da Disney que eu tinha visto na minha infância. Eles eram o que todo mundo ali queria ver.

Mas aí pensei de novo: não havia sido tão ruim assim quando Tânia ficou sabendo. Também não foi um problema para meus pais, ainda que eu não tivesse contado com todas as letras. Milena também tinha apoiado, assim como Sofia. Tamara havia sido a única a apresentar alguma resistência.

E todas aquelas pessoas horríveis que eu via nas novelas, nos filmes, nos clipes de música? Mães que expulsavam as filhas de casa, pais que gritavam e batiam, amigas que viravam as costas. Eu tinha certeza de que elas existiam — mas, por algum motivo ou sorte, não na minha vida. Não naquele momento.

Eu já sofria preconceito o tempo inteiro. Por ser nerd, por ser gorda, por ser tímida, por usar roupas largas, por gostar de coisas que ninguém gostava. Ser lésbica seria só mais um item nessa lista.

De repente, Nanda olhou bem para a lente da minha câmera, me encarando através do visor. Seus olhos azuis brilhavam sob os holofotes e, para mim, ela nunca esteve tão linda.

Nanda pertencia ao mundo das câmeras, do brilho, da evidência.

Eu pertencia aos bastidores, ao escuro, à solidão.

Até agora.

Lembrei de como ela sempre havia enfrentado a escola inteira, com seu jeito rebelde, suas roupas rasgadas, suas notas baixas. E, ainda assim, se tornou a garota mais popular da turma.

Eu não queria ser popular — só queria ser eu mesma na frente de todo mundo.

Ergui os olhos do visor da câmera para a Nanda de verdade, que agora estava a alguns passos de distância de mim. Ela parou de dançar, mas manteve o olhar grudado no meu.

Eu estava cansada de ficar atrás das câmeras. Estava na hora de virar a protagonista.

Apertei *stop* e entreguei a câmera para uma desconhecida que assistia a valsa do meu lado. Sem maiores explicações, tirei o colete de equipe de produção e o joguei no chão. Ajeitei as lapelas do meu blazer e dei meu primeiro passo na direção dos holofotes.

Assim que entrei no círculo reservado para a valsa, percebi que não tinha mais volta. Todos os olhares da festa estavam em mim, inclusive o da própria aniversariante. Torci para que alguma das minhas aliadas contivesse a mãe de Nanda enquanto eu fazia meu grande gesto.

Foi só quando cutuquei o ombro de Luiz Fernando que ele notou minha presença.

— Com licença. Eu sou a princesa dela.

Luiz Fernando me olhou como se eu fosse uma alienígena. Nanda estava com os olhos tão arregalados que eu achei que eles saltariam pra fora. Respirei fundo e fiz uma pequena mesura, oferecendo minha mão para ela como os homens faziam em filmes de época.

Esperei com a cabeça baixa por alguns instantes, até que senti os dedos gelados dela se encaixarem nos meus. Quando olhei para cima, Nanda sorria, ainda meio incrédula.

— Foi mal, Luiz — disse ela. — E obrigada.

O mais surpreendente de tudo foi o fato de Luiz Fernando não ter causado uma cena dramática. Pela primeira vez, ele não foi barulhento nem inconveniente: apenas assentiu e saiu da roda. Um burburinho corria entre os convidados, e eu vi Sofia e Milena segurando a mãe de Nanda, impedindo que ela atrapalhasse nossa dança.

Voltei minha atenção para a aniversariante quando ela colocou a outra mão no meu ombro, esperando ser guiada. Tentei fingir que estávamos só nós duas ali: eu e a garota que eu gostava curtindo o aniversário dela e dançando juntas.

Se quiséssemos sobreviver ao mundo, teria que ser daquele jeito.

Tudo que eu queria era ser eu mesma diante de todos que amava — e se também precisasse ser eu mesma diante de quem me odiava, esse era um preço que eu estava disposta a pagar.

Segurei a cintura de Nanda e ergui um braço trêmulo para conduzir a dança.

Lembrei de todas as vezes que ela me disse que enfrentaríamos tudo juntas.

Nanda abriu aquele sorriso que era só para mim — o mesmo que me conquistou desde o primeiro dia, desde a época que eu ainda achava que a odiava.

Deslizamos pelo salão ao som da valsa de conto de fadas que nunca imaginei que dançaria.

Juntas.

Epílogo

Nosso apartamento ficou tão cheio que meu pai deu um jeito de alugar o salão de festas do prédio de última hora. Descemos em grupos de seis pessoas espremidas dentro do elevador; quando levamos o bolo, enquanto eu o protegia perigosamente, os outros faziam a brincadeira dos quatro cantos, empurrando alguém pra lá e para cá até chegarmos ao térreo.

Eu não lembrava de ter convidado tanta gente. Nanda me explicou que era isso mesmo que acontecia quando todo mundo percebia que uma festa ia bombar. Só não sei em que realidade meus colegas viviam para achar que meu aniversário de dezesseis anos seria um evento social imperdível.

Uma coisa era verdade: aquela festa seria bem diferente do meu aniversário do ano anterior.

Ainda não tinha me acostumado com a atenção que havia passado a receber desde a dança com Nanda alguns meses antes. Nem mesmo as férias foram o suficiente para atenuar as fofocas na escola — a gente tinha virado o grande assunto do ano. Todo mundo queria saber mais detalhes sobre nossa relação. Como a gente se conheceu, desde quando tava rolando o romance, quem tinha pedido quem em namoro. Teorias malucas circulavam pelos corredores, cada uma mais distante da verdade que a outra. Tinha até quem achasse que a gente estava juntas porque ambas estávamos grávidas do Luiz Fernando e ele não estava disposto a assumir o filho de nenhuma das duas. Poucas pessoas compreendiam o que de fato estava acontecendo: nós éramos duas garotas apaixonadas vivendo seu primeiro namoro sério.

O interesse dos nossos colegas não era sinônimo de aceitação. Desde a primeira vez que entramos de mãos dadas na escola, muita gente se afastou, como se nosso amor fosse uma doença contagiosa. Alguns apontavam, outros cochichavam e riam. No entanto, sempre tinha alguém que dava parabéns ou falava que a gente formava um casal fofo. Eu estava aprendendo que aceitação e rejeição vinham de diversas formas: assim como ninguém estendeu um tapete arco-íris pra gente passar, também não teve ninguém tentando nos jogar pela janela só por sermos lésbicas. Minha visão de mundo ia se aprofundando e se tornando cada vez mais complexa.

Ao longo do segundo semestre, sinais de apoio começaram a aparecer. Duas meninas do 3º A nos abordaram em uma tarde em que estávamos filmando numa sala vazia. Elas namoravam em segredo havia alguns meses e estavam esperando a formatura para se assumirem, pois temiam a reação dos colegas e familiares. Um menino quietinho do 1º B implorou para entrar no nosso grupo dizendo que era como a gente e que não conseguia fazer amizades na sua turma. Não demorou para que ele e Milena virassem grandes amigos, já que os dois eram bem emos.

Positivas ou negativas, essas histórias começaram a colorir meu mundo — literalmente. Eu achava que estava sozinha até conhecer Nanda. E aí nós duas nos tornamos quatro, depois oito, depois dezesseis, e assim por diante.

— Já pode comer brigadeiro? — perguntou Luiz Fernando assim que colocamos o bolo na mesa do salão de festas.

— Quem foi que te convidou mesmo? — perguntou Nanda.

— Eu que não fui — respondi.

Luiz Fernando enfiou um brigadeiro na boca e mostrou a língua suja, como uma criança birrenta. Em seguida se afastou e se misturou aos outros penetras.

— Quer que eu mande ele embora? — perguntou Nanda enquanto arrumávamos os brigadeiros.

— Se for por minha causa, não precisa — disse Tânia, se aproximando da mesa com uma bandeja de docinhos cor-de-rosa.

— Tem certeza, amiga? — perguntei.

— Ele é tipo uma mosca de fruta — respondeu Tânia. — Não tem como impedir que apareça. O melhor é ignorar.

Agora que andava com os populares, minha amiga tinha diversos pretendentes. Ela beijou alguns garotos, mas não quis namorar ninguém, apesar da insistência de Gabriel, que estava completamente apaixonado por ela.

Tânia começou a organizar os docinhos na mesa e senti meu peito encher de felicidade por tê-la do meu lado. Ter perdido a amizade de Tamara foi um grande baque, mas meu apreço por Tânia aumentou ainda mais. Dividir seu tempo entre a irmã e eu era um desafio, porém seu coração era grande o bastante para nós duas.

— Cunhadinha! — exclamou Sofia ao entrar no salão de festas. — Parabéns!

Se Tânia era nossa apoiadora número um, com certeza Sofia era a número dois. Ela chegou a prender a própria mãe no camarim da festa para impedi-la de atrapalhar a comemoração de Nanda. Pelo menos a revelação tinha feito com que o pai de Nanda reaparecesse na vida dela — quando a mãe ameaçou expulsá-la de casa, o pai resolveu levar Sofia e Nanda para morar com ele e batalhar pela guarda da filha mais nova, que ainda era menor de idade. Ele explicou que precisou de um tempo para lidar com tudo e curar o coração partido, mas nunca foi sua intenção ficar longe das filhas, apenas da ex-esposa. Nanda estava aprendendo a perdoá-lo aos poucos, ainda mais depois que ele deixou claro que aceitava o nosso namoro.

Na minha casa, a situação era bem melhor. Mesmo que meus pais já desconfiassem, foi um choque quando falei com todas as letras que era lésbica. A primeira coisa que me perguntaram era se eu estava namorando a Nanda. Depois disso, minha mãe se tornou a maior aliada da causa. Passou várias noites pesquisando a sigla "GLS" na internet e agora sabia até mais do que eu sobre o assunto.

— Sabia que eu era muito fã do Cazuza? — disse ela durante um almoço de domingo. — Ia em todos os shows dele. Ele era gay.

— Eu sei, mãe.

— A gente adorava o Freddie Mercury — meu pai falou com uma piscadinha cúmplice.

Como a gente esperava, Nanda perdeu o status de garota mais popular da escola quando começou a me namorar. Pelo menos ela não precisava mais fingir que gostava de Jéssica Lorena só para manter seu segredo. Acontece que não era só Nanda que não suportava a garota, e logo Jéssica ficou isolada. Sua saída da escola no fim do primeiro ano não foi notada por quase ninguém.

A única coisa que nos salvou da exclusão social foram nossos filmes. Os trabalhos em vídeo fizeram tanto sucesso que logo viraram moda na escola — os alunos ficaram tão engajados que a coordenação decidiu comprar câmeras e softwares de edição para os computadores da sala de informática.

O workshop que Nanda e eu demos para o 1º B foi estendido para todo o ensino médio. Aos poucos, as pessoas foram nos acolhendo de volta na escola. A vida de Nanda nunca voltaria a ser tão movimentada quanto antes, mas eu desconfiava que ela preferia o jeito como as coisas eram agora.

— Tá na hora do parabéns — anunciou Nanda, apagando as luzes do salão de festas. — Antes que os meninos roubem todos os brigadeiros.

Enquanto meus convidados (e penetras) cantavam e batiam palmas, estudei os rostos que estavam ao redor da mesa: Nanda, Milena, Tânia, Pedro Henrique, Sofia, Gabriel, William, Naty, e vários outros colegas do segundo ano. Tinha até algumas pessoas do terceiro. O buraco que Tamara havia deixado no meu peito talvez nunca pudesse ser preenchido, porém eu sabia que não estava mais sozinha. Aprender a amar Nanda tinha sido a maior aventura da minha vida, mas aprender a fazer amigos vinha logo em seguida.

— Faz um pedido, Má — disse Tânia.

Encarei a vela acesa e franzi a testa. Eu tinha amigos, tinha uma namorada, e fazia os filmes que sentia vontade. Pela primeira vez na vida, eu não queria mais nada.

— Tá tão feliz que não sabe nem o que pedir? — perguntou Nanda, falando pertinho do meu ouvido.

Por mais que a gente namorasse havia quase um ano, eu nunca ia me acostumar com a sensação de estar perto dela.

— Tipo isso — falei rindo.

Ela me deu um beijo na bochecha.

— Pelo menos não precisa de Com Quem Será — brincou Sofia.

Fechei os olhos e me concentrei no pedido. E então, com toda a clareza do mundo, vi exatamente o que queria.

Minha câmera era poderosa. Durante meses, tinha sido

uma defesa. Agora, eu a via como uma arma. Com ela, havia conseguido mudar a realidade da minha turma. Aos poucos, começava a mexer na estrutura da escola inteira. Quem sabe um dia eu não poderia mudar o mundo?

Olhei para Nanda. O fogo da vela acesa refletia em seus olhos, transformando o azul em um mar de fim de tarde. Quando eu a conheci de verdade, tudo mudou, e um novo horizonte se abriu para mim.

Eu passei muito tempo achando que estava sozinha porque não via gente como eu, como nós, nas telas de TV e cinema.

Mas eu tinha uma câmera. E muitos planos pela frente.

Soprei a vela.

Cena pós-créditos

2025

— Bem-vindos a mais uma edição do Minha Casa, Sua Casa — disse a apresentadora, sorrindo para a câmera.

Ela estava diante de um prédio antigo em uma rua movimentada de São Paulo, onde carros, motos e pedestres passavam sem parar.

— Hoje vamos conhecer a casa de uma dupla muito especial para o cinema nacional: a diretora Marília Dias e a atriz Fernanda Ramos, casadas há dois anos. Vem com a gente!

A apresentadora surgiu no hall de entrada do apartamento. Uma mulher elegante de cerca de trinta e cinco anos, com cabelo curto bem aparado e vestindo um conjunto de blazer e calça de alfaiataria abriu a porta antes que a apresentadora pudesse tocar a campainha.

— Oi, querida — falou ela. Em seguida, voltou-se para a câmera. — Podem entrar, fiquem à vontade. E não reparem na bagunça!

— Obrigada, Marília.

Marília guiou a apresentadora e a equipe de filmagem para dentro do apartamento. A sala era ampla, marcada por colunas largas de concreto que combinavam com o chão de cimento queimado. Um janelão tomava toda a extensão da sala, revelando uma vista perfeita do centro da cidade.

— Isso aqui é minha parte favorita da casa — disse Marília, apontando para a janela. — Por mim não precisava nem de televisão, eu poderia ficar aqui o dia inteiro olhando pra fora.

— Essa sala é a coisa mais linda — disse a apresentadora, dando voltas pelo ambiente. — Vocês fizeram alguma reforma ou já compraram assim?

Marília se afastou da janela e se juntou à apresentadora no centro do cômodo. Ela se apoiou no encosto de um sofá de couro com aparência vintage.

— Do apartamento original só tem... Deixa eu ver... As colunas — Marília riu. — Apartamento antigo é assim mesmo, tem que refazer tudo do zero. Fiação, encanamento... Senão a gente não liga um computador sem explodir a parte elétrica do prédio.

— Deu tempo de ficar pronto antes do bebê chegar, pelo menos?

— Foi por pouco — Marília falou. — Quase que a Nanda deu à luz no meio do entulho.

— Que exagero! — A voz de Nanda se aproximou da câmera conforme ela caminhava pelo corredor rumo à sala.

— Nanda! — A apresentadora cumprimentou a atriz com um abraço e um beijo no rosto. — E como é que tá essa coisinha fofa?

Nanda vestia calça jeans e uma camiseta de banda de rock antiga, contrastando com a esposa, que parecia pronta para uma pré-estreia. Em seus braços havia um embolado de cobertas — o filho de Nanda e Marília.

— Dormindo, finalmente — disse Nanda, entregando o bebê para Marília. — O próximo turno é seu.

Marília aninhou o bebê e beijou sua testa com delicadeza.

A apresentadora conduzia a entrevista atrás das câmeras. Nanda e Marília, com o bebê nos braços, respondiam às perguntas sentadas no sofá.

— Vocês só casaram há dois anos, mas já tão juntas há bem mais tempo, né?

Nanda e Marília se entreolharam e riram.

— Beeeeeem mais tempo — disse Nanda.

— Se for contar desde quando a gente se conheceu, já são mais de vinte anos — completou Marília.

— Que fofas — falou a apresentadora. — Foi amor à primeira vista?

— Claro — disse Marília com convicção.

— ... que não! — acrescentou Nanda. — Que é isso, Marília?!

— Ué... — Marília deu de ombros. — Eu sempre gostei de você. Você que não me dava bola.

Nanda gargalhou. Marília tentou tampar os ouvidinhos do bebê para que ele não acordasse.

— Você me odiava, lembra?

— Odiar é uma palavra muito forte...

— Bom, é a palavra certa. — Nanda virou para a apresentadora. — A gente não se dava bem. Desde a sétima série, éramos de grupos que não se misturavam.

— A Nanda era popular e eu era a maior nerdona.

— Parece um filme de comédia romântica — disse a apresentadora.

Nanda e Marília assentiram, perdidas em memórias.

— Eu sempre soube que ela era o amor da minha vida — falou Marília. — Mesmo quando a gente tava separada.

Nanda fez carinho no pescoço da esposa enquanto falava com a apresentadora.

— A gente começou a namorar muito nova. Ela tinha

quinze, eu tinha catorze... Nós duas ainda tínhamos muita coisa pra viver. Pra conhecer, explorar.

— E como foi esse término? — perguntou a apresentadora.

— Horrível... — respondeu Nanda, triste.

Marília esfregou seu ombro no da esposa, tentando consolá-la apesar dos braços ocupados pelo bebê.

— Foi logo depois da formatura do ensino médio — disse Marília. — O pai dela se mudou pros Estados Unidos, e ela queria ir junto pra estudar atuação por lá. Eu já tinha passado em cinema na faculdade pública. Nenhuma de nós duas queria abrir mão do sonho.

— E nem deveria — complementou Nanda. — Dezoito anos é muito cedo pra fazer esse tipo de compromisso.

— A gente pensou em namorar à distância — continuou Marília —, mas a verdade é que a gente sabia que precisava cair no mundo. Conhecer outras pessoas, dar uma circulada.

— Imagina minha frustração quando eu descobri que não existia ninguém no mundo igual a ela — disse Nanda, indicando a esposa com a cabeça. — Tentei me relacionar com várias pessoas, mas a Marília nunca saiu da minha cabeça.

— Como foi que vocês se reencontraram? — perguntou a apresentadora.

— Demorou, viu — disse Marília.

— Foram quase dez anos separadas — falou Nanda. — Quando eu voltei pro Brasil e comecei a atuar, a gente se esbarrou algumas vezes. O mundo do cinema é pequeno, todo mundo se conhecia. Mas era aquela coisa: ou ela tava namorando, ou era eu que tava com alguém.

— Geralmente era ela — acrescentou Marília, rindo.

Nanda deu de ombros.

— Até que um dia a Marília me convidou pra tomar um café — disse Nanda. — Eu fui toda arrumada, achando que era um encontro...

— Tava linda mesmo.

— ... e ela me apareceu com uma proposta de trabalho.

As duas riram junto com a apresentadora, que em seguida perguntou:

— Como assim?

— Ela disse que tinha escrito um roteiro pra mim — continuou Nanda, encarando a esposa, os olhos brilhantes.

— A Nanda sempre foi minha musa — contou Marília. — Desde a primeira vez que eu fiz um filme na escola, ela foi minha inspiração. Fazia todo o sentido escrever um filme pra ela atuar.

— Mas foi só isso mesmo? — questionou a apresentadora. — Ou você já estava com segundas intenções?

— Que nada — respondeu Nanda. — Ela tava superséria. Naquele dia, só falou de trabalho.

— Foi o primeiro momento em que a gente se reaproximou de verdade — disse Marília. — Eu queria ir com calma.

— E foi? — perguntou a apresentadora.

— Antes dos ensaios terminarem a gente já tava junta de novo — confessou Nanda.

As risadas do trio ecoaram pela sala. Quando o bebê se mexeu, Marília pediu para que abaixassem o tom. Para alívio geral, ele voltou a dormir em seguida.

— Quando é pra ser, a gente sabe de cara — sussurrou Marília. — Não precisa ficar esperando.

— Mas você bem que demorou pra me pedir em casamento... — disse Nanda.

— A gente tinha combinado que ninguém ia pedir ninguém — contou Marília para a apresentadora. — Que a gente ia juntar dinheiro pra comprar um apartamento, em vez de gastar com festa.

— E o que mudou?

O casal se entreolhou, compartilhando uma lembrança. Em seguida, Marília virou para a apresentadora.

— A Avril Lavigne veio pro Brasil.

Nanda escondeu o rosto com as mãos, envergonhada.

— Vocês têm que entender que a Nanda era *muito* fã da Avril Lavigne — disse Marília para a câmera. — Ela fazia até cosplay.

— Não era cosplay, era meu estilo!

— Que coincidentemente era igualzinho ao dela.

— Eu nunca tinha conseguido ver um show — explicou Nanda. — Da primeira vez que ela veio, eu era muito nova. Na segunda, eu não morava mais aqui. A gente ficava se desencontrando...

— Até que ela decidiu fazer um show em São Paulo em 2022 — complementou Marília. — E eu pensei que seria o melhor momento pra pedir a Nanda em casamento.

Nanda sorriu apaixonada ao lembrar da situação.

— Imagina a cena: aquele monte de millennial nostálgico pulando ao som de "Complicated" e essa aqui se ajoelhando — disse Nanda. — Quase foi pisoteada.

— Eu queria ter feito o pedido durante a nossa música, que é "Things I'll Never Say" — explicou Marília —, mas eu sabia que a chance de tocar era pequena. "Complicated" era mais garantida e também lembrava nossa história.

— Foi perfeito — disse Nanda. — Foi do jeito que deveria ser.

Ela se aproximou da esposa e deu um beijo delicado em seus lábios. Marília, apesar dos seus trinta e cinco anos de vida e muitos romances vividos, corou com força.

— O resto vocês já devem saber — Nanda falou para a câmera. — A gente fez uma cerimônia pequena, depois teve a fertilização e agora estamos aqui, dando um tempinho na carreira enquanto aprendemos a ser mães de família.

— O passado de vocês é muito interessante — disse a apresentadora —, mas e o futuro? O que ele reserva pras duas?

Nanda e Marília se olharam com cumplicidade.

— Seja lá o que vier — disse Marília —, vamos viver juntas.

Agradecimentos

A ideia para este livro me atingiu como um raio (metaforicamente, ufa) enquanto eu assistia a entrevista de Casey McQuiston na Flipop de 2022. Eu ainda não era uma autora publicada, mas já tinha terminado de escrever *Eu, minha crush e minha irmã*, e acho que meu inconsciente procurava um novo projeto literário. Durante as perguntas da plateia, uma pessoa de catorze anos disse que os livros de Casey haviam mudado sua vida e ajudado a cimentar sua perspectiva de mundo enquanto adolescente LGBTQIAPN+. Em seguida, perguntou quais foram os livros que fizeram o mesmo por Casey quando elu tinha catorze anos. Casey, que tem quase a mesma idade que eu, respondeu que não tinha essas referências porque elas simplesmente não existiam naquela época. É por isso que é tão comum que pessoas mais velhas só tenham encontrado suas verdadeiras identidades depois de adultas.

Comigo foi assim. Nos meus diários da época da escola, há páginas e mais páginas dedicadas a meninos mais velhos (com quem eu nunca falei) e atores de filmes e séries (que eu nunca vi ao vivo). Foi só aos dezoito anos, quando entrei na faculdade, que vi um casal de garotas pela primeira vez e pensei: existe *essa* opção? Por que ninguém me disse antes? Eu não vi nada disso nos filmes, nas séries, nos livros, nos corredores da escola. Se tivesse visto, talvez tudo fosse diferente. Talvez eu tivesse vivido um romance adolescente com uma garota.

Não posso voltar ao passado e mudar o que já vivi ou o que não consegui viver. Mas posso escrever e, com a minha escrita, remendar alguns buracos. Assim surgiu a história de Marília, uma versão romantizada de mim mesma, que conseguiu viver seu primeiro amor ainda na época da escola.

Por isso meu primeiro agradecimento vai para Casey McQuiston, não só por aquela fala que iniciou todo meu processo criativo, mas por seus livros, que são constante referência para mim. Agradeço também à equipe que organiza a Flipop e possibilita esse tipo de conexão entre autores e leitores todos os anos. Não acho coincidência o fato de essa equipe ser também a equipe de edição e marketing da Seguinte, selo editorial que eu escolhi para contar minhas histórias. Nath, Bia, João, Tamiris, Cê, Helena, e todo mundo que trabalha duro para deixar este mundo mais colorido: vocês são demais! Isa Zeferino, obrigada por trazer à vida minhas personagens. É uma honra ter uma artista incrível como você ilustrando a capa deste livro.

Solaine Chioro me ajudou a construir Tânia e Tamara com o cuidado que merecem. Agradeço pelos apontamentos não só sobre as gêmeas, mas sobre outros pontos da história que precisavam de atenção. Leitura sensível é um processo fundamental para criar personagens mais diversos.

Agradeço o olhar cuidadoso de Jackson Jacques, meu agente, que entrou no processo desse livro já nos 45 do segundo tempo, mas ajudou a garantir a qualidade de sua finalização. Obrigada às autoras Giu Domingues e Iris Figueiredo por terem lido essa obra em tempo recorde e pela gentileza de terem escrito palavras tão generosas sobre ela.

Minha leitora mais importante é também a pessoa mais importante da minha vida: Lucí, que leu três versões desse manuscrito e chorou nas três. Espero que as lágrimas tenham valido a pena! Seus comentários tornam meus livros melhores, assim como sua companhia me faz uma pessoa melhor. Eu te amo. E, falando em família, não posso deixar de mandar um beijo especial para Xena e Gabrielle, minhas estagiárias (cachorrinhas), que sempre emitem ótimas opiniões na forma de grunhidos, latidos e chorinhos agudos.

Aos meus amigos Lelê, Charlie e Renan, que me acompanham nesse trânsito entre audiovisual e literatura, obrigada por me emprestarem os ouvidos para reclamações e questionamentos. Incluo aqui também Letícia e Caíque, que me inspiram a cada encontro. Todos vocês me influenciaram de alguma forma na escrita desse livro, seja com opiniões, com papos motivacionais, com suas obras ou com conversas sobre adolescência. Pelos mesmos motivos agradeço a Ray e Pato, que são presenças constantes na minha vida e no meu processo criativo. Giu Palumbo, apesar do nosso distanciamento, serei sempre grata pelos comentários que você fez na primeira versão dessa história. Eles com certeza me ajudaram a chegar até aqui.

Paola e Giu, minhas amigas triangulares: fui muito feliz com a entrada de vocês na minha vida, mas fico mesmo grata por terem decidido ficar. Obrigada por terem me ajudado com conselhos valiosíssimos, e também por sempre engajarem nas fofocas aleatórias que mando no nosso grupo.

Agradeço a todo mundo que lê meus livros, fala sobre eles e compartilha nas redes sociais. Vocês fazem toda a diferença. Um beijo especial pras minhas "filhas" Ana Gabi, Carol e Maris, que fizeram com que eu me sentisse uma escritora de verdade. Obrigada a todo mundo que divulga e valoriza livros sáficos. A melhor parte de ser autora é ser lida, então eu não seria nada sem vocês.

Encerro por quem foi o começo de tudo: meus pais. Sonia e Zé, obrigada por terem me apoiado desde quando falei que queria ser cineasta pela primeira vez, ainda aos treze anos, sem saber direito o que isso significava. Eu só realizei meu sonho porque vocês me deram todas as ferramentas para isso. Entre tantas coisas que eu mudaria na minha adolescência, a única que eu deixaria exatamente igual são vocês.

Entrevista com a autora

A história se passa em 2004, uma época com muitos desafios para quem estava descobrindo sua identidade e sexualidade. Como foi para você recriar a atmosfera dessa época?

Foi bem fácil graças a duas características que eu me orgulho de ter: boa memória e organização. Tenho até hoje diários muito detalhados da minha adolescência, especialmente entre 2002 e 2006, e backup de todas as fotos que tirei nesse período. A parte mais difícil foi a jornada emocional: cutucar algumas feridas que não estavam 100% curadas (e talvez nunca estejam), encontrar a raiz de traumas e reviver situações difíceis, como o bullying do qual fui vítima por vários anos. A primeira versão do livro só mostrava as coisas boas daquela época, mas a cada reescrita eu fui cavando mais fundo.

Embora prefira os bastidores e evite os holofotes, a jornada de Marília em *Tudo que ela me disse* **é sobre encontrar a coragem para assumir o protagonismo de sua própria vida. Qual foi o maior desafio em dar voz a essa transformação?**

A Marília é uma versão romantizada de mim mesma, então precisei entrar em contato com minhas próprias vivências para desenhar essa jornada. Enquanto a virada dela se dá a partir de um relacionamento amoroso, a minha aconteceu por conta do meu sonho profissional. Durante o ensino fundamental, tentei me esconder e me anular para não ser notada, pois sempre que chamava atenção acabava sofrendo bullying. Foi só quando cheguei ao ensino médio que decidi parar de me importar e fazer o que eu queria. Assim, comecei a filmar os trabalhos em vídeo, que logo viraram a sensação da turma. Sair do casulo me trouxe muitos amigos novos — colegas diziam que sempre me acharam legal, mas que eu era muito fechada e não deixava que ninguém se aproximasse. Eu sempre achei que fosse isolada, mas percebi que, muitas vezes, eu estava me isolando.

Nanda, por outro lado, vive o dilema de manter sua popularidade e ao mesmo tempo ser ela mesma. Como foi escrever uma personagem que parece, à primeira vista, ser o oposto de Marília, mas que na verdade compartilha várias inseguranças?

Desenvolver a Nanda foi bem mais difícil que a Marília porque nossas experiências de adolescência são muito diferentes. Se a Bia de quinze anos soubesse que eu criei uma personagem popular com uma curva de redenção, teria me matado, risos. A maturidade faz com que a gente veja tudo em perspectiva. Não acho que o pessoal que fazia bullying estava certo, mas será que não havia alguma coisa acontecendo na vida deles para que se comportassem daquela forma? Em 2004 ninguém falava sobre saúde mental, terapia, ensino humanizado. Assim como comentavam toda hora sobre meu corpo e meus gostos, era comum tirar sarro de quem recebia notas baixas ou passava por dramas familiares. Foi costurando essa colcha de retalhos de novas perspectivas que criei a Nanda.

Apesar de todas as polêmicas, a t.A.T.u. marcou a cultura pop em um período que as representações sáficas, reais ou não, eram escassas. Você era fã da dupla russa? Como as músicas e videoclipes delas influenciaram a história?

Eu lembro claramente de assistir ao clipe de "All the Things She Said" no Disk MTV e ficar muito impressionada com o beijo delas. Quando a música saiu, em 2002, eu tinha treze anos. Nunca tinha visto duas mulheres se beijando e demoraria um tempão para ver outra vez. No entanto, a narrativa do clipe mostrava que aquele tipo de relacionamento era proibido — o beijo atrás das grades me causou rejeição. Parecia que gostar de garotas era errado.

A existência da dupla foi importante para colocar sáficas em evidência numa época em que ninguém falava sobre isso, em que não havia casais de mulheres em séries ou filmes. Foi um dos primeiros passos para nos levar até onde estamos agora. E, por mais que tenha sido tudo um golpe de marketing, não foi culpa das cantoras, que eram menores de idade quando tudo começou.

Inclusive, ao tentar pensar em representações sáficas na cultura pop, Marília só consegue lembrar da própria t.A.T.u. e da Clara e da Rafaela, de *Mulheres apaixonadas*. Você lembra qual foi a primeira representação sáfica que viu na vida?

Xena, a princesa guerreira. Por mais que não fosse abertamente sáfica, a relação entre Xena e Gabrielle era algo difícil de ver na televisão daquela época: duas mulheres vivendo aventuras juntas sem deixar que homens atrapalhassem.

Lembro de ver a Cássia Eller cantando na MTV e de me identificar muito com ela. Eu não sabia que ela tinha uma companheira e um filho. Mas, quando ela morreu, eu chorei. Acho que, mesmo inconscientemente, eu sabia que uma representação muito importante tinha ido embora. Foi a única vez que vi na TV uma mulher com a aparência que eu queria ter, mas isso só entendi muitos anos depois, quando comecei a me desfeminilizar.

A amizade de Marília com Tânia e Tamara é colocada à prova quando ela começa a se aproximar de Nanda. Como você construiu essa dinâmica e os desafios enfrentados pelo trio?

A relação entre Marília e as amigas foi a mais difícil de conduzir no livro. Na primeira versão, Tânia e Tamara aceitavam bem a sexualidade de Marília e sua relação com Nanda. Eu tenho uma tendência a escrever histórias solares, onde tudo acaba em final feliz e aceitação. No entanto, esse livro se passa em 2004, e percebi que não seria realista se todo mundo apoiasse Nanda e Marília. Eu não queria fazer aquela clássica reação em que a pessoa se mostra abertamente homofóbica e rompe com a amiga de cara, mas queria mostrar como algumas microagressões podem ser ainda piores.

Isso aconteceu com meu grupo de amigas da adolescência: elas me aceitaram e continuamos amigas por décadas, até eu perceber que agiam de forma diferente comigo. Não davam valor ao meu casamento, não se importavam com meu processo de adoção, não celebravam minhas vitórias. Por fim, uma das integrantes do grupo ficou grávida e eu fui excluída do anúncio da gravidez, deixando bem claro que eu não pertencia àquele mundo. E tudo isso foi feito de forma passiva, como se cada agressão fosse uma falha de comunicação, até que eu cortasse a relação por vontade própria para que não parecesse que elas estavam erradas. Mas vamos chamar as coisas pelo nome certo: o que fizeram comigo foi homofobia.

Assim como em *Eu, minha crush e minha irmã*, o amor pelo cinema guia a protagonista de *Tudo que ela me disse*. Como você enxerga o papel do audiovisual na construção de imaginários mais diversos e representativos? E de que forma a conexão com a literatura pode potencializar esse impacto?

Eu, minha crush e minha irmã foi escrito em um período de rompimento com minha carreira de roteirista. A literatura foi um bálsamo para minha criatividade depois de várias decepções com o audiovisual. A luta é dura. Às vezes parece impossível fazer um filme ou série com protagonismo sáfico — já tentei de muitas formas diferentes. Eu sinto que estou tentando ultrapassar uma muralha gigantesca usando apenas uma colherzinha de chá para cavar minha passagem.

Aos poucos, fui entendendo que até a colherzinha é capaz de abrir um túnel. O audiovisual é muito mais cruel do que a literatura, muito mais intransponível e desigual. Escrever *Tudo que ela me disse* me ajudou a lembrar por que eu comecei a fazer filmes: para mostrar o jeito que eu vejo o mundo. No começo, ninguém acreditava que dava para apresentar trabalhos escolares em vídeo. Hoje em dia, o mundo todo se comunica desse jeito, qualquer um filma e edita com o celular. É tudo uma questão de tempo. Entre audiovisual e literatura, aos poucos vamos aumentar a representatividade LGBTQIAPN+ na nossa cultura.

Falando do *Eu, minha crush e minha irmã*, Nanda e Marília fizeram uma pontinha por lá. Você já pensava em contar a história delas, ou essa ideia surgiu depois?

Na primeira versão de *Eu, minha crush e minha irmã*, eu não citava os nomes da diretora e da atriz que davam carona para Antônia — eram apenas figurantes de luxo, risos. Mas aí comecei a escrever *Tudo que ela me disse* e, quando chegou a hora de revisar *Eu, minha crush e minha irmã*, percebi que essas mulheres tinham a mesma idade que Marília e Nanda teriam hoje em dia. Eu amo um universo expandido e podem esperar para ver muitos outros personagens meus passeando por aí!

Já que estamos nesse encontro de mundos, temos um desafio para você: como a Marília avaliaria algumas de suas outras personagens no Orkut?

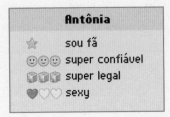

Para encerrar, o espaço é todo seu: deixe um scrap para a Bia de 2004!

Bia,

Sei que você morria de medo de que a gente crescesse e esquecesse de todos os nossos planos (por isso escrevemos tantos diários). Pode ficar tranquila que nada disso aconteceu. Algumas coisas saíram um pouco diferente do que você esperava... Por exemplo, não casamos com o Hayden Christensen. Mas casamos com uma pessoa muito mais legal, mais linda e interessante. Não vou contar mais sobre isso pra não dar spoiler. Só digo uma coisa: aguenta firme, porque daqui a pouco nossa vida vai ser incrível!

PS: essas suas amigas são umas chatas. Um dia você vai entender.

ESTA OBRA FOI COMPOSTA POR OSMANE GARCIA FILHO EM BEMBO
E IMPRESSA PELA GRÁFICA BARTIRA EM OFSETE SOBRE PAPEL PÓLEN NATURAL
DA SUZANO S.A. PARA A EDITORA SCHWARCZ EM ABRIL DE 2025

A marca FSC® é a garantia de que a madeira utilizada na fabricação do papel deste livro provém de florestas que foram gerenciadas de maneira ambientalmente correta, socialmente justa e economicamente viável, além de outras fontes de origem controlada.